韋斯特威夫人之死

THE DEATH OF MRS. WESTAWAY

露絲・韋爾——著　趙丕慧——譯

RUTH WARE

獻給我媽。永遠愛妳。

給讀者的話

《韋斯特威夫人之死》設定在當代的布萊頓，但是熟悉這地方的讀者會發現有個不同之處——西碼頭仍屹立不搖。希望布萊頓人會樂見這個廣受喜愛的地標重建，即使只是在虛構的世界中。

一呀傷心
二喜樂
三呀女孩
四男生
五呀白銀
六黃金
七是秘密
死也不能說

一九九四年十一月二十九日

喜鵲回來了。想想也真奇怪，剛來到這棟屋子時，我討厭死牠們了。我記得搭計程車從車站過來，看見喜鵲就像這樣排列在花園牆頭上，整理著羽毛。

今天有一隻就停在我窗外被霜蓋住的紫杉樹枝上，我想起了小時候我媽會叫我低聲說：「哈囉，喜鵲先生，」趕走惡運。

我一邊穿衣服一邊數，站在窗前發抖。紫杉上有一隻。另一隻停在風向標上，還有一隻在廚房菜園的圍牆上。三呀女孩。

感覺像什麼惡兆，片刻間，我打了個哆嗦。許願，納悶，等待……

喔，錯了，冰封的草皮上還有更多隻。四、五……六……還有一隻跳過陽台的石板，啄著覆蓋桌椅的罩子上的冰。

七隻。七是秘密，死也不能說。嗯，秘密是有的，但是下一句就不見得了。我得說出來，就快了。沒別的選擇。

我就快穿好衣服了，卻聽見灌木林裡的杜鵑花葉子沙沙響，一時間我什麼也沒看見，但過了一會兒，樹枝分開，一頭狐狸悄悄溜過落滿枯葉的草皮，紅金色毛皮在霜打的蕭索冬日襯托下，分外亮眼。

在我父母家裡狐狸是很常見的，但是在這邊大白天很少見得到狐狸，更遑論是一隻膽子大到敢穿越房子正面一大片草皮的。我見過被殺死的兔子，以及垃圾袋被狐狸撕破，但是幾乎沒有一隻這麼大膽。這一隻一定是非常勇敢，或是非常無奈，才會大剌剌地走在房屋的前面。我再仔細看一眼，覺得牠可能是非常無奈，因為牠年輕，而且瘦得嚇人。

起先喜鵲並沒有發覺，但陽台上的那隻，比別的都機伶，發現了掠奪者悄悄摸了過來，就從冰冷的石板地上一飛沖天，啾啾示警，警告聲在寂靜的早晨嘹亮清澈。狐狸的機會也跟著不翼而飛了。其他的鳥兒都飛上了天空，一隻接著一隻，只有一隻沒動，停在紫杉上，安全地避開了狐狸，接著，狐狸有如一道熔化的黃金，又溜了回去，矮身貼著地面，任由那隻枝頭上的喜鵲得意洋洋地叫著。

一。一呀傷心。可是不可能，我絕對不會再傷心了，儘管情勢如此，儘管我知道暴風雨要來臨了。我坐在客廳裡，寫下這些文字，我能感覺到它——我的秘密——由內而外燃燒著我，那種歡樂太過強烈，使我覺得有時候必然能從我的皮膚透出來。

我要改變那首童謠。一呀喜樂。一呀愛。一是未來。

1

女孩與其說是走入風中，不如說是斜倚著風，緊抓著夾在臂下的那袋濕了的炸魚薯條，而狂風吹得紙袋獵獵響，想要奪下來，把袋中之物灑落到海濱上，送給海鷗。

她穿過馬路，一手緊攥著口袋裡皺巴巴的鈔票，瞧了瞧肩後，看又長又黑的人行道上是否有人影，但後頭一個人也沒有。反正她是一個也沒看到。

海濱一個人也沒有倒是很稀罕的事。酒吧和夜店都會營業到深夜，直到黎明都還有酒醉的本地人和觀光客跑到圓石海灘上。但是今晚，即使是最愛湊熱鬧的人也決定不冒險出門，所以這時，在某個濕淋淋的週二夜裡九點五十五分，海兒一個人獨佔海濱步道，碼頭的閃光是唯一的生氣，剔除掉在英吉利海峽黝黑洶湧的海面上盤旋大叫的海鷗的話。

海兒的黑色短髮被吹進了眼睛裡，眼鏡都霧了，嘴唇也因海風中的鹽分而皸裂，但是她緊緊夾著小紙袋，從海濱轉進了一條窄小的住宅街道，街道兩邊都是高大的白色房屋，強風在這裡猛地停住，害她一個踉蹌，險些絆倒。雨勢並沒有變大，其實少了強風助力，在她再次轉入海景別墅時，雨似乎只剩下濛濛細雨。

海景別墅不過是美其名。這裡根本就沒有別墅，只有一小排略顯破敗的透天厝，外牆的油漆常年遭受飽含鹽分的海風吹襲而剝落。而且也根本就沒有風景——無論是海景或是別的景色。可能很久以前有過，可能是在房屋興建的時候，但是自從那些更高、更豪華的建築落成，更靠近海邊，海景別墅的人家從前可能從窗戶看見的景色，如今都只剩下磚牆和石板屋頂，即使是從海兒的閣樓公寓上看。現在，住在三層狹窄搖晃的樓梯上唯一的好處就是不必聽鄰居在你的頭頂上走來走去。

不過今晚，鄰居似乎都出門去了——而且出門一段時間了，因為門廳的門被堆積的郵件卡住了。海兒得使勁推才能推開門，跌跌撞撞走進冰冷的黑暗中，摸索著控制燈光的自動定時器開關。什麼也沒亮。不是保險絲燒斷了，就是燈泡燒壞了。

她藉著街上射進來的昏暗光線，抄起了垃圾郵件，盡可能摸黑篩揀出其他房客的信件，再爬樓梯回到她自己的公寓。

樓梯間沒有窗子，等她走完第一層，幾乎就伸手不見五指了。不過海兒閉著眼睛也能走，從平台上的破地板到最後一層樓梯上未釘死的鬆脫地毯，有幾級階梯她了然於胸。她疲憊地向上爬，心裡想著晚餐，和床鋪。她甚至不確定她是不是還餓，但是炸魚薯條花了她五點五鎊，就衝著這一點，她也絕不能白白浪費了。

到了最上頭的平台，她低頭躲過天窗的漏水，打開了門，終於，她到家了。

公寓小小的，僅有一間臥室對著還算寬敞的門廳，門廳充當廚房、客廳兼其他用途。公寓也破破爛爛的，油漆斑駁，地毯磨損，木窗被海風吹得咿咿呀呀、吱吱嘎嘎。但是海兒二十一歲的人生都以這裡為家，無論她有多冷多累，只要她走進門，她的心情就會稍微變好。

她在門口停下來擦掉眼鏡上的霧氣，在破牛仔褲的膝蓋上擦拭，這才把炸魚薯條放在咖啡桌上。

公寓好冷，她跪在瓦斯爐前，冷得發抖，扭開爐火，熱氣開始回到她又冰又紅的手上。接著她把被雨打濕的紙袋打開來，吸入充滿了小房間的鹽和醋的味道。

她拿木叉子叉了一根軟趴趴的熱薯條，開始分類郵件，餐廳的外帶傳單要資源回收，帳單擺另一堆。薯條又鹹又酸，裹麵糊的魚仍是熱的，但是帳單越疊越高，海兒覺得胃隱隱有股噁心感。她倒不是因為帳單的數量而煩惱，她煩惱的是標著**最後期限**的金額。她把炸魚推開，瞬間覺得想吐。

她非得付房租不可——這事沒得商量。還有電費。少了冰箱或是燈光，小公寓幾乎沒辦法住。瓦斯……唉，現在是十一月，沒有暖氣會很不舒服，不過她可以咬牙忍一忍。

但是真正害她的胃造反的並不是那些機關的帳單，而是一只便宜的信封，顯然是專人交遞的，封面上只用原子筆寫著「海莉葉．韋斯特威 頂樓」。

沒有寄件人地址，但是海兒也不需要。她有種恐怖的感覺，她知道是誰寄的。

海兒吞下了似乎堵住了喉嚨的薯條，把信封塞到那堆帳單的最底下，暫時就當一隻把頭埋進沙子裡的鴕鳥。她巴不得能把整個問題塞給某個更年長、更明智、更堅強的人來處理。

但是沒有這樣的人，再沒有了。況且，海兒這個人就是有一股子不服輸的勇氣。她縱然矮小、清瘦、蒼白、年輕，但她可不是別人老以為的小孩子，她有三年不是那個小孩子了。

就是這股勇氣讓她又拿起了信封，然後咬著嘴唇，撕開了封口。

裡頭只有一張紙，而且只打了幾句話。

抱歉錯過了。我們想要討論妳的經濟情況。我們會再聯絡。

海兒的胃翻了個觔斗，摸著口袋裡的那張紙，那是下午送到她上班地點的。兩張紙一模一樣，只除了皺折，以及她在拆開第一張紙時不慎濺到了茶水。

紙上的信息對海兒來說並不是新聞。她有好幾個月不理會這類電話和簡訊了。

她把信小心翼翼並列在咖啡桌上，雙手發抖，但原因是信中文字之後的訊息。

海兒習慣了讀取字裡行間的言下之意，解讀別人說的話，以及沒有說出口的話的重要性。這是她的工作。但是沒寫出來的意思完全不需要解碼。

他們說，我們知道妳在哪裡上班。

我們知道妳住在哪裡。

而且我們會再來。

其他的郵件都只是垃圾信件，海兒全都資源回收了，然後才疲憊地坐在沙發上。暫時用雙手捧著頭——努力不去想她岌岌可危的銀行存款，耳中聽見了母親的聲音，彷彿她就站在後面，嘮叨她的大學學測複習方法。海兒，我知道妳的壓力大，可是妳一定得吃點東西！妳太瘦了！

我知道，她在腦海中回答。她有煩惱或是焦躁時總是這樣——胃口是第一個消失的。可是她現在可不能生病。要是不能上班，就沒有薪水。更要緊的是，她連一頓飯都不能浪費，即使是邊緣濕掉而且變冷的一餐。

不理會喉嚨痛，她硬逼著自己再拿起一根薯條，但才咬了一半，資源回收桶裡就有什麼吸引了她的目光。不應該在裡面的東西。一封信，裝在硬挺的白信封裡，地址是手寫的，隨著那些外帶傳單塞進了桶裡。

海兒把薯條塞進口裡，舔掉了手指上的鹽，俯身去把信封從廢紙和湯罐頭裡撿起來。

住址寫著：海莉葉・韋斯特威小姐，布萊頓市海景別墅3C公寓。信封被海兒油膩的手指以及垃圾桶裡的回收物微微弄髒了。

她一定是把這封信隨著那些空信封一塊塞了進去。嗯，至少不會是帳單。看樣子比較像是喜帖——不過也不可能。海兒想不出有誰會辦婚禮。

她以大拇指塞進一邊的縫裡，撕開了封口。

她抽出來的紙並不是喜帖，是一封信，昂貴的厚紙，頂端是一家律師事務所的名稱。剎那間，海兒的胃好像直往下墜，眼前出現了各式各樣恐怖的可能。是有人為了她在某場讀書會上說的話控告她嗎？或是——天啊——公寓的租約到期了。房東可汗先生七十幾了，把這棟樓裡的公寓一間接一間賣掉了。他沒把海兒的公寓賣掉主要是出於憐憫以及，她很肯定，對她母親的感情，但是這種情況不可能持續下去。總有一天他會需要錢去住護理之家，或者他的糖尿病惡化，而他的子女不得不賣掉公寓。牆壁斑駁，同時使用吹風機和烤麵包機就會跳電，這些問題都無所謂，這裡是家——她僅有的一個家。要是他把她踢出去，找到另一個住處的機率不是渺茫，而是零。

會不會是……不會。他不可能會去找律師。

她打開信紙，手指發抖，但一看見簽名下方的聯絡方式，她就明白過來了，頓時鬆了一口氣，事務所並不在布萊頓，而是在彭贊斯，那是在康瓦爾。跟公寓沒有關係——感謝上帝。而且也不可能是某個心懷不滿的客戶，因為距離這裡太遠了。說到底，她壓根就不認識彭贊斯的人。

又吞下了一根薯條，她把信紙攤開在咖啡桌上，把眼鏡往鼻梁上推，讀了起來。

親愛的韋斯特威小姐，

我的客戶，住在聖丕蘭崔帕森園的令外祖母海絲特．瑪麗．韋斯特威指示我寫信給妳。

韋斯特威夫人十一月二十二日在家中過世了。我相信妳得知這個消息一定極為震驚，請接受我真摯的慰問。

身為韋斯特威夫人的律師暨遺囑執行人，我有責任聯絡她遺囑中的各受益人。由於資產為數龐大，需要驗證遺囑的合法性，為遺產稅之故資產也必須評估，所以待這兩項手續完成之後方能撥款。不過，於此期間，妳是否能提供我兩種證明文件影本，妳的身分及地址（附件列出了可接受的身分證明文件），裨使我能夠開始需要的文書作業。

根據妳過世的外祖母的遺願，我也獲指示通知各受益人她的葬禮細節。葬禮將在十二月一日下午四點舉行，地點是聖丕蘭的聖丕蘭教堂。當地的食宿條件極有限，所以家族成員可以住在崔帕森園，守靈會也會在此舉辦。

如果妳想住宿，請寫信給令外祖母的管家愛達·華倫太太，她會為妳開啟一個房間。

請容我再次表示慰問，我也會在這件事上全力以赴。

誠摯的

羅伯特·崔斯韋克

彭贊斯

崔斯韋克、南特、狄恩聯合法律事務所

海兒手上的薯條掉在大腿上，但是她動都沒動。她只是坐著，一讀再讀這封短箋，接著又去看那張可接受的證明文件清單，彷彿就能撥雲見日。

資產龐大……遺囑受益人……海兒的胃翻攪，她撿起了薯條吃掉，幾乎心不在焉，竭力要理出一個頭緒來。

因為它一點道理也沒有。一丁點也沒有。海兒的外祖父母二十多年前就作古了。

2

海兒不確定自己坐了多久，努力拆解這個謎團，兩眼在對折的信紙和手機上的檢索頁面上瞄來瞄去。但等她抬頭看，微波爐上的時鐘已經亮著二十三點五十五分了，她伸個懶腰，焦慮地意識到火爐燒了一整晚。她站起來關掉了爐子，聽著爐子冷卻下來的滴答聲，在心裡又往瓦斯費上加了五十便士，同時眼睛飄向了壁爐架上的照片。

海兒從記事開始這幀照片就擺在這裡了——至少有十年了——可這時她拿了起來，以全新的眼光來看它。照片裡是個女孩子，約莫九或十歲，以及一個女人，立在布萊頓海邊。她們笑得很開心，瞇著眼睛抵擋狂風，兩人的深色長髮都被風往上吹，模樣滑稽。女人一臂按著女孩，兩人之間是那麼的自在、那麼的信賴，看得海兒心中一痛，而這種痛三年來她幾乎慢慢習慣了，卻一直不曾消滅。

這個女孩子是海兒——卻又不是她。她不是那個此刻站在壁爐前的女生，她的頭髮短得跟男生一樣，耳朵刺了耳洞，背上有刺青，從脫線的T恤領口稍微露出來。

照片中的女孩不需要在皮膚上留下回憶，因為她想要記住的一切就在她的身邊。她沒穿黑色因為她沒有哀悼的需要。走路回家時不必低著頭豎起衣領，因為她沒有什麼好躲的。她是個溫暖的人，衣食無缺，而且最重要的是備受呵護。

炸魚薯條變冷了，海兒連紙袋一塊握成一團，塞進了房間角落的垃圾桶裡。她的嘴巴又乾又鹹，喉嚨也因為傷心發痛，睡前來杯熱茶突然讓她非常舒心。她會泡杯熱茶，把剩下的熱水裝滿熱水瓶，拿來驅趕寒冷的被褥，幫助她入睡。

水壺開始鳴叫，海兒搜尋著上方的櫥櫃找那盒茶包，但就彷彿她真正要找的東西不是茶包，她的手找到了別的。不是輕輕的紙盒，而是一只玻璃瓶，半滿的。她不需要拿出來就知道是什麼，可她還是拿了出來，在手裡掂量，感覺裡頭的液體在波動。伏特加。

最近她極少喝酒了——她並不真的喜歡她變成的這個人，手裡拿著酒瓶——但她的目光落在咖啡桌上那兩張紙上，二話不說，她就扭開了瓶蓋，倒了很多在她預備要泡茶的杯子裡。

水煮沸了，她舉杯就唇，聞到了酸酸的，略帶汽油的味道，盯著液面在街燈的幽微光線中顫動。一時間，想像中的味道清晰地湧入了口腔——那種灼人的燙，緊接著是令人上癮的小小嗡鳴聲。但她的胃裡像是有什麼轉動了，她把酒倒進了洗碗槽，沖洗了杯子，泡了茶。

她端著茶回臥室，疲倦地發覺到她忘了裝熱水瓶。無所謂。她累得不在乎了，熱茶就夠了。她蜷縮在床上，衣著整齊，呷著熱茶，瞪著手機的明亮螢幕。

是谷歌圖片，是一張手工上色的明信片，大約是一九三〇年的，畫面是一幢鄉村豪宅。房屋的正面很長，奶白色的石頭，喬治亞式窗戶，覆滿了常春藤。石板屋頂上伸出了煙囪，至少十二根，各有各的風格。後方是屋子的主體，像是紅磚屋，另一種的建築風格。一片草坪從屋子正面向外延伸，向下傾斜，照片上潦草地題了一句話：我們在駕車前往彭贊斯之前在崔帕森園享受了一頓下午茶。

原來這就是崔帕森園。崔帕森園是這樣。不是一棟普通的平房，或是名稱浮誇的維多利亞式透天厝。而是一處貨真假實的鄉村莊園。

那樣的地方能分到一份，無論有多小，都足夠讓她付帳單了。而且還能把隨著她母親去世一起失去的安全感還給她。即使只是幾百鎊也能給她一點已經幾個月不曾有過的喘息空間。

螢幕上端的時鐘顯示已經是零時三十分了，海兒知道她該睡了，但是她沒把手機關掉。她反而坐在床上，熱茶的蒸氣模糊了她的眼鏡，她搜尋，換頁，感覺到五味雜陳的情緒在體內擴散，比熱茶更能讓她溫暖。

是興奮嗎？對。

也有驚恐，大量的驚恐。

但最主要的是多年不敢有的感覺。希望。

3

翌晨海兒起晚了，太陽已經出來了，斜射過臥室窗帘，她躺著不動，感覺既興奮又恐懼的情緒在胃裡翻滾，努力想記得情緒的來源。

回憶有如兩隻拳頭擊中她的肚子。

恐懼是來自咖啡桌上的那疊帳單——而比帳單更可怕的則是那兩封打字的信，專人送抵的……

但是興奮……

昨晚她花了一整夜的工夫想讓自己忘掉。只因為那裡是海絲特．韋斯特威住過的地方，並不保證她真的擁有明信片上那處漫無邊際的土地。現在根本就沒有人有那麼大的房子。儘管她是在那裡去世的，卻不見得她就是屋主。最有可能是那裡是一處退休養老的機構。

可是有管家，她的腦袋後面有個聲音說。還有那一行說幫妳開啟一個房間。養老院不會這麼說吧？

「無所謂。」海兒大聲說，自己的聲音在寂靜的公寓中嚇了自己一跳。

她下了床，拉直皺巴巴的衣服，拿起眼鏡，架在鼻梁上，嚴厲地看了鏡中的自己一眼。

海絲特．韋斯特威擁有的是一個房間，抑或是一側廂房，或是一棟小屋，或是整片莊園，都無所謂，顯然是哪裡搞錯了。她不是海兒的外婆。錢是屬於別人的，就是這麼回事。

明天她會回信跟崔斯韋克先生這麼說。

但今天……海兒看著時鐘，搖搖頭。今天她幾乎沒時間洗澡，現在是十一點二十分，而她真的快要上班遲到了。

她在淋浴間裡，熱水敲打著她的頭頂，驅逐了一切的思緒，但是那個聲音又一次響起，在嘩啦的熱水下低語。

可如果是真的呢？他們寫信給妳了，不是嗎？他們知道妳的姓名和地址。

但是並不是真的，就是這麼簡單。海兒唯有的外祖父母在幾年前就去世了，在她出生之前。而且她的外婆也不叫海絲特，她叫作……瑪麗恩？

說不定瑪麗恩是中間名呢？大家都這樣，不是嗎？只使用一個名字，但是在文件上卻有另一個名字。萬一——

閉嘴啦，海兒在心裡說。閉嘴就對了。妳明知道不是真的。妳是想說服自己，因為妳想要是真的。

可是話說回來，那個聲音在她的腦子裡嘮叨個沒完，最後，比較像是要讓自己相信，海兒關掉了熱水，拿毛巾裹住肩膀，往臥室走。床下有一個沉重的木箱，她把箱子拖出來，腳輪在木地板上擦過，聽得她縮了縮，暗自希望樓下的鄰居沒有賴床。

箱子裡裝著重要文件——保險單，公寓的租約，帳單，她的護照……海兒篩揀著一層層的文件，感覺像考古學家在發掘自己的歷史。壓在電視授權證以及一張閣樓水管爆裂的修理帳單底下的是一層什麼也沒有唯留痛苦的文件——她母親的死亡證明書，她的遺囑影本，她褪色的駕照，從來沒用過。底下是一幅面紗，折成四角形——質料高級的黑色薄紗，邊緣點綴著小顆黑玉。

海兒把面紗推到一邊，喉頭哽住，匆匆掠過苦澀的回憶，來到底下更舊的一層東西——是她母親保留下來的文件，收拾得整整齊齊，不像海兒亂塞一通。裡頭有個信封，裝著她自己的准考證，她參與的一次校內戲劇公演的節目單，一張她和一個早就分手的男朋友的羞澀照片。

最後是一個塑膠檔案夾，她母親的筆跡寫著「重要——出生證明」，裡頭裝著兩份紅色和奶白色的證書，手寫的，蓋著華美的皇家戳章。最上端寫著經核證之副本。首先是海兒的，海莉葉．瑪各麗妲．韋斯特威，一九九五年五月十五日生。母：瑪各麗妲．韋斯特威，職業：學生。

父親一欄是空白的，只有一條線穩穩地劃過，彷彿是要阻止任何人臆測。

然後在這個底下是另一份更舊、皺折更多的文件——瑪各麗妲．韋斯特威。她的母親。海兒的眼睛跳向「父母」欄——父：威廉．霍爾德．雷納．韋斯特威，職業：會計師，以及底下的母：瑪麗恩．伊莉莎白．韋斯特威，本姓：布朗。職業欄是空白的。

看吧。

一直到洩了氣的感覺滲入，償還負債和得到安全感的想像有如氣球瞬間刺破，她才明白她抱了多大的希望。

龐大資產……那聲音在她的耳朵裡呢喃，誘惑極了。遺囑受益人……家族成員……

還有妳的父親啊，聲音又低語，在她換衣服時。妳還有一個奶奶的，知道吧。海兒苦澀地搖頭。要是潛意識能背叛你，海兒的潛意識剛剛就叛變了。

多年來她都在想像她的父親是什麼樣的人，她向學校裡的同學編造動聽的故事以遮掩自己的一無所知以及對母親什麼也不肯說的憤怒。他是飛行員，因墜海而送命。他是臥底警察，後來被上級逼迫才回到真實的人生。他是名人，不能透露真實姓名，否則他們就會被狗仔隊糾纏，而她父親的人生也會毀於一旦。

最後，謠言傳進了教師的耳朵裡，某人悄悄找過海兒的母親，而海兒的母親就把她帶到一邊，溫和地說出了真相。

海兒的父親是一夜情——一個她母親在布萊頓的夜店認識的男人，兩人在相識的那一晚上了床，是第一次也是最後一次。他有西班牙口音，海兒的母親只知道這麼多。

「妳連他叫什麼都沒問？」海兒不可思議地問，而她母親咬著下唇，搖搖頭。她兩腮火紅，而且表情之彆扭，海兒從來也沒見過。

她非常抱歉，她說。她並不想要海兒這樣子知道真相，但是她必須停止編造這些……她母親打住不說，不忍心說出她心裡想的話，但是儘管才七歲，海兒也很擅長讀心，已經懂得察言觀色，知道她母親沒說出口的是什麼話。

這些謊言。真話是她的父親一點都不特別。他是誰，現在住在哪裡，她毫無概念，可能也不會有知道的一天。他可能回西班牙或是墨西哥了，反正從哪兒來他就回哪兒去了。但她有一件事倒是很確定的——他絕對不姓韋斯特威。

無論是怎麼弄錯的，反正就是無中生有。就是搞錯了。不知在哪裡接錯了線。或許另一個城市裡還有一個海莉葉·韋斯特威，是這筆錢的真正繼承人。或許就是那種找尋繼承人計畫，某人死了，沒有法定繼承人，如果遺囑執行人找不到他的親人，無論是關係多遠的親屬，遺產就會浪費掉。

無論真相為何，錢都不是她的，她也不能侵佔。而她腦袋裡的聲音對這一點也沒有答案。

海兒加快動作，把文件都塞回去，木箱推回床底下，換好衣服。她的梳子好像失蹤了，但她還是用手指梳好了頭髮，對著門邊的鏡子檢查。她的臉色更蒼白了，臉也更消瘦，孤伶伶的潮濕黑髮讓她像是《孤雛淚》裡的臨時演員。化妝可以遮掩，卻不是海兒的風格。

但是在她披上昨晚淋濕還沒乾的大衣時，那個聲音又冒了出來。*妳可以侵佔那筆錢，知道吧。不是很多人可以，可如果有誰辦得到，那就是妳。*

閉嘴，海兒在心裡說，咬牙切齒。閉。嘴。

但是她這麼說不是因為她不相信這句話。

她這麼說是因為這是真的。

一九九四年十二月一日

今天是聖誕節將臨期的第一天，空氣應該充滿了新的開始以及重大節日倒數的氣氛，但是我反而心情沉重地醒來，懷著一種無名的恐懼。

我有一個多星期沒用紙牌算命了。我沒感覺有那種需要，但是今天，我坐在窗邊的書桌前，肩上披著鴨絨被，覺得手指發癢，就想洗洗牌應該可以帶來安慰。但就在我花了點時間分類洗牌展牌之後，沒有一個地方對勁，我這才明白了我真正需要做的是什麼。

我的房間裡沒有蠟燭，所以我就從餐廳壁爐架上的大銅燭台上拿了一根，捎帶上壁爐的火柴盒。我把火柴盒放進口袋裡，但是蠟燭太長了，所以我就把它塞進了開襟毛衣的袖子裡，省得在樓梯上碰到人，問我在做什麼。

回到我的房間後，我把東西都擺在桌上——紙牌、蠟燭、火柴和一只空茶杯。我把蠟燭的底端稍微融化了一點，黏在杯子裡，以免它晃動，接著我點亮了蠟燭，再把塔羅牌在燭火上晃了三次。

完畢之後，我吹滅了蠟燭，然後就坐著，望著窗外覆雪的草坪，在手上掂量紙牌。感覺……不一樣。輕了點。彷彿所有的疑問和不好的感覺都燒盡了。然後我知道了要做什麼。

我把大牌面朝下擺在桌上，選了三張，接著一一放在我的面前。過去。現在。未來。問題在我的腦海中蜂擁，但我盡力讓頭腦空明——聚焦在一件事上，而不是一個問題上，但是答案卻在我的身體中鋪陳開來。

然後我翻開了牌。

第一張，代表過去，是直立的戀人——我一看就笑了。塔羅牌中常犯的錯就是採用最明顯的解讀，但這次，感覺卻很對。在我的牌裡，這張牌的圖案是兩個赤裸交纏的男女，四周圍繞著鮮花，他的一隻手覆著她的乳房，頭頂上有亮光照耀著他們兩人。我很喜歡這張牌——喜歡看，也喜歡畫——但是它的涵義卻未必見得是正面的：情慾、誘惑、脆弱。但是這一張，被火滌淨過，我只看見了最簡單的意義——戀愛中的一對男女。

我翻開的下一張牌是愚者——卻是顛倒的。出乎我的預料。新的開始、新生、改變——對，可是顛倒？天真、愚行、缺少先見之明。我感覺到唇上的笑意消退，我把牌推開，急忙翻開第三張，也是最重要的一張——未來。

又是一張顛倒的，我覺得一顆心往下沉了一點，這時幾乎後悔用塔羅牌算命了，至少是後悔不該現在算，今天算。我太熟悉我的牌了，不需要調整就知道是什麼圖案，但即使如此，我還是以全新的目光來研究它，上下顛倒，好像是第一次看。寶座上的女人神色嚴肅，彷彿是知道自己的責任重大，而且不可能在像我們這樣的世界中找到真相。她的左手握著天秤，右手握劍，隨時可以施加懲罰或是恩惠。

我花了很長的時間看著這個寶座上的女人，努力想理解她要告訴我什麼，然而，在我書寫時，我仍是一無所知。我希望寫日記能夠釐清三張牌是想要說什麼，結果我卻是越寫越迷惑。不誠實？真的是這樣嗎？還是我誤解了？我坐在這裡，篩選著其他更深刻、更幽微的意義，願意受騙，非黑即白的思想陷阱，錯誤的假設——卻沒有一個能給我保證。

我一整天都在思索最後一張牌——有關未來的。可我還是不懂。我希望能找個人談一談，討論一番。但我已經知道茉德對塔羅牌的看法了。「都是一堆裝神弄鬼的狗屁。」她是這麼說的，在我提議幫她算命的那次。後來她好不容易勉強同意了，卻還不忘冷哼，面帶譏誚。我翻開她選的牌，問她是想要知道什麼，我能看見她的想法全寫在臉上。

「既然妳能通靈，那還用得著問我嗎？」她說，以指尖彈紙牌，而我則搖頭，盡力隱藏我的惱怒，跟她說塔羅牌並不是派對上的魔術，那種不入流的魔術師在週六夜電視上玩的心理遊戲——說出別人的中間名或是懷錶上的刻字。而是更宏大的、更深奧的、更真實的。

在那次的算命之後我滌淨了塔羅牌，我心煩不只是因為她碰過了牌，也因為她是心靈中帶著鄙視碰的。但是此刻，回想那一天，我有所領悟。茉德翻開未來牌時，我跟她說了別的話，我今天應該要提醒自己的話，也是能給我安慰的話。也就是：塔羅牌不會預測未來，只是讓我們知道某種情況會有怎樣的結果，根據的是我們解讀時的能量。換作別的日子，換作別種心情，不同的能量和相同的問題就可能會有截然不同的答案。

我們有自由意志。塔羅牌給我們的答案可以讓我們在自己的道路上轉彎。而我只需要理解牌在說什麼。

4

將近中午了，海兒匆匆沿著海濱前進，緊緊抓著外套抵擋砭骨的寒風。冷風就像刀子，砍削著她的臉和手，咬著她的膝蓋，她的牛仔褲撕破的地方。

她按下了行人穿越鈕，又有那種振翅的感覺，在她的胃裡。興奮。恐懼。希望……

不，不是希望。沒有道理希望。她母親的箱子裡的文件已經澆熄了希望。這件事絕對不可能會是真的。她有權繼承一大筆錢簡直是……唉，想要迴避她心裡真正的盤算也是掩耳盜鈴。一句話，那就是詐欺，是犯罪。

如果有誰辦得到，那就是妳。

這個想法在她穿越馬路時奸詐地掠過她的心裡，她搖搖頭，不想理會。可是很難。因為如果說有誰有那個本事能跑到一戶陌生人家裡，宣稱她見都沒見過的女人是她的外婆，那這個人非海兒莫屬。

海兒是個冷讀術❶高手，而且是個中翹楚。她在位於布萊頓西碼頭的小亭子裡算命，塔羅牌占卜，做出通靈的預測。不過她還是最擅長塔羅牌，大老遠從哈斯丁和倫敦來找她算命的人大有人在，許多還是回頭客——回家去告訴朋友海兒占卜出的秘密，外人不可能知道的事實，她的鐵口直斷。

她盡量不把他們當傻瓜——但他們就是傻瓜。倒未必都是觀光客，一票女人吃吃笑，只想知道新郎的那話兒有多大，以及他在洞房時的表現夠不夠標準。她們尖叫驚嘆，聽著海兒使出早就用老的那一套——愚者代表新的開始，女皇代表女性化與生育力，惡魔代表性慾，戀人代表激情與承諾。偶爾她把她需要的牌藏在手心裡，萬一問卜者遇上了全部是小牌的牌陣，或是死神或教皇大牌，她可以給出一個令人滿意的答案。但是一天結束後，什麼牌其實都無所謂——海兒會讓每張牌都適合那些女人想聽的話，只需要皺個眉，搖個頭就能讓她們佩服得驚呼，再拍拍那個女人的手，說出最後的結論（永遠是她會遇到愛情和幸福，儘管會有艱難阻礙——即使是前途最不看好的一對情侶）。

這些人，海兒倒不介意愚弄。問題是別的人。常客。那些相信她的，好不容易湊足十五、二十鎊的，而且一來再來，想要海兒沒法給的答案，不是因為她看不出他們要什麼——是因為她沒辦法用謊言欺騙他們。

他們是最容易的。那些預約的——報上真實姓名和電話號碼，她就能上網去搜尋。就算是臨時走進來的客人也會洩露許多事——海兒能猜出他們的年齡、社會地位；她注意到時髦卻磨損的皮鞋表示財富縮水，或是新近剛買了名牌皮包則表示財運亨通。在她的算命亭中的昏暗燈光下，她仍能看見剛摘掉不久的婚戒痕跡，或是某人早上少了一杯酒而顫抖的雙手。

❶ 在未事前準備之下，為第一次見面的人算命，立即推測出對方的心理。

有時海兒甚至是到事後才明白自己是怎麼知道的——而那幾乎就像是塔羅牌在跟她說話。「我看見了妳的失望，」她會這麼說。「是不是……和孩子有關？」而那個女人的眼中會帶淚，也會點頭，未及回神就一古腦地說了起來，說著流產、死胎、不孕。一直到事後海兒才會想我是怎麼知道的？接著她會想起在她進等候室叫這個女人時看見的景象。那時有位少婦走過，胸前的吊帶中有個嬰兒，另一手牽著一個小女娃，女娃的嘴巴四周沾滿了棉花糖，而這個女人望著窗外，黯然神傷，海兒也就了解了。

然後她會覺得很卑鄙，有時她會把錢退還給客人，告訴她塔羅牌說收錢的話會對她不利，即使如此一來反而讓客人更相信她，讓他們更容易再來，手上握著鈔票。

不過，大致上，海兒喜歡她的工作。她喜歡那些喧譁喝醉的姐妹淘，她甚至喜歡那些男客，進來時大吼大叫，一臉懷疑，拿水晶球亂開曖昧的玩笑。而且她覺得她在很小的地方幫助了一些較脆弱的客人——她的心還不夠黑，不會只挑他們想聽的話說，她也會說他們需要聽的話。諸如真相是無法在酒瓶裡找到的。嗑藥不是解決問題的方法。離開那個造成上衣領口後方瘀血的男人是正確的。

她比心理治療師便宜，也比許多靈媒要有道德，他們挨家挨戶發傳單，自稱可以用水晶球治癒絕症，或是可以和死去的愛人和孩子聯繫——當然一開口就是天價……

海兒從來都不應承這些事。客人問她是否能夠聯絡上大衛或法賓恩或珂拉小寶寶時，她會搖頭以對。她做的不是通靈生意，利用別人赤裸裸的傷心謀利。

「塔羅牌不能預測未來，」她一而再再而三地說，向自己保證事情有不同的結果是必然的，但也告訴客人他們需要知道的事——就是沒有什麼答案是顛撲不破的。「塔羅牌只是秀出了可能的走向，根據的是你今天帶來的能量。它可以是一種指引，讓你藉此決定你的行動，而不是一間牢房。」

但說真的，無論她多努力澄清，大家喜歡塔羅牌是因為可以給他們一種掌握在手的幻覺，像有什麼冥冥中的力量在指引他們的人生，是一種緩衝器，可以讓他們抵抗毫無道理可言的命運。但是他們喜歡海兒是因為她很高明。她善於以客人說出的影像編織出故事來，善於傾聽他們的痛苦和問題和希望，而最主要的是，她善於解讀他人。

她一向很害羞，在陌生人面前舌頭就打結，在吵鬧的中學裡像條離了水的魚，但是她當時不明白的是那麼多年被晾在後面觀察別人，她是在打磨她的超然，學習將來會變成她謀生手藝的技巧。她一直在觀察別人呈現出來的自我，他們緊張不安或充滿希望或試圖迴避真相時的小動作。她發現了最重要的真相往往潛藏在別人沒說的事情裡，也學會了解讀他們隱藏起來卻一覽無遺的秘密；在他們的態度上，他們的衣著，以及在他們以為沒人看見時掠過臉上的表情。

海兒不像大多數的客人，她並不相信口袋裡的塔羅牌具有什麼魔力，一切都憑她自身的能力去揭露別人連對自己都不肯承認的事情。

但此時，她匆匆走過宮殿碼頭，炸魚薯條的味道隨風飄散，害她空空的胃咕嚕叫，海兒發現自己在納悶。如果她相信……如果她相信……那塔羅牌對於崔帕森園……對那個不是她外婆的女人……對那個擺在她面前的選擇會怎麼說？她一點也不知道。

5

「早安，甜姐！」

「早，瑞格，」海兒說，將一枚五十便士硬幣推過瑞格亭子的櫃檯。「一杯茶，謝謝。」

「我就知道。今天連黃銅猴子都會覺得冷，對吧？好。我看看。一杯茶，跳恰恰……」他嘴裡嘟囔，一邊把茶包丟進有裂痕的白色馬克杯裡。「一……杯……茶給我最愛的小李花。」

李花香，小姑娘。

瑞格不是布萊頓人，而是倫敦人，他說話時總夾帶一堆押韻的倫敦土話，海兒總鬧不清他是不是真心的。瑞格絕對是個東倫敦人——起碼，他是如此自稱的，在倫敦舊城區出生，在東區的街巷中長大。但是他的表面形象卻帶著一絲童話劇的味道，而海兒懷疑全是因為觀光客喜歡這種調調。東倫敦的怪老頭，配上他的糖蜜塔和熱茶。

這時他正盯著熱水甕，皺著眉頭。

「可惡的甕又在鬧脾氣了。我看是電線鬆脫了。妳能等十分鐘嗎，海兒？」

「不太能……」海兒看看手錶。「我是應該要十二點就開門的。」

「啊，放心好了。妳那邊一個人也沒有，不然我會看到他們經過。而且丘基也還沒來，所以妳不用擔心他。進來坐吧。」

他打開了亭子門，示意海兒進去。海兒遲疑不決，隨即跨過了門檻。

丘基是懷特先生，碼頭經理。海兒是自營業者，有自訂上下班時間的自由，但是懷特先生喜歡每個攤位都在早上開門營業。他老是說再也沒有比不開張的碼頭更叫人沮喪的了。西碼頭已經比它的姐妹碼頭宮殿碼頭更勤勉了，為了吸引海濱步道上的消費者，生意下滑時，冬天的幾個月總是淡季，懷特先生就會開始重新評估表現不佳的攤位租約。目前的海兒最丟不起的就是她的算命亭了。

瑞格的亭子裡暖和，有強烈的培根味道，是後面的烤架上傳來的。瑞格的冬季商品是培根三明治和熱杯，而夏季則是霜淇淋和可樂。

「馬上就好，」瑞格說。「對了，妳還好嗎，我親愛的老夥計？」

「我還好。」海兒說，雖然不盡然是實話。擺在家裡咖啡桌上的那兩張紙害她直反胃，而且她半信半疑今早打開攤位時會發現另一封信。如果，如果崔斯韋克先生的信真的沒寄錯人就好了。

燒水壺快要沸騰了，她看著瑞格熟練地單手操作水龍頭，注水到馬克杯裡，另一手翻動培根。不知是什麼原因，對著他的後腦勺說話比當著他的面說話要輕鬆多了。她不需要看見他眼中的關切。

「其實呢……」她說，嚥了口口水，硬逼自己說下去，但是話說出口時，卻不是她想要說的。「其實呢，我可能比還好還好。我昨晚收到了一封信，說我可能是一筆秘密財富的繼承人。」

「妳什麼？」瑞格轉身，一手拿馬克杯，臉上是公然的驚訝。「妳說什麼？」

「我昨晚收到一封信，律師寄來的。說我也許能拿到一筆『鉅額遺產』。」

「妳在唬我吧？」瑞格說，兩條眉毛幾乎翹上了不存在的髮際線了。海兒搖頭，而一見她並不是在開玩笑，瑞格也跟著搖頭，把茶遞給她。

「妳可要當心啊，親愛的。這種詐騙可多了。我家那個老太婆前兩天也收到一封信，說她贏了委內瑞拉的彩券之類的。妳可別把錢交出去。不過我也是瞎操心。」他朝她眨眼睛。「妳是不會上當的。」

「我覺得不是詐騙，」海兒老實說。「比較有可能是誤會了。我覺得他們是把我跟別人搞混了。」

「妳覺得是那種尋找繼承人的玩意，有人死了，而他們想把失散多年、八竿子也打不著的親戚找出來？」他又皺著眉頭，但這次不是擔心，比較像是在琢磨什麼難題。

「有可能。」海兒說，聳了聳肩，小心翼翼啜了口燙嘴的茶。茶又熱又苦，卻很好喝。咖啡桌上的信帶給她的冰冷黏濕感覺漸漸退散了，她覺得心底有簇舊回憶的火苗在閃動——是早晨醒來不必擔心每一份帳單，不必去想下一個月的房租哪裡來，不必擔心有人敲門的感覺。天啊，只要能找回那種安全感，她什麼都肯做……

她覺得心裡有什麼變硬了——是一種鋼鐵般的決心……

「唉，」瑞格最後說，「要說誰需要一點好運的話，那就是妳了，我的達令。依我看吶，他們給妳多少錢，妳就拿了就跑。拿了就跑。」

6

「再見，」海兒說，看著三個微醺的女生搖搖擺擺走出門，一路尖叫嬉笑，朝酒吧和夜店而去。「願命運眷顧妳們。」她又補上一句，一如平常，但是她們已經走遠了。她瞧了瞧手錶，發現已經晚上九點半了，碼頭很快就會關閉。

她累了——事實上是虛脫了——而今晚稍早時，時間像是怎麼挨都挨不完，碼頭上一個遊客也沒有，她想要打烊，關掉招牌回家，但她很慶幸她堅持留下。一整天幾乎一個客人也沒有，到了晚上七點卻有一股小高峰——兩名同事進來問他們應該如何對付霸凌的老闆，接著是這三個喝醉的女生想在八點時找點樂子。她沒賺多少錢，但運氣好的話，這週的店租還付得出來，在淡季時這樣已經是上上大吉了。

她嘆口氣，關掉了腳邊的小電熱器，站了起來，準備要關掉亭子外的小照明招牌。招牌上以行雲流水的花體字寫著瑪各麗妲夫人，儘管這種吉普賽人物的形象跟海兒不是很搭，她卻沒有心思去換掉。

專精塔羅牌，讀心術，手相，底下較小的一行字如此寫道，雖然說真的，海兒並不喜歡看手相。可能是因為需要肢體接觸，手裡得握著溫暖黏濕的手。也可能是缺少道具，因為儘管她自己不相信，她卻喜歡塔羅牌這個實際的物件——精美的繪圖，柔軟又脆弱。

不過在她關掉亭子的燈光和外頭的招牌時，卻有人敲玻璃。她的胃翻了個觔斗，霎時間動彈不得，就連呼吸都停滯了。

「我一直在等，」一個女人不客氣地說。「妳是想不想做生意啊？」

海兒嘆口氣，覺得緊張流逝，動手打開了門。

「不好意思。」她運用了鎮定專業的聲音，每次她拿起塔羅牌，這種聲調就會變成她的外在形象的一部分。那是介於靜謐與嚴肅之間，比她自身的聲調要低沉，不過現在卻比平常要難維持，因為她的心臟仍因為突如其來的恐懼而狂跳不已。「妳應該要早點敲門的。」

「如果妳真的會通靈，那妳就會知道。」女人說，帶著酸溜溜的得意，海兒壓住了另一聲嘆息。這個女人是那種來找碴的客人。

海兒老是不懂，為什麼那些懷疑這一套的人會進來這裡。她又沒有強迫誰來，她並沒有搞什麼噱頭——她不會假裝能治療疑難雜症，或是建議客人採取什麼大膽行動——她甚至沒說她的算命只是好玩。難道他們不能找別的人去揭穿嗎？可他們卻偏偏要來，然後抱著雙臂，抿緊嘴唇，不肯被她牽著鼻子走，每次算錯了就一副幸災樂禍的表情，即使是在他們想要相信、亟欲相信的時候。

但是她沒有趕走客人的本錢。

「請進，請坐，今晚很冷。」海兒說。女人拉出一張椅子，卻不開口。她只是坐下，人字紋花呢大衣拉得緊緊的，皸裂的嘴唇也閉得緊緊的，瞇著眼睛。

海兒也坐好，把那盒塔羅牌拉過來，開始向新客人介紹，這是已經訓練有素的過程；做幾個大致的猜測，只為讓聽者佩服她的洞察力，小小自吹自擂一番，再摻上一點簡略的塔羅牌歷史，針對的是對塔羅牌少有認識的客人，而且需要來龍去脈才能了解她接下來的舉動。

海兒才說了幾句，就被她打岔了。

「妳的樣子不怎麼像靈媒。」

她上下打量海兒，望進了磨損的牛仔褲，她右耳上形狀如刺的粗耳釘，她的T恤底下露出來的刺青。

「我還以為妳會穿戲服，戴面紗，面紗上有垂吊的裝飾，滿像那回事的。招牌上說『瑪各麗妲夫人』——妳可不怎麼有夫人的樣子。反而比較像十二歲的小男生。」

海兒只是微笑搖頭，但是她的話打亂了她的節奏，她恢復小小的演說時發現自己在想著家裡床底下的抽屜中的面紗，質料上等的黑紗，邊緣綴著黑玉。她結結巴巴說著早就爛熟於胸的話，很高興終於快說完了。

等她說完後，她按照習慣又補上一句：「請告訴我妳今天是有什麼事要請教塔羅牌的。」

「妳不是應該知道？」女人不客氣地說。

「我感應到妳有很多問題，」海兒說，盡量不要不耐煩。「但是時間很短。」

而且我想回家了，她心裡想，卻沒說出口。一陣沉默。碼頭支柱間風聲呼嘯，海兒能聽見遠處有海浪拍岸。

「我面臨了一個選擇，」女人終於說，聲音勉強，彷彿每一個字都是硬擰出來的。她在椅子上欠動，燭火也隨之明滅。

「好，」海兒謹慎地說，不讓語調像詢問。「我感應到妳的面前有兩條路，卻彎彎繞繞的，而妳看不到遠方。妳想知道妳該選哪一條。」

換句話說，一個選擇。她沒有別的佐證可以借力，只能拐彎抹角地說話，但是對方不情願地點了點頭。

「我來洗牌，」海兒說。打開了漆盒，拿出塔羅牌，洗了幾下，再把牌攤開在桌上，擺了一個弧形。「好，心裡想著妳來這裡的問題，指一張牌給我。別碰到，只要用手指比著那張召喚妳的牌。」

女人的下巴繃緊，海兒察覺到她的心裡有一陣亂潮洶湧。無論她今晚是為何而來的，都不是普通的問題，她並不是自願來的，而且病急亂投醫。她傾身時，一條十字架從她的開襟毛衣下露出來，她顫巍巍指著一張牌，幾乎像是懷疑有什麼圈套。

「這一張？」海兒說，把牌單獨往外推，女人點頭。

海兒把牌面朝下推到桌子中央，悄悄瞄了眼女人後面的時鐘。通常她會做塞爾特十字牌陣，可是她現在又累又冷，而且餓得胃咕嚕叫，要她跟這個女人耗上半個小時，她才不幹。她最多只會排個三張牌。

「這張牌——」海兒碰了碰女人選擇的牌——「代表當前的情況，妳來問我的問題。好，再選一張。」

女人的手指點向另一張，海兒把牌擺到第一張的旁邊，也是面朝下。

「這張牌代表妳面對的困難。好，再選最後一張。」

女人遲疑了一下才指著牌陣最左邊的一張，極少有人會選這一張，一般人會挑比較中間的，極少數的人，也就是最容易受引導的人，一聽見最後兩字就會挑右邊的牌，也就是原始的一疊牌中最底下的那張。

挑選第一張牌很不尋常，海兒也覺得意外。她早該知道的，她心裡想。這是一個反其道而行的人，別人叫她向東她偏要向西。

「最後這張牌代表塔羅牌要給妳的建議。」海兒說。

她翻開了第一張牌，聽見對面發出了嗆到的聲音，女人一隻手飛向嘴巴，掩住了口，嚥下一個名字。海兒抬頭就看見女人瞪大了眼睛，眼神苦惱，熱淚盈眶，剎那間，她知道了。她知道這個女人是為何而來了，她也知道牌上的圖案對於她面前的這個女人代表了什麼。

揹著行囊走向陽光的年輕男子長相英俊，滿臉笑容，黝黑的臉龐轉向太陽，唯有腳邊的懸崖透露了這張牌更深沉、更黑暗的意義——浮躁，天真，衝動。

「這張牌叫愚者，」海兒柔聲說，女人發出小小的哽咽聲，幾乎是不由自主地點點頭，她接著說：「但是塔羅牌說的不僅僅是簡單的意義。愚者，雖然可以象徵愚蠢，卻未必總是這個意思。有時候這張牌指的是全新的開始，有時候指的是不考慮眼前的道路，不考慮將來就去做了。」

女人又發出無淚的、咽住的哭泣聲，說了什麼，像是「他的未來！」語氣之苦澀懷疑，海兒也情不自禁伸出了手。

「我……請原諒，可是……妳的問題是不是妳兒子？」

女人一聽就哭了出來，哭得肝腸寸斷，她一面哭一面點頭，海兒聽著她滔滔不絕——藥物的名稱，她在布萊頓知道的治療中心，交換針頭，偷竊手提包裡的錢，傳家寶被賣掉或當掉，無眠的夜晚等著始終不響的電話。在痛苦的哽咽之間說出的故事相當平凡——心急如焚的母親想要拯救不想獲救的兒子。

一個選擇，她方才是這麼說的，而海兒知道是什麼選擇，她現在真希望剛才沒有開門。

海兒心裡懷著一種惡兆，翻開了第二張牌。是命運之輪，上下顛倒的。

「妳選的第二張牌代表了妳和妳兒子一起面對的障礙。這張是命運之輪，又叫生命之輪，象徵命運和重生和生命的循環，它說妳和妳兒子來到了一個轉捩點——」小小的、不情願的點頭，女人忿忿地擦掉眼淚——「可是牌是倒牌——牌像這樣子上下顛倒的話，我們就叫倒牌。顛倒的命運之輪代表的是惡運。這是妳的人生中遇上的障礙。這裡有不是妳能控制的負面力量，而且並不完全是外在的——是過去所做的選擇的結果，當然是包括妳和妳兒子的選擇。」

「他的選擇，」女人酸苦地說。「他的選擇，不是我的。他是個好孩子，後來在學校裡交了壞朋友，就開始販毒。我能怎麼辦呢——站在一邊看著他墮落？」

她的眼睛像是頭骨上兩個空空的洞，等著海兒反應時，她咬住了皸裂的嘴唇，咬出了血珠。海兒搖頭，突然好想要趕快結束。

「最後一張牌代表一個可能的行動，可是——」女人眼中的飢渴讓她趕緊補充說：「切記，這不是處方。塔羅牌不會預測未來——不會提供萬無一失的方法。只是告訴妳在將來的某一天，妳的問題可能會有某個結果。有些情況是不會有簡單的解決方案的，我們只能導引方向，往傷害最少的方向前進。」

她翻開了牌，女祭司平靜的臉面向著閃爍不定的燭光。外頭一陣強風吹過，海兒聽見遠處有一隻海鷗在叫。

「這是什麼意思？」女人追問，心中的懷疑都消散了，被急於得到答案的焦慮包容了。她瞪著牌上的圖案，端坐在寶座上，雙手張開，像在祝禱。「她是誰——什麼異教女神嗎？」

「也可以這麼說，」海兒慢吞吞地說。「有人稱她是波西芬妮，有人說她是阿特密絲，狩獵女神。有人甚至用更古老的名字稱呼她。法文稱她女教皇。」

「可她到底是什麼意思？」女人又說，更心急了。手指像爪子一樣扣住海兒的手腕，勒得她很痛，但是海兒壓抑住想甩開手的衝動。

「她代表直覺，」海兒簡短地說，假裝要把牌收成一疊，藉此收回了手。她把女祭司放在最上面。「她象徵未知——我們自身未知的部分，以及未知的將來。她代表人生在變動，將來總是不能確定的，無論我們蒐集到多少的資訊。」

「那我該怎麼辦？」女人哭喊。「我不能一遍又一遍受這種罪，可我要是把他趕出去，我又算是什麼母親？」

「我相信……」海兒吞嚥了一下，隨即打住不語。她討厭這個部分。討厭他們來找她問她不能給予的答案。她仔細思索，又開口說話。「聽著，這個牌陣非常的不尋常。」她把其他牌翻過來，攤開來，展示給客人看大牌和小牌的比例，讓她知道絕大多數的牌是數字牌。「這些牌──這些數字牌，上面有花色──是我們說的小牌。當然有它的意義，可是比較……就說是易變吧。隨人詮譯。但是這一些──」她摸了摸女人選的牌──「這些有象徵圖像的牌叫大秘儀，或稱大牌。牌陣如果完全是由大牌組成的，跟妳的一樣，在統計上是很少見的。一副牌裡本來就沒有很多的大牌。重點是，在塔羅裡，這些牌代表命運的大轉折──我們生命中的轉捩點──如果拿到了大量的這類牌，一個意思是情勢比人強，另一個意思是事情會按照命運的安排進行。」

女人一聲不吭，只是看著海兒，眼神極其飢渴，幾乎令海兒害怕。她的臉在燭光下陰影居多，眼窩凹陷。

「說到底，」海兒柔聲說，「妳得自行斷定牌告訴了妳什麼，但是我的感覺是大祭司是在叫妳聽從妳的直覺。妳已經知道答案了，就在妳的心裡。」

女人向後退，隨即點頭，動作非常慢，同時咬著蒼白皸裂的嘴唇。

接著她站了起來，扔下一團鈔票到桌上，轉身就走，門砰的一聲，放進了一陣風來，海兒抓起鈔票，攤開來，看見了數額，搖了搖頭。

「等等，」她高聲喊，跑到門口，頂著風使勁把門拉開。門被風硬生生吹開，撞在亭子的側面，她縮了縮，唯恐脆弱的維多利亞玻璃會破掉，但是她也沒空去檢查。那個女人已經快不見蹤影了。

她拔腳就跑，腳底在濕滑的木板上滑溜。

「等一下！」

風變大了，雨混合著含鹽水霧刺痛了她的眼睛，她跑到了碼頭的入口，入口上方的照明招牌投射出閃爍不定的長影。

「等一下，回來！」她對著濕漉漉的黑夜喊，伸長脖子在毛毛細雨中尋找一條人影。「妳付太多錢了！」

她在喘氣，這時她才忙著調勻呼吸，傾聽是否有腳步聲匆匆穿過黑暗，但是她什麼也沒聽到，只有大海澎湃，雨水打落。

海濱步道空無一人，那個女人已消失在黑暗中，恍如是化入雨裡了。

海兒終於放棄時已經全身發抖，整個淋濕了，鈔票仍握在她的手裡，也被遮陽篷滴下來的雨弄濕了。女人留下了六十鎊。不成比例的數額——比海兒平常一場十五分鐘的算命多了四倍。為了什麼呢——就為了海兒做了幾個簡單的猜測，然後叫她要聽從她已經知道的決定？

海兒搖頭，把鈔票塞進口袋裡，打了個哆嗦，再向後轉，準備要回亭子去，打烊休息了。她經過了有遮陽篷的入口，自動伸手拍拍那隻塑膠導盲犬，導盲犬的頭上有個口子，供人捐款，每次有兒童經過，他們都會捐錢。海兒小時候總是會拍它，每次她來找她母親，或是有時她們有點餘錢，她母親就會牽著她過來投下一鎊。她一直努力保持這個習慣——只是最近金額從五十便士的硬幣縮小了，有時只是幾枚小硬幣。

今晚，心裡想著那兩封討厭的信，她不打算捐錢，但此時，經過高高的拱門，她又猶豫了，結果又轉了回去。

塑膠犬耐心地坐在遮陽篷照顧不到的地方，還有另外兩個捐款箱作伴，不過這兩個不太受兒童眷顧。一個的形狀是一艘船，捐款單位是皇家全國救生船協會；另一個是巨大的甜筒，告示上寫著支持西碼頭選擇的慈善單位！本月我們要捐助：＿＿＿＿＿＿。後面的留白會寫上最新的受助單位。

海兒彎腰看著插進留白處的濕紙條，很難辨識字跡，因為雨水或海水滲入了塑膠板後，墨水暈開了，但是海兒還是看得出來。燈塔計畫——布萊頓及霍夫市的戒毒活動。海兒摸了摸口袋裡那團濕鈔票，又想到咖啡桌上那一摞帳單，以及塞入亭子門縫裡的信。

海兒發著抖數著鈔票，然後一張接一張塞進了甜筒裡，盡量不去想這些錢能買多少雙皮鞋，能付多少份帳單，能吃多少餐熱騰騰的飯。

最後，最後一張鈔票塞了進去，她轉身要回家，甜筒亮了起來，明亮的粉彩光芒在雨夜裡投下長長的影子。

7

海兒發著抖回到了亭子，後悔剛才衝出來追人時忘了穿外套。這會兒她濕透了，還得穿著又冷又濕的衣服回家，浪費更多錢在取暖上。

她小心走路，避開破掉的木棧板，感覺腳下被雨打濕的木頭很滑溜，仍未熄滅著的少數幾盞燈照亮了一窪窪的水坑。現在還不到十點，但是碼頭幾乎都打烊了——舞廳鎖門了，瑞格的茶亭也拉下了鐵門，棉花糖攤也拉上了百葉窗。招牌上寫著本營業場所不留現金，要不是海兒見過一百多次了，她是很難看懂的，因為長條燈在風中搖晃，在各種東西上投射下跳動個不停的影子。碼頭冬季並不關閉——以前關過，但現在是全年開放，就像更北邊的姐妹碼頭——但是在殘冬卻瀰漫著一股鬆懈慵懶的氣氛，海兒想到了眼前的漫長冬季，不由得嘆氣。但此刻她卻納悶——她有那個本錢再繼續嗎？可不繼續的話，替代方案是什麼呢？

她回到算命亭時發現門是關上的，但是她不記得有關門。她伸手握住被鹽侵蝕得生鏽的門把，打開了門，溜進了漆黑的亭子裡，避開了風，殘留的暖氣包圍住她，讓她鬆了口氣。

「哈囉，」有人說話，桌上的紅燈罩檯燈亮了起來。

海兒覺得臉上血色盡失，耳朵裡開始咚咚響，就跟海浪拍打沙灘差不多。

站在光圈中的男人非常高，肩膀非常寬，頭頂非常禿，帶著笑容，卻是皮笑肉不笑，好像很喜歡嚇別人——而海兒是嚇到了。

「你……」她想說話，嗓子卻像啞掉了。「你來做什麼？」

「說不定我是想算命。」男人愉快地說，但是一手插在大衣口袋裡，撫摸著什麼東西，動作讓海兒很擔憂。他說話有點大舌頭，兩顆門牙的間隙會漏風。

「我打烊了。」她好不容易才說出話來，努力讓聲音鎮定。

「啊，別這樣嘛，」男人責備地說。「看在我是妳媽的老朋友的分上，妳總能挪出點時間來吧，是不是？」

海兒覺得心裡有什麼變冷，動彈不得了。

「你知道我媽什麼？」

「我一直在四處打聽。算是友好的好奇吧。」

「我要請你離開。」海兒說。她的亭子裡有警報按鈕，卻是在另一頭，那個男人所站之處，況且，還得看碼頭的保安是否在辦公室裡。

男人搖頭，她覺得驚慌堵上喉頭了。

「我說了，出去！」

「嘖嘖，」男人說，一面搖頭，笑容消失了一會兒，不過眼神中仍帶著一種趣味，覺得在她身上看見的恐懼以及她努力掩飾的態度很好玩。檯燈照亮了他的禿頭。「妳這樣子對待妳媽的老朋友，妳媽要是知道了，會怎麼說她的小女兒呢？」

「我不是小女孩了，」海兒說，咬牙切齒。雙手抱住身體，盡力不讓手發抖。「而且我連一秒也不信你認識我母親。你想幹什麼？」

「我想妳知道我們要什麼。妳可不能說我們沒給妳吃敬酒。史密斯先生親自給妳寫了信，真的。可不是每個客戶都能勞動他親自動筆。」

「你想要什麼？」海兒僵硬地重複，但其實不是在發問。她知道。就跟她知道那封信的意思一樣。男人又搖頭。

「得了，韋斯特威小姐，別玩遊戲了。妳當初簽字的時候又不是不知道條件。」

「我已經付清了三、四倍的錢了，」海兒說。聽見絕望溜進了她的聲音裡。「看在上帝的份上，拜託。你明知道我付清了。我一定給了你們超過兩千鎊了。我本來只借了五百鎊。」

「條件就是條件。利息是妳同意的。妳要是不喜歡，一開始就不應該同意。」

「我沒有選擇！」

但男人只是又笑了，又搖頭。

「真會扯。怎麼會沒有選擇呢，韋斯特威小姐。妳選了向史密斯先生借錢，而他想要回來。好了，他不是一個不講理的人，妳的債務目前是……」他假裝查看手上的紙，但是海兒很確定他只是在作戲。「三千八百二十五鎊。幸虧史密斯先生好心，扣掉了零頭，妳只需要付三千鎊現金，妳的債就一筆勾銷了。」

「我去哪裡弄三千鎊！」海兒說，覺得嗓門拔高了，趕忙嚥了口氣，逼自己從吼叫降到比較講理的調門。

慢下來。

是她母親的聲音在她的腦海裡說話，溫柔撫慰。海兒想起了她教她如何對付難纏的客人。*讓他們了解妳是主導的人，而不是他們。別讓他們為所欲為——記住妳才是算命師。妳發問。妳設定步調。*

如果現在是算命就好了。如果她是讓這個男人坐在桌子對面，塔羅牌擺在兩人之間……但是並不是。她只能兵來將擋水來土掩。

她辦得到。

「聽著，」她比較理性地說。顫巍巍吸了口氣，鬆開雙臂，不再採防衛姿態，張開雙手表示誠實。她甚至強迫自己微笑，儘管覺得笑得齜牙咧嘴。「聽著，我也跟你們一樣想把這件事解決掉——其實，我比你們更想解決。可是我沒有三千鎊，也沒辦法弄到三千鎊。這就跟叫我去摘月亮一樣難。所以，讓我們來想出一個辦法，讓我能付得出來，而你的老闆可以接受的。每週五十鎊？」

她並沒有停下來考慮她要如何弄到這筆錢。每年的這個時節她根本就賺不到每週五十鎊，可或許可汗先生會願意讓她遲繳一個月的房租，而且聖誕節常常生意會變好，因為會有派對和深夜的購物人潮。無論如何，她都得找出這筆錢來。

「來。」她走向桌子，拿起了她放每日收入的有搭扣的盒子。她的手抖得太厲害，幾乎打不開鎖，好不容易才打開來，拿起了今天賺的鈔票，透過睫毛往上看，露出笑容，是小女孩的笑容，害羞又討好，訴諸他較高尚的天性——如果他有的話。「那，這裡有……二十……三十……差不多四十鎊。就算是第一筆。」

別管她還得要付丘基．懷特的攤位租金了，別管帳單、房租以及家裡沒有食物了。只要能打發他離開，為她爭取一點時間就好。

但是男人搖頭。

「嘿，妳得知道，要是由我作主啊，我會說好。我最樂意幫忙妳這樣的年輕女孩了，一個人孤伶伶的。」他評估地掃了一圈小亭。「可是我作不了主。而且史密斯先生，他覺得自己已經非常夠仗義了，而妳卻利用了他的仗義。史密斯先生想要他的錢。就這樣。」

「不然呢？」海兒說，突然覺得好累。她把鈔票塞進口袋裡，而內心深處，在她的核心，她感覺到一簇憤怒的火苗燃燒，果斷的熱力漸漸取代了刺骨的恐懼。「不然他想怎麼樣？奪走我的東西？我沒有東西可以給你們了。你們就算把我的東西全賣了，也賣不了三千鎊。把我告上法庭？我什麼也沒簽——你們什麼證據也沒有，只是你們的一面之詞。還是說他會去報警？知道嗎——」她頓了頓，彷彿是剛剛想到了這個點子。「對，就是這樣，也許我們就應該要這樣。我想警察會對他的討債方法很感興趣。」

這句話擦掉了男人臉上的笑容，他俯身，跟海兒的臉靠得很近，她都能感覺到他說話時唾沫星子噴在她的額頭上。她硬是忍住了沒有往後縮。

「韋斯特威小姐，妳這個建議可就非常、非常不聰明了。史密斯先生在警方有很多的朋友，而且我覺得他們聽見妳這樣子說他們的哥們，可不會高興。妳說妳什麼也沒簽？嗯，猜猜看這是什麼意思，小聰明小姐。一個證據也沒有，妳拿什麼去報警，除了妳的一面之詞？我會給妳一個星期的時間去籌錢，我可不想聽什麼弄不到錢的廢話。妳去賣東西，妳去搶錢，妳去站街角幫別人在汽車後座吹喇叭，賺個二十鎊，隨便，我他媽的不在乎。下星期的這個時候我會來要錢。妳覺得現在就算一無所有了嗎？還有更差的日子呢，甜心。差多了。」

說完他就轉過身去，然後，非常漫不經心地，拂掉了桌子後方架上的東西。海兒聽著東西落地，忍不住瑟縮：木基座上的水晶球，上漆的雕刻飾品，她親手做的送給母親當聖誕節的黏土罐，書籍和杯子，插竹籤的瓷瓶……全都摔下來，一個接一個砸在桌上和地上。

「唉呀，」男人面無表情地說，發音不清反倒讓他的話更充滿了嘲諷。他轉過來，對她露出大大的笑容。「真對不起啊。我還真是笨手笨腳。我也打斷過骨頭，很多的骨頭。昨天還打斷了三顆牙。是意外。可是誰不出意外呢，是吧？」

海兒發現自己在發抖。她想要拔腿從亭子跑出去，捶打保全的辦公室門，躲在碼頭滴水的木棧道底下直到他離開，可是她不能——不肯露怯。她不會讓他看見她的恐懼。

「我現在就走。」他說，推開了她，走向門口，同時伸出一隻手，漫不經心地掀起桌子，弄得塔羅牌飛散到空中，海兒的茶和剩餘的早餐全都砸到了地上。冷茶潑到了海兒的臉，害她縮了縮。

他在門口停下，豎起衣領抵擋雨水。

「再會了，韋斯特威小姐。」那種漏風的嘶嘶聲。「下個星期見。」

說完他就走了，重重甩上了門。

海兒站在那兒很久，僵住了，聽著他的足聲消失在碼頭前方。接著她心裡好似有什麼鬆開來，她發著抖拴好了亭子的門栓，背對著門而站，因寬心與恐懼而顫抖。

她大約是在一年前借的錢，而現在她真不敢相信她那時那麼蠢。可是當時她覺得已經走投無路了——那時是冬天，碼頭的生意越來越差，越來越差，後來有個可怕的星期她才賺了七十鎊。其他的攤位主只是聳聳肩，說有幾週就是會這樣——壞得無法解釋。可是對海兒來說，卻是災難。她沒有儲蓄，也沒另一份工作。她的房租遲繳了，帳單也沒繳，甚至湊不出錢來付店租。她什麼法子都試過了——她登廣告找室友，卻沒有人肯讓房東睡在沙發上。她應徵過酒吧的工作，卻跟碼頭的工作時間衝突，再者，只看一眼她空洞的履歷，她去應徵的大多數地方都只是搖頭。連就業中心在聽到她說她沒念完高級程度的普通教育時都倒抽涼氣，儘管原因是她母親就在她要應考的前兩週過世。

聯絡親戚，碼頭有個人說，找朋友幫忙，而海兒卻不知該如何作答，不知該如何解釋她在這世上是多麼的孤苦伶仃。是，她是在布萊頓長大的，之前也有朋友，在她母親過世前，但是很難說清楚她們的生活在意外之後是如何快速分道揚鑣的。她記得葬禮過後的頭一天她到學校去，聽著他們笑談手機帳單、男朋友、為了小錯被禁足——感覺她是在不同的世界裡。那段時間她心裡不斷浮現的畫面是一條鐵軌，一路延伸向前，事先計畫好的：普通教育高級程度證書，大學，實習，事業……接著轉轍器一換，她就被拋上了迥然不同的一條路，只能設法存活，付帳單，一天挨過一天，而她的朋友繼續走在熟悉的老路上，要不是那輛超速的汽車，海兒自己也應該走在這條路上的。

當時沒有時間再考證書了，她休了學，接過了算命攤，湊合著過下去——前一分鐘設法遺忘，把頭髮剪短以免每天都在鏡中看見母親的臉，心痛難抑，買得起酒時就喝個醉茫茫——下一分鐘又死抓著記憶不放，刺在皮膚上，痛得咬牙。

現在的她不是從前的那個女孩子了。那個女孩把零用錢捐給遊民，在碼頭上揮霍硬幣，週日消磨在吃爆米花看爛電影上——她不在了。留下的是一個心腸硬的人，一個為了生存不得不變得心腸硬。那份在海灘上歡笑的自信被剝奪了，但是她在內心找到了一股非常不同的力量，她之前幾乎不知道有這種力量——是一種冰冷的、堅硬的堅毅核心，讓她在降霜的早晨走路去碼頭，甚至是在她的鼻子凍得直流鼻水，眼睛哭得紅腫時，那種鋼鐵般的力量讓她繼續下去，一腳跨在另一腳前面，即使是在她累得走不動時。

她變成了另外一個人。

現在的她經過乞丐時會別開臉。電視機賣了，她再也沒有週日了。她總是工作到疲憊，總是挨餓，最主要的是……她總是孤孤單單的。

葬禮過後幾個月，她在布萊頓的市中心看見過一群她的老朋友——他們居然沒認出海兒來，就逕自走過她面前，說說笑笑。有那麼一會兒，她轉過去張開口，想要叫他們，但她打消了念頭。他們之間裂開了一道鴻溝，太寬了，誰也跨不過。他們是不會懂她的轉變的。

所以她只是看著他們走遠，一句話也沒說，而不到幾週的時間，他們就分散了，到國內各地念大學，找工作，開拓事業，過空檔年，而現在，她不再和他們見面了，連遠距聯繫也沒有。

可是她不知道該如何向那個碼頭工人解釋這一切。不，她只這麼說，喉嚨縮緊，既迷惘又憤怒，他居然輕易相信人人一定都有某個人可以依靠。不，我沒辦法。

她不太想得起來他是為什麼有這樣的建議的，但最後她知道了某個借錢給別人的人，不需要抵押。利息很高，但是借錢方肯接受小額償付，甚至肯在你沒錢時拖一個星期。一切都是檯面下的——沒有辦公室，見面在奇怪的地點，現金裝在信封裡。但卻似乎是回應祈禱的答案，而海兒就撲了上去。

直到幾個月後她才想到要問問她需要付多少錢才能還清債務。

聽到答案後她忍不住往後晃。她借了五百鎊——其實她只要借三百，可是那人很好心，建議她再多借一點點，以備不時之需。

她以一週還幾鎊的速度還了四個月，現在欠債超過一千鎊了。

海兒驚慌失措。她把借來的錢沒動用到的部分歸還了，再把她能夠償還的金額提到最大量，但是她是太樂觀了。她沒辦法按照新的時程還錢，某一週碼頭的生意特別差，她漏還了一次，一個月後，她又漏還了一次。債務急遽攀升，史密斯先生的催債人越來越常打電話來，口氣越來越差，海兒這才了解了真相。她走投無路了。

最後，她做了唯一能做的事，不再還錢。她不再接未登錄的電話，不再應門。而她晚上單獨走路回家時也開始會張望後面。她總算還有一點值得慶幸之處，她老是這麼告訴自己，他們並不知道她上班的地方。在碼頭上，她是安全的。而且——直到現在為止——她至少感覺安全，因為她知道他們也是有侷限的。她沒有財產可以讓他們掠奪，而且她也相當肯定還債的安排是走在法律的陰暗面的。他們極不可能會把她一狀告上法院。

可現在他們似乎追查出她的下落了，而他們的耐性也磨光了。

海兒的顫抖漸漸減輕了，那人說的話似乎在她的腦海中迴響。*打斷骨頭。打斷牙齒。*

海兒從不覺得自己懦弱——或是虛榮——但是一想到那隻鋼頭靴漫不經心地朝她的臉孔踢過來，踢中她的鼻子和牙齒時的聲音，她就不由得瑟縮。

那她能怎麼辦？借錢是不可能的。她也沒有人能借——反正她是找不到有這麼大筆資金的人。至於照那個男人的建議到街角去賣春……海兒一想到就反胃。布萊頓的性交易市場很蓬勃，但她還沒有那麼飢不擇食。還沒有。

最後只剩下……偷竊了。

妳面前有兩條路，卻彎彎繞繞的……妳想知道要選哪條路……

回到公寓，海兒打開前門，默默站在門廳裡，豎耳諦聽。上頭沒有聲響，她來到頂樓的平台，公寓的門關著，底下也沒透出光線。

不過她更仔細看門鎖，卻覺得有刮痕，好像有人拿工具想撬開鎖。是她自己疑神疑鬼？每一家的門鎖上多少都有刮痕的吧，因為插鑰匙不小心，刮擦了金屬。

她插入鑰匙，心臟跳得很快，不確定在門後會發現什麼，但是門開了大大的一道口子，她摸索著燈，第一個想法是一切都原封不動。桌上是她留下的郵件。還有她的筆電。沒有東西破掉，沒有東西被偷走抵債。

海兒的心跳放緩了，她嘆了口氣，不算是放心，但也接近了。她關上門，上了兩道鎖，再脫掉外套。但一直到她走向廚房流理台，打開了電水壺，她才發現兩件事。

一個是水槽裡的一堆灰燼——她出門時絕對沒有。好像是燒掉了一張紙……可能是兩張。看得再仔細一點，海兒辨別出一片紙頭尚未燒斷，銀色的，襯著黑色的背景……你最後，她辨認出這些字，底下是會再……

不用回頭看咖啡桌海兒就知道是什麼了，她把史密斯先生的信擺成一堆，擺在帳單的旁邊。她還沒回頭就知道不見了。可她仍忍不住去查看，她把那堆最後通牒挪到一邊，焦急地尋找，怕是在她開門時被風吹散了。

沒有用。信不見了——她可以拿給警察看的證據也灰飛煙滅了。

另外還少了一樣東西，她發覺時心頭咯噔一下。壁爐架上的相片，海兒和母親的合照，臂挽臂在布萊頓海灘上，兩人的頭髮被海風吹亂了。

她朝壁爐架邁了幾步，腳底踩中了什麼，低頭一看——相框在壁爐邊上，玻璃被踩碎了，照片被一隻碾壓的腳毀損了。

海兒兩手發抖，頭暈目眩，逼著自己把相片拾起來，抱在懷裡，像抱一隻嬌小、重傷的動物，把一片片的玻璃碎片清掉。但是沒有用，照片破了毀了，女孩和母親的笑臉永遠消失了。

她不要哭，她死也不要哭。可是她覺得內心湧起了一股龐大酸苦瘋狂的悲傷。是那份不公平太傷人了，像喉嚨裡有強酸。她想哭出來，尖聲控訴一切的不公。

我要好運，她好想哭。一次就好，我要有事情隨我所願。

她發現自己跪了下來，被這件事壓低了頭，一時間，她就彎腰駝背看著玻璃碎片，低著頭，膝蓋縮到肋骨上，彷彿是想讓自己盡可能變得又小又安全。但是不再有安全了，沒有人來擁抱她，收拾善後，幫她泡杯熱茶。她得自己處理。

她動手撿拾玻璃，小心用外套衣袖把碎片掃到一處，腦海中響起了瑞格的聲音，他安慰的沙啞口音。要說誰需要一點好運的話，那就是妳了，我的達令。依我看吶，他們給妳多少錢，妳就拿了就跑。拿了就跑。

可以就好了。她把碎玻璃丟進垃圾桶裡，接著是破碎的相片。

妳面前有兩條路，卻彎彎繞繞的……妳想知道要選哪條路……

海兒的電話在口袋裡，她幾乎沒有自覺到是在做什麼，就拿出了手機，點開了火車時刻表。

十二月一日。

早上七點。

布萊頓到彭贊斯，來回票。

她點了。

如果有誰可以，那就是妳。

螢幕上跳出了票價，她忍不住眨眼。她口袋裡的錢還不夠買車票。連單程票都買不起。而且她的透支額已經到頂點了。可也許……也許購票網站不會去跟她的銀行查核……她掏出了金融卡，敲入了號碼，屏住呼吸……

奇蹟出現了，她買到票了。

即使如此，海兒仍不太相信，直到手機震動，收到電郵。您要到彭贊斯所需的一切都在這裡，電郵說，而底下則是取票序號，確認她買到車票了。

她的胃揪緊翻轉，有如坐船橫渡洶湧的大海，而一道大浪陡然在船身下退去。她當真要這麼做？不然的話她還有什麼法子？在這裡等著史密斯先生的打手再來找她嗎？

我可能是一筆神秘財富的繼承人。

她對瑞格說的話在她的耳中迴響，半嘲笑，半許諾。海兒站起來，恐懼引發的腎上腺素消退了，她感覺四肢僵硬，肌肉疲憊。

可能是真的。就算不是，或許她可以讓它是真的。她只需要讓自己相信。

朝臥室走時，她告訴自己要直接上床，結果她卻把她母親破舊的行李箱從衣櫃的頂端拿下來，開始收拾行囊。洗髮精，體香劑。直截了當。該穿什麼就傷腦筋了。黑色不是問題——海兒一半以上的衣服不是黑的就是灰的。可是她不能穿破牛仔褲和T恤去參加陌生人的葬禮，大家會期待是一件連衣裙，而她僅有一件。

她把連衣裙從底層抽屜拉出來，三年前埋葬了母親之後她就把它塞進去了，那是一個豔陽高照的六月天。衣服很端莊，可是便宜的薄棉加短袖卻遠遠不適合十二月的天氣。她可以搭配緊身褲襪，可是她唯一的緊身褲襪在大腿的地方抽絲了。海兒把褲襪攤開來，檢查損壞程度。她用指甲油修補過，現在她只能希望這樣的修補能撐得住。

再來是兩件T恤，一件帽T以及磨損最輕微的牛仔褲。一件換洗的胸罩。一把內褲。最後是她的寶貝筆電和兩本平裝書。

最後一樣最棘手。身分證明。他們會想看身分證明，而那封信也請她帶去。問題是，海兒完全不知道他們手中握有多少資訊。她的出生證明正本不能帶去，但她可以帶護照，或是出生證明簡本，這兩樣都沒提到她的父母。只是簡單證實了一些他們早已知道的事情——海兒的姓名。問題是，上頭也列出了她的生日。

如果他們等待的是一個三十五歲的人，只要看她一眼，這件事就結束了，根本連護照都不必看了。可是海兒認為十五到二十五歲，甚至是三十歲，她也能矇混過關。除非海絲特．韋斯特威十分年輕就結婚生子了，否則很有可能他們在找的女人就是落在這個年齡範圍內的，可萬一律師的文件上記載的是一個出生於一九九一年十二月的孩子，而海兒卻拿出了寫著她是生於一九九五年五月的護照……

海兒又拿出了那封信，尋找可接受的文件。第二欄，證實她的住址，沒有問題。「水電費單，」信上寫道。嗯，她有很多張。而且就憑這些也不可能告訴律師什麼他們不知道的事情，除了她的透支情況之外。

但是第一欄問題就大了。護照、駕照或是出生證明。她沒有駕照，不花上一大筆現金護照也很難改變。所以只剩下……出生證明。

海兒在床底下的盒子裡翻找，想找到先前丟在一旁的信封，找到之後，她掠過她母親的死亡證明，翻看底下她的出生證明。有正本……而且，沒錯，底下是簡本。姓名：海莉葉・瑪各麗妲・韋斯特威，上頭寫著。生日：一九九五年五月十五日。性別：女。地區：東索塞克斯郡布萊頓市。

如果他們還沒有出生日期，那就簡單了——把她真正的文件交出去就是了。

萬一他們有了……海兒凝視著文件，舉高就著燈光，看著紙張。這不是很精密複雜的文件——紙張有浮水印，但表面上並不明顯，墨水也不特別。花點時間，再加一台掃描機，她大概可以利用真正的文件偽造出一張相當可信的東西來。

紙張的折縫又軟又舊，海兒小心謹慎地折好，放進行李箱的內袋裡，還有水電費單。

她正要把拉鍊拉上又停住……伸手到床邊抽屜去拿一個小錫盒，破舊又顏色剝落。以前是裝「金黃維吉尼亞」手捲菸的，不過菸草味早已散失了。

海兒打開盒子，手指頭按著裡面的牌，感受磨損的邊緣，紙牌因為歲月而變得柔軟，她快速翻牌，盯著熟悉的圖案，它們的臉也盯著她，批評她。

一時衝動之下，她把整副牌倒入掌心，也不洗牌，直接就切牌，閉著眼睛，心裡只有一個問題。

她睜開了眼睛。

手心裡的牌是一個青年站在暴風雨掃過的大地上，背後的天空遍佈飛掠而過的雲，腳邊則是驚濤駭浪的大海。他的手中握著一把劍，高舉向天，彷彿正要出擊。寶劍侍從。行動。智力。決定。

驀然間，海兒知道了，如果她是為客人解牌，她會說什麼。寶劍是心智、是思維與分析的組合，而侍從是一張充滿了能量與決定的牌。四周全都是洶湧的水——但他卻高舉著劍，邁開大步。無論侍從面對的是何種挑戰，他都準備要迎戰，而且他是一個不容忽視的人。

塔羅中並沒有什麼清楚的綠燈，她會這麼說。但是這張牌——可能是最接近的一張了。

但是在練習有素的話術底下她能聽見她母親的聲音，她跟海兒說了一遍又一遍的話。絕不要相信，海兒。絕不要相信妳自己的胡說八道。演員失去了對現實的掌握，作家相信自己的謊言——他們都迷失了。這是一種奇思幻想——絕不能忘了這一點，無論妳有多想相信。

而滑溜難以抓牢的真相就在其中——科學家以及懷疑論者再清楚不過的驗證性偏誤。她想要相信侍從的訊息。她想要相信他亮的綠燈，即使是在她把一分為二的牌合在一起，放回錫盒裡，關上蓋子時。

她在小浴室裡刷牙，注視著鏡中的自己，少了眼鏡焦點模糊，海兒告訴自己，我不必決定。我可以睡一覺再說。還不到無可轉圜的地步。可是她卻在進臥室時把牙刷也帶了過去，站在床邊一會兒，在漏風的窗戶吹進來的寒風中發抖，接著幾乎是賭氣似的，把牙刷塞進了敞開的行李箱裡，再唰的一聲，拉好了拉鍊，爬上了床。

她過了好一陣子才放下書，關掉了燈，又花了更長的時間才入睡。等她睡著後，她夢到了一名青年，矗立在她上方，高舉著寶劍。

8

海兒的母親教了她塔羅牌，而她也在幾乎會走路之前就很熟悉那些圖案了——微笑的大祭司，嚴厲的教皇，有迷失的靈魂墜落的嚇人高塔。而且她小時候也時常陪母親到西碼頭的算命亭去，在學校放假，而她母親找不到保母時。她會安安靜靜坐在角落的帘子後面看書，聽她母親極有技巧的對談，而她也在不知不覺中慢慢學會了這些技巧——引導式的問題，不著痕跡的打岔。

「一個兄弟……」客人微微皺眉，「不，等等，一個有如兄弟的人。朋友？男性親戚？」

她學會了可以概論多少，在撞到障礙時何時回頭。她觀察母親在客人頑固地搖頭時不再運用某種說法，又是如何氣定神閒地改變方向，說：「啊，那，我就讓你去解讀好了。說不定你晚一點會了解它的意思，也說不定它是對未來的一個警告。」

她根本沒有刻意去學就學了這麼多。可是要給自己算命……這又是另一碼事了。

可是到頭來，她別無選擇。海兒十八歲生日前兩天，她的母親在一個炎熱的夏日裡車禍身亡，就在她們的公寓外，駕駛超速，肇事逃逸，始終沒有落網。海兒一個人像天旋地轉，傷心難過——而且身無分文。

碼頭經理懷特先生幾星期後來找她，給她下最後通牒，卻不殘忍——他想給海兒優先權，他說。可是正逢旺季，亭子不能一直空著。要是她想要她母親的算命亭，那沒問題，不過她最好快點營業。現在是六月，碼頭日日夜夜都是人潮，關閉的亭子對大家都不好。

於是海兒拿起了母親的牌，打開了亭外的霓虹燈，輪到她來當瑪各麗妲夫人。常客不是問題。她看著母親一次又一次為這些人算命，聽著他們訴說任性的丈夫，暴躁的老闆，不開心的孩子。而喝醉了跑進來的客人也不太壞——她唬得住他們，更何況，他們往往是觀光客，不會再來。

不，讓她擔憂的是預約的客人。他們付整整一小時的費用，事前打電話來確認她會在。對這些人，海兒做了她母親絕對不會採用的方法。她作弊。

上網可以查到多少事情實在是叫人心驚。海兒在母親死後就沒用過臉書，但在早先不確定的日子裡，她創造了一個假身分，貼了一張從谷歌圖片找來的親切金髮女郎照片，自命為「莉兒．史密斯」。

莉兒是刻意的選擇——可以是莉莉、莉拉、莉莉恩、伊莉莎白或是其他上百個名字的小名。史密斯則很明顯，就是在隱姓埋名，跟漂亮卻平易近人的照片一樣。

說來也驚人，大家隨時都願意接受一個素昧平生之人的交友請求，但大多數時候她並不需要發出邀請，因為他們的隱私設定根本就是大開門戶，她能找出他們的家人訊息、他們的雇主、教育程度和家鄉，連踏出房間外都不必。

這時，火車疾速向西，她打開了筆電，轉而注意韋斯特威家，緊張得胃裡像有鼓翅的感覺。谷歌第一條的搜尋結果是《彭贊斯信使報》上的訃聞，死者是海絲特．瑪麗．韋斯特威，一九三〇年九月十九日生，二〇一六年十一月二十二日歿於聖丕蘭的柯羅院。簡短的訃聞上說她是伊拉茲莫斯．哈爾丁．韋斯特威的遺孀，兩人育有三子一女。她身後留下了三個兒子哈爾丁、亞伯、艾佐拉．韋斯特威以及孫兒女，訃聞上說。

她會是這幾個兒子之一的女兒嗎？

哈爾丁和亞伯都不是經常使用臉書的人，但是也並不難找。每個名字都只搜尋到一條，而且哈爾丁還把家鄉聖丕蘭也寫了出來，還把亞伯標識為他的弟弟。海兒看著他的個資，看著婚禮和受洗禮、家族派對、開學日的照片，覺得喉嚨像堵住了。他的妻子是蜜琪．韋斯特威（本姓帕爾克），他有三個孩子，理查、凱瑟琳和弗瑞迪，最大的是十四、五歲。

亞伯比哈爾丁小好幾歲，長相和藹可親，留著整齊的褐色鬍子，頭髮是深蜂蜜色的。他的親人不詳，可是瀏覽著他的個資，海兒在許多張照片中找到了一個英俊的藍眸男子，叫愛德華。有張照片是他們兩人在二〇一五年的情人節在巴黎的合照，另一張是兩人手牽手出席某種正式場合，照片的文字說明是為菲律賓孤兒募款的黑白舞會。兩人都打了黑領帶，亞伯仰頭含笑看著同伴，帶著一種焦慮的得意。

兩份個資都散發出一種安逸富裕的氛圍，海兒看得心好痛，又羨又妒。他們的臉書裡沒有虛榮華麗的東西，沒有遊艇，沒有加勒比海巡航，但是卻隨意提到威尼斯度假，夏慕尼滑雪，私立學校和稅務安排。播放的圖片中也是騎在小馬上的兒童，四輪傳動汽車和馬球用具，而且他們的臉書回憶也都是餐廳用餐和家人聚會。

至於艾佐拉則毫無痕跡。

從臉書來看，亞伯和哈爾丁的年紀都夠大，足以在她二十幾歲時有孩子，可是一直吸引海兒目光的卻是那個女兒。*她身後留下了兒子。*那個女兒呢？

沒有名字就查不出來，而且亞伯和哈爾丁的臉書上也沒提到有姊妹。思忖了一會兒之後，海兒——又稱莉兒．史密斯——向哈爾丁的長子理查．韋斯特威發出了加入好友邀請。她故意不邀請亞伯，他只有九十三個朋友，而且不像是那種會接受神秘女生主動邀約的人。哈爾丁是更糟糕的選擇——他只有十九個朋友，而且好似將近四個月都沒有查看臉書了。理查卻有五百七十六個朋友，而且已經在埃克塞特外的一處加油站打卡了。

海兒正要開另一個標記，就看見螢幕閃出通知——理查接受了她的邀請。她點了進去，第一張照片就喜歡——理查的臉上沾滿泥巴，揮舞著獎盃。*橄欖球痛宰聖巴拿巴，***又一次***。滿確定他們的褲襠裡一半是臉上長毛的女生，*文字說明寫道。海兒翻了個白眼，又回去搜尋。

土地註冊上沒有崔帕森園的紀錄，公司行號登記資料上也沒有。它也沒列入療養院所或是生產食物的場所。除了私人住宅之外，似乎沒有別的可能了。谷歌地圖上倒是有，海兒先看衛星照片，接著是街景。街景沒什麼幫助，只是一條鄉間巷道，兩側都是長長的磚牆，牆後長滿了紫杉和杜鵑。海兒向巷道兩邊再多搜尋了幾哩，終於看到了一扇橫亙在車道上的鍛鐵柵門，但是照片的角度不對，沒拍到屋子，她只好又回頭去看衛星照片。

模糊的影像太小了，只看見三角形屋頂，一大片綠地，有柵門，不時出現樹木，除此之外，海兒只知道這地方很大。非常大。幾乎像是一處豪華古宅。這些人有錢，非常多的錢。

「請出示車票，」有個人在她的肩膀上方說，打斷了她的思緒，海兒抬頭看見穿制服的列車長站在她的座位旁。她在皮包裡掏摸了半天，拿出車票。「回家度週末是吧？」他說，在票上打了個洞，海兒正要搖頭，忽而打住。

她畢竟遲早得要融入角色。

「不是……我是要回去參加葬禮。」

「喔，不好意思。」列車長把車票還給她。「很親近的人嗎？」

海兒吞嚥了一下，覺得懸崖在她的腳下張大了口。只是一個角色，她告訴自己。跟妳每天在做的事沒什麼兩樣。

話語似乎黏在她的喉嚨裡，但是她硬是逼自己說出來。

「我外婆。」

一時間，這句話似乎就是它該有的樣子——是謊話。但是她擺出了一個表情……不是傷心，因為那就太做作了，因為這個女人跟她不可能很親近。而是一種肅穆的遺憾。而她感覺到全身像打了一陣哆嗦——跟她打開算命亭的燈光，套入她的角色時一模一樣。

「節哀順變。」列車長說，莊重地點頭，繼續向前走，進入下一節車廂。

海兒正要把車票放回幾近全空的皮夾裡，火車就穿入了隧道，車內燈光亮起，一瞬間唯一的照明是海兒的筆電光，以及車輪輾過鐵軌濺出的火花，好像閃電在隧道的漆黑磚壁間閃爍。

她的筆電螢幕發出翡翠綠光芒，遼闊的草地，狹長的道路，突然之間海兒覺得一股憤怒淹沒了她。

憑什麼某一家、某個人，能擁有這麼多？崔帕森園的土地不僅能容納海兒的房子，連她的整條街和下一條街的一大半都能容納。光是花在割草上的錢恐怕就比她一個月的收入還要多。但還不只是這個——是一切。小馬。度假。輕輕鬆鬆地接受這一切。

憑什麼有的人擁有這麼多，而有的人卻什麼也沒有？

燈光閃了閃，全亮了，另一條臉書通知跳了出來。又是理查打卡。海兒點進去看，一張照片充滿了螢幕——理查和他的家人在一片鑲木板前，一個個眉飛色舞。哈爾丁緊摟著兒子的肩，害得男孩微微踉蹌。

理查分享了一段臉書回憶，文字說，海兒看得更仔細些，就看到學校頒獎日。媽又做出了那種得意老媽的舉動，動作之大，我還以為她會擠破什麼呢。還需要確定爸說話算話——數學沒當掉就賞我五百鎊——然後，**哈囉**，伊比薩島！

火車衝出隧道，迎向日光，海兒又覺得胃裡有那種振翅的噁心感——但是她當下就知道她不會回頭。

因為那種不安不僅是緊張，甚至不只是羨慕，也是一種興奮。

9

火車抵達彭贊斯已經快三點了，海兒在月台上的大鐘下佇足片刻，車站的聲響在周遭迴盪，她努力要決定該怎麼辦。

她頭頂上有塊招牌寫著「計程車」，她揹起皮包，順著指示箭頭來到車站正面的候車站，但距離「由此排隊」的告示還差幾呎，她就停下了，查看她的皮夾。

在火車上吃了個雞蛋水芹三明治——最便宜的，要價一鎊三十七便士——她只剩下三十七鎊五十四便士了。這點錢夠讓她搭車到聖丕蘭嗎？夠的話，她又要如何回來？

「你在等車嗎，小夥子？」她後面有人說話，嚇了她一跳。海兒向後轉，卻沒看到人。直到一輛計程車的車窗探出一張臉來，她才明白說話的人是司機。

「喔，不好意思。」她把皮夾塞回皮包裡，走向計程車。「對。」

「抱歉，親愛的。」司機的臉變紅了。「我不知道——因為妳的短頭髮。」

「沒關係，」海兒老實地說。這種事發生過太多次了，她已經沒感覺了。「欸，你能不能告訴我到聖丕蘭教堂要多少錢？我身上沒有多少現金。」

或是身外，她心裡想，卻沒說出來。計程車司機別開臉，在儀表板上的螢幕上敲了敲——衛星導航或是手機吧，海兒想，但是不確定。

「大概二十五鎊，親愛的。」他最後說。海兒吸了口氣。那就這樣吧。要是她坐進這輛計程車，她就擱淺了——沒辦法回來，除非是在那一頭能找到一個善心人。她真的要這麼做嗎？

「現在從三號月台開出的火車是誤點的十四點四十九分往倫敦派丁頓列車，」廣播器中的小小聲音說，闖入了她的思緒，有如宇宙在再一次提醒她不必這麼做——她只需要向後轉，搭上火車，直接回家。

而六天後史密斯先生會等著她……

如果有誰辦得到，一定是妳。

「妳聽到了嗎？」司機問。康瓦爾口音讓這句話聽起來沒那麼衝，若是出自布萊頓計程車司機之口，那就更難聽了。「我說二十五鎊，可以嗎？」

海兒又做了一次深呼吸，回頭看著火車站。臉書和谷歌上的照片浮現在眼前——那片廣袤的土地，度假，好車，華服，就像是Jack Wills[2]的型錄……

她想到了那隻踩爛她母親照片的腳，想到了她的算命亭裡被砸碎的飾品，以及打開檯燈時的恐懼。她想到了只要能拿到幾千鎊的遺產，她什麼都願意做——而這筆錢連一輛那樣的汽車都買不到，買個輪胎還差不多。

他們早就什麼都有了。他們不需要更多錢。

❷ Jack Wills是英國的一個服裝品牌，客群鎖定私立大學的學生。

她又感覺到某種尖銳堅硬的東西在她的心裡結晶，像什麼熾熱的痛苦漸漸冷卻，凝聚成了一碰就碎的決心。

萬一她失敗了，她會被困在人生地不熟的地方。所以她就只能確保自己不會失敗。

「好。」

司機把身體往後探，打開了後門，海兒有一股就要跳下斷崖的感覺，她把母親的行李箱推進去，坐上了車。

「好像是葬禮。」前座有說話聲，海兒嚇了一跳，抬起了頭。

「抱歉，你說什麼？」

「我說，好像是葬禮，」司機又說一次。「教堂裡。妳就是為這個來的嗎？妳的親戚？」

海兒凝視窗外，從他們離開彭贊斯開始就下起了滂沱大雨。雨幕中很難看清什麼，但是她能看見一幢石頭小教堂盤據在海角上，後方灰色的雲層旋轉，一小群黑衣悼客站在墓園的入口處。

「對，」她說，幾乎聽不見，接著又大聲一點，因為司機一手放在耳朵後。「對，我就是為這個來的。是……」她猶豫不語，但是第二次就容易多了。「是我外婆。」

「唉，真是非常遺憾，親愛的。」司機說，脫下了帽子，擺在旁邊的座位上。

「車錢多少？」海兒問。

「二十就夠了，親愛的。」

海兒點頭，數了一張十鎊鈔票和兩張五鎊，放進兩人之間的小托盤上，隨即頓住。她給得起小費嗎？她看著皮包裡的硬幣，低聲數，不由得納悶她是要如何從教堂到崔帕森園去。但是她從後座能看到計程車的數字表，上頭亮著二十二點五。可惡。他已經算她便宜了。覺得很慚愧，她又往托盤裡放了一鎊。

「非常感謝，」司機說，抄起了零錢。「下雨小心走啊，親愛的，這種天氣一不小心就會摔死。」

這句話不知怎地聽得海兒打哆嗦，但是她只點點頭，打開了車門，步入大雨中。

計程車離開了，輪胎濺起了水花。海兒靜立了一會兒，想釐清四周的狀況。雨水拍打著她的眼鏡，逼得她只好摘掉，定睛看著前方的停柩門以及立在崖頂上的灰色小教堂。一道矮石牆圍繞著墓園，再過去海兒看到地上有黑黑的裂口——太模糊不清了，難以確認，但從形狀看來，她滿肯定是挖好的墓穴，等著那個她即將詐欺的女人的棺木。

一時間，海兒有股轉身就跑的衝動——儘管到最近的火車站少說也有三十哩路，儘管她沒有錢，而她廉價的黑色大衣和皮鞋壓根抵不住傾盆大雨。

但是她站在那兒，在大雨中猶豫，卻有一隻手拍她的肩，她猛然踅身，看見一個矮小的男人，留著一部整齊的灰色鬍子，從被雨淋濕的眼鏡後看著她。

「哈囉，」他說，聲音竟然能既害羞又自信。「有我能幫忙的地方嗎？我是崔斯韋克先生。妳是來參加葬禮的嗎？」

海兒匆匆戴上眼鏡，卻也不能讓她面前的這張臉孔熟悉一點。不過崔斯韋克這個姓她卻有印象，海兒在她心裡的姓名檔裡慌忙搜尋，努力想把面前的人和家族成員搭配起來。突然間，既鬆了口氣又不安，她找到了。

「崔斯韋克先生——是你寫信給我！」她說，伸出了手。「我是海兒——我是說海莉葉．韋斯特威。」這麼說，至少不是撒謊，不完全是。

一陣停頓。海兒覺得胃緊張得揪緊。這就是見真章的一刻了——至少是其中的一章。如果真正的海莉葉．韋斯特威是三十五歲，或是金髮，或是六呎高，那麼一切尚未開始就結束了。她可以揮一揮衣袖，連教堂都進不了，更別提帶走遺產了。她會搭同一班火車回布萊頓，皮夾乾癟，自尊鼻青臉腫。

崔斯韋克先生起初一聲不吭，只是搖頭，海兒覺得一顆心掉到了腳底。天啊，完了，全完了。但就在她想該說什麼之前，他跟她握了手，將她的手緊握在兩隻溫暖的皮手套間。

「唉呀呀……」他仍在搖頭，是因為難以置信，海兒這才領悟。「唉呀，真想不到。我真是非常、非常高興妳能趕來。我不確定妳是否能及時收到信——追查到妳的下落還真是不容易啊。妳母親——」他似乎瞬間覺察到談話的走向，就打住不說，摘掉眼鏡擦雨水，藉以掩飾他的困惑。「唉，」他說，同時戴上了眼鏡。「先別管了。就這麼說吧，我們不確定是否能及時找到妳，不過我真高興妳能來參加。」

妳的母親。在一片茫然大海中，這句話成了一個海兒牢牢攀住不放的錨——她能以此為基礎開始營造。這麼說來她沒猜錯——韋斯特威夫人過世的女兒就是她和這件事的關節。

海兒忽然看到自己在變動纏腳的泥濘中跋涉——並且找到了什麼穩固的東西可以暫時歇腳。

「是啊，」她說，擠出笑容，儘管已經凍得牙關相格。「我也、也是。」

「喔，妳在發抖，」崔斯韋克先生安慰地說。「我帶妳進教堂裡去，今天的天氣實在是壞透了，恐怕聖丕蘭堂裡沒有暖氣，所以裡頭也好不到哪兒去。但至少不用淋雨。妳有沒有——」

「我有沒有……？」兩人站在避雨處一會兒，她追問道。崔斯韋克先生又擦眼鏡——卻是白費力氣，海兒看著墓園的長度，知道還要冒雨走好一段路。

「妳有沒有見過妳的舅舅？」他害羞地問，海兒忽然覺得心臟被一道暖流包圍，儘管天氣寒冷。舅舅。舅舅。她有舅舅。

妳沒有，她兇巴巴地告訴自己，想要壓抑住這種感覺。他們不是妳的親人。但是她不能這麼想。要是她想矇混過關，她不只得假裝，還得要相信。

可她該怎麼說呢？她能如何回答這個問題？她默立良久，腦筋動個不停，忽而發覺她張口結舌看著崔斯韋克先生，而這個矮小的男人也看著她，一臉不解。

「沒有，」她終於說。這句起碼不必傷腦筋。犯不著假裝她認識站在那邊的人，他們只要一看見崔斯韋克先生就會說她是騙子。「沒有，從沒見過。說實話……」她咬住嘴唇，很納悶這條路是不是對的，但總比老老實實的說真話要強。「說實話，」她一口氣說完，「在收到你的信之前，我不知道我還有舅舅。我母親從來沒提過他們。」

崔斯韋克先生沒說話，只是又搖頭，卻不知是默然的理解，或是困惑的否認。海兒看不出來。

「走吧？」他說，瞄了瞄鐵灰色的天空。「我想雨是不會變小的，所以我們乾脆就衝吧。」

海兒點頭，兩人就疾步從停柩門跑向教堂。

到了門廊，崔斯韋克先生又擦眼鏡，同時緊了緊雨衣的腰帶，這才請海兒進入，正要跟上，又像獵犬一樣歪著頭，向後轉，原來是聽見了引擎聲。

「啊，請見諒，海莉葉，我相信是送葬車隊到了。可以請妳自行就座嗎？」

「當然。」海兒說，他就消失在雨中了，丟下她一個人走入教堂。

門只開了一條縫，為了防止風雨吹入，但是她溜進去後最讓她意外的不是寒冷，而是沒有人。長椅上只零零星星坐了四、五個人。剛才搭計程車過來時看到了悼客，她以為是來晚了的人，教堂裡已經坐滿了，但此時她才了解她看見的一定是全部的人。

前面的第二排坐了三名非常年邁的婦人，後面的位子上坐了個四十幾歲的男人，模樣像會計師，入口附近坐了一個穿著地區護士制服的女人，好像是怕萬一葬禮太冗長，隨時都方便離去。

海兒四下掃瞄，想評估她該坐在哪裡。喪禮有規矩嗎？她努力回想她母親在布萊頓火葬場的喪禮，卻只想到小小的教堂擠滿了碼頭的人和鄰居，感激的客戶，老朋友和她壓根不認得的人，但是他們的生命和她的母親有過交會。那時他們站在後面，緊挨著牆，為更多的客人挪出空間，她看到了炸魚薯條店的山姆讓位給海景別墅的一位年長鄰居。有人為海兒在前排留了位子，至於其他人，她不確定他們是如何決定由誰坐哪裡，或是致哀的層級如何劃分的。

然而，無論有什麼規矩，從未見過死者的人位階一定是很低的。

最後，她坐了後面的位子，但不像那名會計師和地區護士那麼顯眼——距離他們三、四排，在右手邊。她的眼鏡仍因雨水乾掉而留著水漬，她摘下來擦拭，同時聽著窸窣的腳步聲，雨打屋頂聲和前排的老婦人偶爾的咳嗽聲。她忍著不發抖。

海兒只有兩件大衣——破舊的皮夾克是她每天都穿的，還有一件深色風衣是她母親的，她穿太大了。皮夾克起碼是黑色的，但感覺不適合葬禮，所以她穿了那件風衣，在火車上覺得滿暖的，但是許久沒穿，它的防水功能打折扣了，下計程車才跑了短短的一段路布料就濕透了。而此時，坐在冰冷的教堂裡，她覺得雨水滲透了她的皮膚。她低頭看著擺在大腿上的手，泛著青色，她不得不把手塞進薄外套下，以免凍得發抖。她在其中一個口袋裡摸到了什麼既圓又粗糙的東西摩擦著她麻痺的肌膚，掏出來一看，她笑了。是手套。至少是可以保暖的東西。感覺像是她母親的贈禮。

她正要把手套戴上，一架隱形的風琴就彈奏了起來，教堂的門打開來，放進了一陣風，把葬禮程序表吹得在走道上亂飛。

也不知是神父或牧師——海兒分不清楚——率先進來，後面跟著四名黑套裝男士，抬著一副狹窄的深色木棺。

左後方的抬棺人海兒一眼就認了出來，是崔斯韋克先生，他的雨衣打開來，露出了黑套裝和黑領帶。他的位置讓他有些吃力，因為他比其他三人要矮，必須一直把他那一角抬高一些。

右前方的是一個五十好幾的男人，頭髮漸稀，海兒認為他一定就是哈爾丁·韋斯特威。她定睛看著他鬆弛的圓臉和色淡細少的頭髮，努力想烙印在心裡。他給人一種吃過一頓美食，卻仍不滿足，嘴裡還嚼著核果、起司和水果，然後又抱怨消化不良的印象。他既散發出對自己很滿意，然後又自我懷疑的味道。這是一種奇怪的組合。海兒仔細觀察他，他略帶緊張地撥開頭髮，彷彿是感覺到她評估的眼光。

他的左邊是一個留鬍子的男人，深色金髮在太陽穴部分褪成了灰色，非常像亞伯·韋斯特威，所以海兒斷定最後一個抬棺人就是三子艾佐拉。

他是這群人中最年輕的，他的兄長都是金髮白膚，他卻是黑髮，而且皮膚曬成古銅色。他也是整座教堂裡唯一不在臉上掛上一副小心翼翼擺出來的哀傷表情的人——事實上，他慢慢走到海兒的位置時，還朝她咧嘴一笑，像《愛麗絲夢遊奇境》裡的柴郡貓，她吃了一驚，因為無論是時間或場合都非常不得體。

她疑惑地別開臉，假裝沒看見，面對著教堂前方，覺得兩腮滾燙。

不僅僅是因為那抹笑——雖然是夠糟糕的了。還因為其中的含意……像在調情，他的咧嘴笑，他閃著光的眼神，近乎眨眼。*他不知道他是妳舅舅，*她告訴自己。*他根本不知道妳是誰。*

*那是因為他不是妳舅舅，*她的良知不客氣地說。

她的腦子裡像有兩個聲音在交戰。海兒用戴著手套的手按著額頭，感覺到冰冷的雨水仍然濕透了毛料，而她知道她要是不打起精神來，連守靈會都撐不到，他們會在離開教堂之前就揪出她的狐狸尾巴。

窄棺緩緩經過了她，安放在教堂的前方，抬棺人安分地坐進了最前排，隨即是一小撮家人。儀式開始了。

10

一個小時後，結束了——差不多結束了。零零星星的一小群人魚貫走入大雨中，圍在墓地四周，看著棺木降入剛挖好的土坑裡，神父揚聲祝禱，壓過海邊吹來的風。

現在快黃昏了，溫度降得更低——海兒的薄外套害她瑟瑟發抖，無法抑制，但是她仍然慶幸是個風雨加交的日子。有了天氣作掩護，誰也不會覺得她的表情不是憔悴悲痛。她眨掉從髮際流到眼睛的雨水，她的眼中流下的是真正的眼淚。誰也不會期望她哭——她知道——但是下一場測試是守靈會，回到崔帕森園，而海兒知道到了那兒，她是逃不過追根究柢的。暫時幾分鐘不必去管她的表情或是防備的肢體語言叫人鬆了口氣——在這裡，簇擁在墓穴邊，狂風鞭笞著每一張臉，她可以保護式地抱住自己，把一切怪到天氣的頭上。

終於，神父說完了最後的一句話，哈爾丁從墓穴邊覆了蓋子的桶子裡抓了一把泥土撒下，泥土散開來，而不是一整把落在木棺蓋上，他把桶子交給弟弟亞伯，他也撒了一把，一面搖頭，海兒看不出這是什麼意思。桶子傳遞了一圈，一把接一把土撒落，還有幾朵花，被雨打得垂頭喪氣的，也跟著進了墓穴。最後一個接過桶子的是艾佐拉，他幾乎是隨手亂扔，緊接著就轉向海兒，海兒站在他的影子裡，就在他肩後，努力不引人注目。

他一言不發，只是把桶子往前伸，海兒就接了過去。同時，一種她即將要做的事大錯特錯的感覺襲上心頭——她這樣近乎褻瀆——藉由這種象徵式的動作，可是這個女人卻跟她毫不相干。但是全家人的眼睛都盯著她，她別無選擇。

這時泥土被雨淋濕了，她只得脫掉手套，以指甲往下挖。

泥土重重落在棺木上，竟帶著一種怪異的蓋棺論定感，接著她把桶子還給了助理牧師。

「塵歸塵，」神父壓過風聲和濤聲說，「土歸土，堅信逝者能夠獲得永生……」

海兒悄悄把沾了泥巴的手在風衣上擦拭，關上耳朵不去聽他的話，但是回憶卻一直闖入——想到那位主持她母親火葬的親切牧師，他空洞的安慰話語，以及她不能相信的承諾。她感覺到指甲縫裡有泥巴，而她想起了三年前，也是十二月的某一天，她抓起了母親的骨灰撒落的那種觸覺，頓時像是胸口挨了一拳。在像今天一樣風大的日子裡，不過那天乾爽沒下雨，她去到布萊頓海灘，一直走到海邊，光腳踩著冰冷的石頭，站在泡沫覆蓋的雜草中，看著骨灰從她的指間飄散到海裡。

而現在海兒站在這兒，看著潮濕的墓穴，她覺得她的心臟又因為失親的痛苦而揪緊，好像一道半癒合的舊傷口又被刺破。真的值得這麼做嗎——讓自己再次經歷這種事，承受哀悼與緬懷的冷酷儀式——只為了得到一盞醜陋的檯燈或是一套明信片？

妳的面前有兩條路，彎彎繞繞的……

她發現指甲掐進了掌心裡，而她想到了寶劍侍從，邁開大步迎向驚濤駭浪的大海，高舉著寶劍，一臉堅毅。

說真的，兩條路現在已經都沒有了。她選了一條——堵塞了另一個可能，彷彿它不曾存在過。回不去了，也犯不著再懷疑她的決定。為了活下去，她做了需要做的抉擇，而現在唯一的出路就是勇往直前——深入騙局之中。她可以說是真的沒有退路了。

最後幾句話說完之後，神父開始收拾東西，其餘的家人也各自散開，朝他們的轎車而去，豎著衣領抵擋風雨。

海兒覺得一陣恐懼。她得說點什麼——而且要快。她得請某人送她一程——可是接近這些全然陌生的人突然間卻幾乎像是全天下最恐怖的事情。而不僅是因為害怕被發現，還有更基本的——更幼稚的因素。她該向誰開口？怎麼開口？

「我——」她說，但是喉嚨卻僵硬沙啞。「我——有沒有——」

但是沒有人回頭。哈爾丁走在前面，被三個十來歲的孩子圍繞，旁邊是一個女人，一定就是蜜琪。她從臉書上認出了理查，他跟著父親走向汽車，已經在玩手機了。亞伯和艾佐拉落後，忙著談話。她看見亞伯摟住了弟弟，用力捏了他一下，似乎是在安慰，而艾佐拉聳肩躲開，略顯不耐。

其他人早已走向停在滴雨的紫杉樹下的汽車了。

眼看著她就要被丟在這個荒涼的墓園了。驚慌之情湧上了喉嚨。

「不好意思，」她沙啞地說，這次比較大聲，接著，就和剛才一樣，她感覺到有人按著她的肩，向後一轉就看見了崔斯韋克先生站在那兒，撐著傘。

「海莉葉。我可以載妳回崔帕森園嗎？」

「好，好的。」海兒感覺到她說得氣急敗壞，幾乎前言不對後語。「實在是太感謝了。我不確定——」

「恐怕送葬車隊裡沒有位子了，全都坐滿了人，妳如果不介意坐我的車子……」

「當、當然不會，」海兒說，冷得牙齒打顫。她吞嚥了一下，想要穩住，讓她的感激之情沒這麼赤裸裸的。「謝謝你，崔斯韋克先生，我真的很感激。」

「沒什麼。來，妳撐著傘——小心別被風吹翻了。海風只怕很難預測——我來幫妳提箱子。」

「喔，不用了，」海兒說，「真的！」但是來不及了。這個矮小的男人居然動作十分敏捷，已經拎起了她放在碎石路上的行李箱，雨傘也塞進了她手裡，冒著雨走向汽車，車子就停在計程車把她放下的地方。

坐進富豪車裡，崔斯韋克先生把暖氣開到最強，汽車駛入巷道，濺起了水花。海兒覺得手指的寒氣稍微減輕了。在墓園時她以為再也暖不起來了——就好似寒氣直接鑽進了她的骨頭裡。而現在，熱風從儀表板上的通風口吹出來，她的手指因為解凍而刺痛，但是她內心的冰冷卻似乎無法穿透。

「到崔帕森大約四哩路，」崔斯韋克先生聊天似地說。汽車緩緩轉彎，匯入主幹道，雨刷來回刷個不停。到了路口汽車停下來，他看了看陰沉的天空和馬路，想看清是否有來車，卻是徒勞，最後，靠著一股他的手上握著兩條命的感覺，他踩油門，汽車就衝過路口，飛馳了起來。

「希望華倫太太幫我們泡好了茶，妳要留下來過夜嗎？」

「我——」海兒一陣內疚。她一直沒辦法動筆寫信——沒有時間——而且她也不知道萬一人家取消了過夜的邀請她該怎麼辦。「我是想，可是恐怕我沒能通知華倫太太我要來。你的信是兩天前寄到的——我覺得回信可能沒法及時送到……」

「喔，真抱歉，我應該要寫上電話號碼的，」崔斯韋克先生道歉。「不過沒關係，華倫太太會整理出一個房間的。我應該要事先知會妳——」他懷疑地瞧了瞧海兒的濕大衣和底下的濕衣服「——恐怕崔帕森園沒有中央空調系統，韋斯特威夫人一直沒空安裝。不過有很多壁爐和熱水瓶之類的。妳應該會……」他遲疑了一下，「嗯，滿舒服的。」

「謝謝。」海兒怯怯地說，不過他的語氣卻讓她心生懷疑。

「我得說——」崔斯韋克先生換檔，汽車開始爬坡。「——我有點意外發現茉德有孩子。」

茉德。原來失聯的女兒叫這個名字。M．韋斯特威跟她母親一樣。就是因為這樣才弄錯人的嗎？海兒感到默默一陣僥倖，她沒把出生證明的正本帶來，但隨即又有什麼情緒閃過，是一種警覺。崔斯韋克先生是什麼意思，說意外茉德有孩子？難道有什麼她應該知道的事？她能問嗎？或是她的無知會害她露餡？

「我……你是什麼意思？」她終於問了。

「喔。」崔斯韋克先生笑了一聲。「她年輕的時候主意拿得很定。老是發誓說她絕對不會結婚，絕對不生孩子。我記得還跟她說過一次，她那時一定不超過十二歲吧，等妳長大了說不定就會改觀，親愛的，可她哈哈大笑，說我是個老傻瓜——她是滿口無遮攔的，妳的母親。她說孩子只不過是父權社會給婚姻上的桎梏。這是她原本的說法——我記得滿清楚的。我記得當時她這句話頗不尋常，尤其是出自一個那個年紀的孩子之口。所以我聽說她真的生了一個孩子，我還有點嚇到——依我看，好像還滿早就生的？」

「她——她十八歲。」海兒小聲說。「生我的時候。」

十八。她小時候覺得這個年齡合情合理——都長大成人了。而現在她自己二十一了，她實在想像不出她母親遭遇了什麼，那麼年輕就生孩子，還得獨力撫養她。

但是話一出口她就明白自己錯了，冷冰的憤怒讓後頸的寒毛倒豎。該死，該死，怎麼會犯這種門外漢的愚蠢錯誤。

冷讀術的第一條守則——盡可能模稜兩可，盡量不要提供明確的訊息，除非在犯了嚴重錯誤時能夠收回或是扭轉那些話。總是我看到一個男人的名字……名字裡有ㄈ這個注音的……？而不是我是從你的表哥福瑞德那兒聽到的。如果真的需要精確的猜測，就要是統計上有可能的——我看見一輛藍色汽車……？絕不要猜綠色的。

海兒還說不到兩句話就犯了兩個大錯。她給出了精準的訊息，不必要的資訊，而且在統計上不可能正確。多少女人在十八歲時就生孩子？百分之二？更少？她沒概念。

即使撇開這一點不談，她對這名女子的認識也不多，無法讓她如此猜測。萬一茉德現在是五十幾歲，那麼簡單的數學就會讓崔斯韋克先生知道她們的母女關係是不可能的？萬一她十八歲時仍未離家呢？海兒被「依我看，好像還滿早就生的？」這句虛假的保證給騙了——這項資訊看似和海兒自己的人生吻合。但是滿早的，滿早的。一個二十五歲的母親在現代是「滿早的」。她剛剛說溜嘴了——而且錯得很嚴重。

海兒緊張地看著崔斯韋克先生，看他是否在心算，眉頭已經皺了起來。但他似乎沒注意到她的錯誤，事實上，他好像壓根就沒聽到她的話。他的心思飄向別的地方了。

「父權社會給婚姻上的桎梏，」他輕笑一聲說。「我每次想到這句話就會想到妳母親。不過，當然了——」他朝她瞄了一眼，眼睛亮得像知更鳥。「——她確實沒結過婚吧？」

「對、對，」海兒說。儘管冷到骨子裡，她的臉卻覺得燙，被送風孔吹出來的熱風吹得滾燙。她真笨，從現在起她不會再提供資料了——而是證實別人已經說的事。

不過也許……汽車轉彎，輪胎輾過地上的水，海兒一邊臉頰貼著冰冷的窗子，努力思索。也許她承認了母親的年紀也不算太笨，很有可能——甚至是滿高的可能——她會在某個階段被揭穿。說不定從現在開始主動說出真正的資訊比較好，如此一來，萬一被揭穿了，她可以把整件事說成是誤會一場，她被幸運選中，而不是冷血的詐騙。要是她從一開始就說謊，之後就沒有退路了。鐵定會吃上詐騙官司。

茱德．韋斯特威。要是她早知道是這個名字，她在火車上就可以上網搜索，找出這個理應是她母親的女人的一星半點。她長得什麼樣子？幾歲？出了什麼事？

現在卻太遲了。她總不能掏出手機當著崔斯韋克先生的面上網吧。但是在面對號稱是她「舅舅」的人之前，了解一些基本事實的想法的確非常誘人。她可沒本錢再露出馬腳一次了。在抵達目的地之前她有機會開溜嗎？也許可以說想先換一套乾衣服……？

接下來的路程她都保持沉默，崔斯韋克先生也是，不過他偶爾會投給海兒怪異的眼光。富豪縮短了漫長的鄉村路，直到汽車放慢速度，海兒才坐直，崔斯韋克先生拉高嗓門壓過雨刷的聲音。

「到了。」他指著左邊，閃光燈把雨滴照成了金黃色。「崔帕森園。啊，大門開了，非常好。我得說，我實在不想冒著雨下車去開門。」

他們謹慎地穿過了巨大的鍛鐵柵門，蜿蜒駛上漫長的碎石車道。

前方遠處是一幢又低又長的建築，汽車跳動了一下，繞過角落，海兒才發覺她認得這裡。她的腦海中閃過一個畫面——高高的窗戶，一大片草地逐漸下降——然後就是房子，出現在她的眼前，變戲法似的。

海兒覺得嘴巴合不攏，一時間想不出個道理來——緊接著是一陣惱怒，她明白了。對了，是她在網上看見的相片。我們在崔帕森園享受了一頓下午茶。是在稍微過去草地那邊拍攝的，而她方才的熟悉感也只不過是照片的印象浮現。但就在她認出之時，她也注意到變化——原始的圖片中屋子正面的廣角窗和支撐門廊的柱子裝點著常春藤和五葉地錦，而此時大雨肆虐，植物好似纏勒得房子喘不過氣來。油漆也不再是圖片上的白色，而是龜裂剝落，草坪也需要修剪了，石板間雜草叢生。

海兒感覺到希望稍微消滅，在火車上那份自認為在道德上站得住腳的信心也消退了。小馬呢？異國的度假，昂貴的服飾呢？如果這裡有錢，也有很久、很久沒花了。

汽車經過了一處紫杉矮林，茂密的枝椏暫時擋住了雨水，但是汽車駛過也驚起了樹上一群黑白色的鳥。崔斯韋克先生轉彎，一邊輪胎摩擦過標示著車道邊緣的一個花崗岩。

「可惡！」他打正方向盤，似乎手忙腳亂，接下來的幾碼路更小心駕駛。他們離開了矮林的遮護，雨水又嘩啦啦打著汽車。

「那是什麼？」海兒問，扭頭看後面。「海鷗嗎？」

「不，是喜鵲。是這棟房子的禍害——真正的禍害。牠們真的很兇。」他駛過拱形頂，慢慢停在主門右邊的一處碎石車場，關掉了引擎，手掌發著抖在長褲上抹。「本來是要取這個名字的，知道嗎。丕阿森（*Piasenn*）是康瓦爾語中的喜鵲。而崔（*Tre*）的意思是農場或農莊。所以他們說崔帕森是崔丕阿森的變體——意思是喜鵲農莊，我也不知道對不對，但是這地方確實是名符其實。還有一種說法是跟康瓦爾語中的過去，帕斯言，有關。我個人呢，我也不曉得。我不是康瓦爾語專家。」他撫平頭髮，解開了安全帶，露出了煩惱擔憂的表情，倒還是海兒和他見面以來的第一次。「我……我不是很喜歡鳥——跟一種病有關。我雖然極力想要克服，卻始終沒成功。而這裡的喜鵲……」他不由自主地打哆嗦。「唉，我說過，牠們真的數量滿龐大的，而且一點也不膽小。至少——」他摸索著雨傘，擠出一抹小小的、一點笑意也沒有的笑容。「——至少在這棟屋子裡，一是不會有傷心的可能的。」

「傷心？」海兒說，吃了一驚。

「咦，妳不知道那首童謠嗎？一呀傷心二喜樂那個？不過呢，喜樂好像也一樣不可能——我在這邊看過的喜鵲從來都不少於六隻。」

「對……」海兒慢吞吞地說。「對，我知道那首童謠。」她一手伸向肩膀，摸了摸薄外套底下的皮膚，想起了往事，又放下了手。「至少……我知道前面四句。是不是一直數到六？」

「是啊，」崔斯韋克先生說，隨即皺眉。「我看看……一呀傷心二喜樂，三呀女孩，四男生。下一句是什麼——五呀白銀……六是黃金吧。對，沒錯，六黃金。」

六是黃金，海兒心裡想，咬著嘴唇。如果她是個迷信的人，就可能會說這是個壞兆頭。幸好她不是。

多年來用塔羅牌算命並沒有讓她有信仰——認真說來，還恰恰相反。有些人真的相信，她見過他們。但是海兒知道，因為她曾近身見識過，符號和象徵都是人創造出來的，為了形成模式和答案——至於這些玩意本身，其實一點意義也沒有。

而這時一經崔斯韋克先生指點，她也看見了喜鵲，在紫杉矮林中躲雨，兩隻在地面上，啄食莓果。四隻在樹枝上。最後，那隻剛才俯衝攻擊汽車的，坐在門廊的屋頂上淋雨，惡狠狠地瞪著他們。

「那七呢？」她輕聲問。「更多金子？」

「不，」崔斯韋克笑著說。「不是的啊。」他下了車，匆匆繞過來，雨傘都還沒打開。他高聲壓過敲打車頂的雨點。「七是童謠的最後一行。七隻喜鵲代表的是一個死也不能說的秘密。」

可能是因為雨，或是吹過山谷的風，但是海兒忍不住發抖，拿出後車廂中的行李，由崔斯韋克先生撐傘，跟著他步入崔帕森園的門廊。

一九九四年十二月四日

今天早晨我又不舒服，穿著睡衣快步跑下陡峭的樓梯，衝過長走道，跪在冰冷的地磚上，把昨晚的晚餐全吐了出來。

之後，我刷了牙，朝手心呼氣，確定我的呼吸沒有殘留一點痕跡，但我一打開門，茉德就站在外頭，雙臂抱胸。她穿著那件拿來當睡衣的破舊史密斯樂團T恤。

她一聲不吭，但是她的表情卻讓我不喜歡。那是一種混合了關心和別種情緒的表情，我也說不上來是什麼。我覺得有可能是……憐憫？一想到這，我就生氣。

她靠著牆，擋住了我的去路，我走出浴室關上了門，她也沒讓開。

「抱歉。」我把臉上的頭髮甩開，想要裝出無所謂的樣子。「妳等很久了嗎？」

「對，」她淡淡地說。「夠久了。妳沒事吧？」

「當然，」我說，硬擠過去，逼她向後貼著牆壁。「我為什麼會有事？」我扭頭說。

她聳聳肩，但是我知道她是什麼意思。我非常清楚她是什麼意思。我琢磨著她的表情，她平淡的黑眸追著我回到我的閣樓。我在床上坐下來，把簿子放在大腿上寫，一面看著喜鵲在覆雪的花園裡低鳴。我在想……我能信任她多少？

11

崔斯韋克先生帶路穿過一處側門，進了一間拱頂門廳，地上鋪著紅陶方磚。海兒跟著他，聽見嘶嘶雨聲被她大衣上以及崔斯韋克先生的雨傘上滴下來的水聲取代，忍不住搖頭。

「華倫太太？」他大喊，聲音在長長的走廊上迴盪。「華倫太太？我是崔斯韋克先生。」

一片寂靜，接著海兒聽見了，彷彿是很遠的地方，地磚上有鞋跟的喀喀聲，每兩步就伴隨著陌生的鏘鏘聲。她轉過頭去，透過左邊門上的玻璃鑲板看見了一位老婦人，全身黑衣，半走半瘸在走廊上行進。

「那是華倫太太？」她向崔斯韋克先生低聲問，嘴巴比腦筋先動。「可她看起來——」

「她一定有八十了，」崔斯韋克先生壓低聲音說。「可是就連妳外婆在世時，她也不肯退休。」

「是你嗎，巴比？」

她說話是很重的康瓦爾口音，而且聲音沙啞得就像烏鴉叫。崔斯韋克先生縮了縮，而海兒儘管緊張，看見他灰色鬍碴下的臉腮轉紅，仍忍不住覺得好笑。他脫掉了雨衣，咳了咳。

「是羅伯特．崔斯韋克，華倫太太？」他對著走廊喊，她卻只是搖頭。

「大聲點，小子，我聽不到。你們這些年輕人全都一個樣，老是咕噥咕噥的。」

她走近來，海兒看到她使用枴杖，而這就是剛才那個奇怪聲響的來源。這聲音讓她的步伐多了一種怪異、不均勻的節奏……喀喀……鏘，喀喀……鏘。

好不容易她才走到了門口，停下來弄她的枴杖，崔斯韋克先生跳上前去扶著門，讓她蹣跚穿過。

「嗯。」她不理睬崔斯韋克先生，漆黑明亮得令人意外的眼睛落在海兒身上。她的眼神海兒無法解讀──但不是溫情。差得遠了。是一種……臆測吧？她開口說話時聲音中連一絲笑意都沒有。「妳就是那個丫頭。嘖嘖嘖。」

「我──」海兒吞嚥了一下，喉嚨乾得像沙土，而且她在瞬間很清楚她的防衛姿態──她交抱的雙臂，頭髮垂下來遮著臉。想著客人，她母親的聲音在她的腦海中響起。想著他們來找妳是想要看見什麼。她真後悔沒摘掉那只大耳釘，但是現在摘也來不及了。她擠出笑臉，盡可能讓自己的臉坦然，不具威脅性。「對，就是我。」

她伸出手要和她握手，但是老婦人卻轉過去，當作沒看見，她只好把手放下了。

「他們沒說妳來不來，」華倫太太扭頭說，「不過我還是打開了一個房間通風。妳會想換衣服吧。」

這是一句命令，而不是邀請，海兒怯怯地同意。

「跟我來。」華倫太太說。海兒看見了崔斯韋克先生的眼神，兩人不約而同挑高眉毛。他乾笑了一聲，朝樓梯揮了揮手，但是華倫太太並沒有等海兒跟上去，已經吃力地登上長樓梯了，一步一步，關節炎的手緊握著欄杆。

「不是閣樓也不行。」她說，海兒急忙追上去，行李箱撞著每一階。每一階上都有黃銅地毯壓條，但是周邊的灰塵實在是太多了，幾乎看不見，連地毯的花紋也看不見。

「當然當然，」海兒上氣不接下氣地說，兩人來到了樓梯平台，華倫太太卻又向上爬，這層樓梯鋪著更實用的地毯，海兒踩下去覺得硬實不平。「完全沒有問題。」

「抱怨也沒用，」華倫太太冷冷地說，好像海兒叫苦了。「沒事先通知我，妳就得要忍著點。」

「沒事，」海兒說，把對華倫太太的態度的慍怒壓下去，又露出笑臉，希望笑意也滲入了聲音。「真的。我不敢抱怨，有個房間給我就非常感激了。」

兩人來到了看似頂樓的那一層，從這裡開始再也沒有樓梯了——唯有一條鋪地磚的通道，兩邊像是有一長排的臥室，其中一間一定是開了窗，因為有股冷風在吹，風力夠強，攪動了灰塵，繞著海兒的腳踝打轉。

「廁所在這邊，」華倫太太簡短地說，朝走廊盡頭點點頭。「浴室在下一層。」

下一層？這整棟房子難不成只有一間浴室？

但是華倫太太打開了一個房間，海兒本以為是臥室，不料居然是隱在牆後的窄梯。她按了開關，頂上的電燈泡就閃爍了起來，照亮了一條狹窄的樓梯間，只有光禿禿的木頭，沒鋪地毯，甚至連條粗毛毯都沒有，只有頂端的平台鋪了薄薄的一片油地氈。老婦人邁步登上窄梯，金屬頭的枴杖敲在木頭上。

海兒等在樓梯腳，假裝在喘氣。

這個樓梯間有什麼地方讓她不喜歡——可能是太過狹仄，也可能是缺少自然光，因為兩面都沒有窗戶，連天窗都沒有，也有可能是位置和房子的其他部分隔太遠，位於樓梯腳的門隱藏住它的存在。但是她吞嚥一下，把門盡可能推開，抬起行李箱就跟著華倫太太向上爬。

「這裡以前是僕人的房間嗎？」她問，聽見她的聲音在封閉的空間裡迴響。

「不是，」華倫太太簡短地說，頭也不回。海兒覺得受了冷落，但是來到平台之後，華倫太太停下來看著她，似乎稍微和氣了一點。「不再是了。重建的時候他們把僕人寢室挪到廚房上頭了，」她說。「當然，現在全都關閉了，只剩下我一個，而我睡在樓下，就在韋斯特威夫人的隔壁，以防她晚上需要我。」

「這樣啊，」海兒謙恭地說，打個冷顫。她從沒感覺這麼格格不入過，濕大衣沾了污泥，褲襪綻了線，半乾的黑色短髮像刺蝟一樣。「她很幸運能有妳。」

「的確，」華倫太太說，嘴唇抿成了不以為然的一條線。「上帝為證，這一家人根本就不怎麼關心她的死活，不過我看你們現在倒是滿開心能跑來這裡像喜鵲一樣挑揀勝利品的。」

「我——我沒有——」海兒張口欲言，被惹惱了，但是華倫太太轉了過去，沿著一條黑暗的短走廊前進，她就閉嘴了。華倫太太停在一扇關閉的門前，以老樹根似的手搖晃著門把。海兒能說什麼？她說的畢竟是實話，至少就她的部分。她把嘴巴閉緊，等著華倫太太和卡住的門把奮戰，枴杖夾在她的腋下。

「濕氣，」華倫太太扭頭說，拉扯著門把。「門框脹大了。」

「我能不能——」海兒才開口，但來不及了——話剛出口，門就突然開了，一片冷光照亮了平台。

華倫太太向後站，讓海兒過去。裡頭是個狹仄的小房間，毫無長物，只有一架金屬床立在角落，另一個角落是臉盆架，還有一扇裝了鐵窗的兒童防護窗可以俯瞰花園。地上沒鋪地毯，只有光禿禿的木板，床頭鋪了一小面結簇地毯。而且也沒有電熱器，只有小小的爐架上擺滿了煤炭和引火物。

鐵窗讓海兒的胃有種怪怪的感覺，不過她說不上來是為了什麼。可能是在這麼高的地方，在閣樓上發現讓人覺得很不協調。一樓或許需要鐵窗，以防竊賊闖入，可是裝在這麼高的地方，就只有一個解釋了：不是為了防備外面的人——是要讓人出不去。只是……這裡不是育嬰室，鐵窗可以保護到處亂走的小娃娃。這裡是女僕的房間，遠離房屋各部，對幼小兒童來說一點也不實際。是什麼樣的人才會需要防止女僕逃跑？

「好了，就是這兒了，」華倫太太惱怒地說。「壁爐架上有火柴，不過我們缺煤炭，所以可別以為想怎麼生火就怎麼生。這裡沒有錢可以讓妳燒。我就讓妳收拾行李了。」

「謝、謝謝妳，」海兒說。小房間冷死人，她的牙齒格格響，不過她使盡全力咬緊下巴。

「我、我幾、幾點該下樓？」

「其他人還沒來呢，」華倫太太說，似乎是換個方法回答了她的問題。「他們一定是繞海岸路過來——每年的這個時節，暴風雨會讓路很難走。」

她轉身就走，海兒都還沒能再發問，她就蹣跚下了窄梯了。海兒等待著，聽見底下的門關上，這才沉坐在小床上，打量周遭。

這個房間最多不過兩米寬——而鐵窗更讓它有一種牢房的感覺，即使門是開著的。另外房間也特別冷。空氣在她周邊停滯不動，海兒發覺她喘口大氣就會有白霧。床上有一床薄荷綠鴨絨被，海兒把被子扯下來包住身體。脆弱的緞布在她的手指下拉緊，她很害怕會被她抓得分解，但是她實在太冷了，需要一些溫暖。

她想著生火，可馬上就得下樓去面對那一家子，生火好像沒有必要。而光是想到請不以為然的華倫太太多給她一桶煤，海兒就瑟縮，想起了她抿緊的嘴唇和陰沉的表情。

華倫太太是這麼討厭這一家子呢，還是針對海兒一個人？她在心裡納悶。可能是因為她沒有事先通知就出現——不過她似乎也不怎麼詫異。可能是她沾了泥巴的衣服和鞋子。或者有沒有可能……她懷疑什麼？她的表情讓海兒不是很能拿捏得準，她看見海兒時，神情帶著提防的……算計。海兒猛地想起來了，是一個小孩看見一隻貓出現在一群鴿子間，就往後站等著看大屠殺的表情。那是什麼意思？

海兒又發抖，儘管披著鴨絨被，接著，想起了過來路上她發的誓，她拿出皮包裡的手機，打開來搜尋。她敲著鍵盤，手指僵硬不靈活，不是因為寒冷。她在按下搜尋鍵之前暫停了好半晌。

茉德・韋斯特威聖丕蘭失蹤死亡

然後她按了確認鍵。

小圈圓轉動了好久，久到讓海兒懷疑地看著螢幕右上角的涵蓋率。五格中有三格。不算多……不過應該足以連上網吧？

總算，搜尋結果出現在螢幕上了，海兒覺得胃翻了個觔斗，因為，就在最上面的一條，是她知道會出現的。連結到報紙上對她母親去世的報導。

茉德・韋斯特威聖丕蘭失蹤死亡，加了字元網底的文字說缺少字詞，只有這一個條目算最吻合。

海兒並沒有點進去看，不需要。她需要的資訊並不在這個條目裡，縱使它的描述聳動、語調哀戚。「有個人風格的算命師，」海兒記得，還有「是當地名人，衣著很有個性」，活像她的母親只差一步就會住進某家安全機構治療，而不是一個個性活潑、腳踏實地的女人，自力更生，盡她所能撫養孩子長大。

「對碼頭社群是極大的損失」，這句話倒是真話。

海兒仍記得在她回到母親的算命亭時，他們聚集到她身邊，臉上露出無聲的同情，往後的好幾個月，天冷時她會發現熱茶悄悄擺在她的算命亭外，炸魚薯條店也總是會多找她錢。

此時，她看著車禍新聞的各個連結，眨眼睛，視線模糊，努力想看清其他條目上的文字。她點進了一些，卻沒有相關的。聖丕蘭有一隻西高地㹴走失，還有大量不相干的連結，像是嬰兒名字網站和聖不蘭旅遊局。

最後，她關掉了手機，把鴨絨被拉緊，呆呆坐著，看著小小的鐵窗外被雨水猛炸的花園。

無論茉德·韋斯特威是誰，無論她發生了什麼事，她好似都消失了，不留一絲痕跡。

12

是窗外汽車輪胎輾過碎石的聲音讓海兒陡地抬頭，打散了思緒。緞面鴨絨被從肩膀溜了下去，她反射性去抓，在突如其來的冷風中發抖，隨即丟下了被子，走到窗邊去看是誰到了。

他們快步走向大門時，她看不見底下人的臉孔，只看到他們的頭頂和雨傘，但是她能看見停好的汽車——是那兩輛流線型黑色長轎車，線條有如鯊魚一樣俐落，送葬車隊中的。

這家人到了。剩下的測試就要開始了。

她忽然覺得緊張得想吐，而且頭重腳輕。來了。跟她號稱的親戚面對面的遭遇。她真的要這麼做？

她靠玩弄他人謀生——在她摸著良心老老實實承認的時候，她知道她就是這種人。但是這次不同。這次不是把容易上當的人想聽的話或是已經知道的事告訴他們，這次是犯罪。

「藥草茶。」海兒來到了二樓，聽見有人的說話聲飄上了樓梯間。「我要白蘭地——或是威士忌，麻煩妳了，華倫太太。」

海兒聽見華倫太太不回答，但是三個兄弟之一說了什麼，一陣大笑，她聽見了哈爾丁的一個孩子抱怨得把手機收起來。

來了。見真章的一刻。話聲不請自來，飄進了她的耳朵裡，她哈的一聲笑。真章？錯了，是謊言。說謊的一刻。

她為此已經準備了一輩子了。

要是有人能成功，那就是妳，海兒。

她動了動手指，感覺像是拳擊手要上場了，不，這麼說不對，因為這是一場心理的靈敏度測試，而不是生理的。也許就像是大師在棋賽之前。她看見自己，彷彿是從空中俯瞰，一隻手懸在一枚棋子的上方，準備走出第一步。

寒冷這會兒似乎拋棄她了，她步下另一層的樓梯，臉孔因期待而又紅又熱，心臟在黑色洋裝底下用力搏動。

「我們看看能不能幫你弄點熱巧克力，達令，」她聽見女人說話——不是華倫太太，因為發音清楚，而且像是有錢人的語氣。蜜琪嗎？「在墓地等候已經是極限了，哈爾丁。凱凱凍壞了，這地方哪裡有暖氣爐啊？」

「這裡沒有，蜜，妳明知道。不過客廳應該生火了。」

海兒繞過樓梯角就看見了他們全部的人，哈爾丁忙著脫掉Barbour外套，亞伯在房間一隅敲手機，仍穿著雨衣。蜜琪在剝掉孩子們身上的雨衣。

她舉步走下最後的一層樓梯，誰也沒抬頭，但是她踩到了一級吱呀響的樓梯板，艾佐拉抬起了頭來。

「哈囉……」他拖長聲音，每個人都轉過頭來，海兒覺得臉紅了，他們的表情不一，有的好奇，也有的明明白白寫著驚訝。「我在喪禮上看過妳，對吧？」

「對，」海兒說，吞嚥了一口。喉嚨又乾又痛，幾乎就像是扎了根刺，而且一直往肉裡扎。

「對，我的——我的名字叫海兒，是海莉葉的暱稱。海莉葉．韋斯特威。」

他們的表情不變，最後哈爾丁的肩後傳來一聲乾咳。

「海莉葉是……茉德的女兒。」

說話的人是崔斯韋克先生，而他平靜的語氣切斷了門廳的閒聊聲，有如刀子劃過起司。這個名字對年輕一輩來說顯然毫無意義，蜜琪也是，當他沒說話似的，催著孩子到走廊前方的一個房間，同時大聲抱怨著霉濕的味道。

但是對於三兄弟而言，就幾乎像律師罵了髒話，或是把立在樓梯腳的空瓷瓶砸碎了。哈爾丁摸索著背後的椅子，坐了下來，動作突兀，恍如不再信賴自己的腿。亞伯發出一聲驚呼，一隻手飛向衣領。唯有艾佐拉文風不動，跟石頭一樣，而且臉色轉白。

「她有——她有孩子？」先說話的是哈爾丁，語聲濃濁凝滯，好像是硬咳出來的。「我們怎麼會不知道？」

「沒有人知道，」崔斯韋克先生說。「當然，只除了你們去世的母親。可能是你們的妹妹告訴她的。我不確定。」

但是亞伯在搖頭。

「她有孩子，」他說，重複了兄弟的話，語調卻截然不同，彷彿是不敢相信這句話，或是話中的現實。「她有孩子？可——可是沒道理啊。」

海兒覺得胃在搖晃，抓緊了樓梯扶手，覺得汗濕的手掌很滑。

「沒道理！」亞伯重複道。「她不是——她不——」

「無論如何，」崔斯韋克先生說。「她就是海莉葉。」

海兒走下一級，站到走道上，覺得心跳得又快又重，心裡琢磨著她必須扮演的角色。*妳會緊張也是合情合理的，*她跟自己說。*妳是第一次見到妳的家人。妳可以利用這份恐懼——當成是妳自己的。*

「我不知道我有舅舅，」她說，並不設法掩飾聲音中的輕顫，同時向哈爾丁伸出了手。「更、更別說是三個了。」

哈爾丁溫暖粗厚的手指握住了她的手，以雙手和她握手，好似握手多少能夠確定兩人間的關係。

「唉呀呀，」他說。「真高興認識妳啊，海莉葉。」

但是擁她入懷的卻是亞伯，把她的眼鏡壓進了他的濕雨衣裡，用力得她的臉頰都能感受到他的心跳。

「歡迎回家，」他這麼說，聲音顫抖，帶著一種痛苦的真摯感情。「喔，海莉葉。歡迎回家。」

一九九四年十二月五日

茉德知道。她昨晚來我的房間，我已經上床了，但是我早知道了——我在餐桌上看見她盯著我的神情我就知道了，我拿叉子把凝固的鱈魚和軟趴趴的綠花菜在盤子裡推，感覺喉嚨裡湧上一股噁心。

我那時就知道，從她給我的表情，以及她推開盤子起身，我知道她猜到了。

「坐下，」她母親厲聲說。「不准妳一聲不吭就離開。」

茉德投給她一眼近似恨的表情，卻還是坐了下來。

「我可以離開嗎？」她說，恨恨地說出每一個字，彷彿是吐出一根根的魚刺，像她繞著盤子排列成一圈的鱈魚刺。

她母親看著她，我看見了什麼神情掠過她的臉孔——一種想反對的欲望，混合了一種認知，知道將來有一天她會把茉德逼得太緊，而如果茉德違抗她，她終究會一點辦法也沒有。

「妳……可以，」她最後說，不過最後兩個字說得極不情願。但一見茉德站了起來，她又說：「等妳把魚吃完。」

「我吃不下，」茉德說，餐巾拋在桌上。「瑪姬也一樣。妳看看——噁心死了。就只有魚刺和淡而無味的白色大便。」

我看到我伯母的鼻尖變白，她一發火就會這樣。

「不准妳在這個家裡這樣子說食物。」她說。

「我反正是不會說謊的——天知道這個屋子裡頭已經有夠多謊言了！」

「這是什麼意思？」

她母親也站了起來，兩人面對面，那麼的相像，然而卻那麼的不同——茉德像一團火，而她母親則是一塊冰，茉德激切，而她母親則內斂，但是兩人臉上的苦澀和憤怒卻讓兩人比任何時候都更相像，我這時才明白。

「妳知道是什麼意思。」

語畢，茉德拿起了她盤子裡那塊鬆軟的鱈魚，塞進嘴巴裡。我覺得在她咀嚼時聽到咬到魚刺的聲音，我覺得噁心感湧上了喉嚨，我因為極力壓抑而冒冷汗。

「行了吧？」茉德說，不過嘴巴塞滿了，話說得很模糊。

接著，也不等她母親回答，她一轉身就離開了，重重甩上了餐廳的門，震得桌上的瓷器玎玎響。

我低頭看著盤子，盡力不讓別人發現我的手在抖，把馬鈴薯抹在叉子上，送進口中，雙眼模糊。

別看我，我焦急地想，心知伯母白熱化的怒氣可能會掉個方向發洩在隨便一個引起她注意的倒楣鬼上。別看我。

她沒看。我反而聽到她的椅腳擦過鑲花地板，餐廳另一側的門砰地關上，等我抬起頭來才發現老天保佑，只剩下我一個人。

✦

很晚之後茉德才到我的房間來，我穿著浴袍坐在床上，腳邊擺著熱水瓶，正在洗牌。我聽見樓梯上有腳步聲，起初我的胃揪緊了，不確定是誰，但木門上有一聲叩，我就知道了。

「茉德？」

「對，是我。」她的聲音很低，我知道她是不想讓別人聽見。「我可以進來嗎？」

「好啊，」我低聲回覆。門把轉動，她進來了，低頭躲過低矮的閣樓門楣。她裹著一件大開襟毛衣，赤著腳。「天啊，妳不會冷嗎？」我問，她點頭，牙關格格響。我二話不說，在小床上挪出空位，拍了拍身邊的枕頭，她就爬上了床，兩腳往下溜，拂過了我的腿，冷得像冰塊。

「我恨她，」她只這麼說。「我恨死她了。妳怎麼受得了住在這裡？」

我沒有選擇，我在心裡這麼想，但是我知道自己和茉德一樣有選擇，說不定比她還多。

「看她好像還活在一九五〇年代似的，」茉德挖苦道。「沒電視，妳跟我像他媽的尼姑一樣關在這裡，華倫太太在廚房裡做牛做馬——她難道不知道現在沒有人這樣過日子了？別的像我們這個年紀的人早就去看表演，喝醉，到處睡了——妳不在乎我們被關在母親的戰後幻想世界裡嗎？」

我不知如何回答。我不能告訴她我從不去看表演或是喝醉。我從沒做過——即使是在我有機會時。

「說不定我比妳適應得更好，」我最後說。「媽老是說我像古時候的人。」

「跟我說說妳媽，」她小聲說，我覺得喉頭有硬塊，想到媽在我心目中的形象——總是在花園中挖掘，而爸陪在她身邊，哼著保羅．賽門的歌曲，鋤起洋蔥或是種球莖。我盡量不去回想惡夢似的最後那幾個月——媽裝上了呼吸器，呼出最後一口氣，而爸在幾週後心臟病發作。

「有什麼好說的？」我說，盡量不顯露出哀怨。「她死了。他們兩個都死了。結束。」

命運的不公仍然讓我喘不過氣來——但是其中也有一種公道，我是後來才了解的。我是兩個深愛彼此的人的獨生女。他們是注定要在一起的——無論是生是死。我只希望死亡不要來得那麼快。

「我想了解……」茉德說，聲音非常低。「我想了解不……不恨妳母親是什麼感覺。」

這一次，害我發抖的不是她冰冷的腳，而是她聲音中的怨毒。

我的伯母不是個好相處的人——我知道——我早在搬來和她住之前就知道了。光是她能跟我父親吵架就讓我知道了我需要知道的事情。他是脾氣最溫和的人。但是什麼也不能幫我先做好心理準備，面對我在這裡發現的現實。

「我真希望能逃走。」她對著膝蓋悄悄吐出怨恨。「她就讓他走了。」

她沒說誰——用不著。我們都知道她說的是誰。艾佐拉，離家去念寄宿學校了。他逃掉了。

「妳覺得是那種男生的事嗎?」我問。

茉德聳肩,想要裝得一臉滿不在乎的樣子,但是我沒上當。她在晚餐之後哭過了,臉頰還紅通通的。

「女生真不配受教育,」她說,苦笑了一聲。「或是不值得花錢受教育。可是無論她怎麼想,我都比他聰明一倍。他還在薩里重念什麼爛衝刺班的時候,我都可以上牛津了。我會讓她瞧一瞧,今年夏天。那些考試就是我離開這裡的門票。」

我沒把心裡想的話說出來。也就是——那我呢?要是茉德走了,我該怎麼辦?我會被監禁在這裡,一個人,跟她一塊嗎?

「我以前很討厭這個房間,」茉德柔聲說。「小時候她都把我們鎖在這裡,懲罰我們。可是現在……不曉得。感覺像可以逃離屋子的其他部分。」

一陣漫長的沉默。我努力想像——努力想像有一個會把孩子關在閣樓上懲罰的母親,想像有這種經驗對孩子的影響——可是我想像不出來。

「我今晚可以睡在這裡嗎?」她問,我點頭。

她翻身,我關掉了燈。我側躺,背對著她,我們躺在黑暗中,感覺到彼此脊椎上的體溫,只要有一個動床墊就會搖晃會吱吱叫。

我快睡著了,她忽然說話,聲音好輕好輕,我起先不確定她是在說話還是在睡夢中嘆氣。

「瑪姬,妳要怎麼辦?」

我沒回答。只是躺在那裡，瞪著黑暗，感覺心臟跳得好快。

她知道了。

13

接下來的半小時是連珠砲的問題和避重就輕，比海兒想像中還要艱難，但怪的是，同時又極刺激。

她跌跌撞撞挺過對話，焦慮地記住她跟誰說了什麼，她發現自己拋棄了棋賽的類比，又回頭想像自己是拳擊手，纏好指關節，再衝上場去閃躲直拳和旁敲側擊，用彆扭的訊問來反制發問的人。

然而，這不是一對一的練習賽。單一的對手是在她的舒適圈中的一種格局，她習慣了——儘管這個遠遠不如她的小算命亭中由她控制的環境。但是這種混亂的群毆卻迥然不同——七嘴八舌，互相打岔，她還沒回答完另一個人說的話就又催著她回答別的問題，拿小故事或回憶插話。跟她習慣的情況差太多了，她幾乎覺得聲音像連續不斷的拳頭，打得她頭昏眼花。

她這一生中家人只有兩個——她和她母親。母女二人，相依為命，自給自足。從小到大海兒從不覺得有什麼缺憾，但偶爾會渴望像同學一樣假日會有一大家子團聚，還有敘不清輩分的兄弟姊妹、堂親表親玩在一起，聖誕節和生日有來自各個親戚家族送的成堆禮物。

而此刻——他們環繞著她，爭搶著說話，問她的成長情況、她的教育背景、她的目前狀態——她發現自己在奇怪她怎會羨慕別的小孩有一堆伯叔姑嬸。

哈爾丁是最棘手的——一個接一個單刀直入的問題，以那種士官長的聲音大吼大叫，活像在審訊。亞伯風格則迥異，輕聲細語，口吻友善；每當海兒回答不上來什麼問題，他就輕笑一聲，說個小故事來打圓場。艾佐拉則一言不發，但是海兒感覺到他的眼睛盯著她，密切觀察。

最後是蜜琪以一聲笑打斷了他們，換作別的情況，海兒會覺得她的笑聲很刺耳。

「你們也行行好！」她硬是推擠開那圈黑套裝，拍打亞伯的肩，牽住了海兒的手。「讓這個可憐的姑娘休息個幾分鐘！看看她——都快招架不住了。妳要喝杯茶嗎，海兒？」

「好、好，」海兒說。「好，謝、謝謝。」

在碼頭做生意，她會盡量掩飾她偶爾的口吃，而且刻意讓聲調低沉，說話緩慢，裝出比實際年齡大的模樣，強調一切由她主導，而他們這些來問卜的人是來到了她的地盤上。而蜜琪帶著她離開那群人時，她醒悟到在這裡，她的不自在就是她的不在場證明，而她可以善加利用。她不應該遮掩她的迷惑，或是她的年輕——恰恰相反。她跟著蜜琪穿過客廳，拱肩縮背，讓她已經纖瘦的身形更加嬌小，讓劉海落在臉上，像個害羞的青少年。一般人通常都會低估海兒。有時，這一點會是她的優勢。

她讓蜜琪帶她到爐邊的沙發上，一個韋斯特威家的孫子坐在上面，戳著手機，動作讓海兒感覺是在打怪。他不是理查。另一個叫什麼來著……弗瑞迪？

「坐吧，」蜜琪安慰地說，看著海兒坐下。「好，要不要喝什麼？妳的年紀可以喝酒了嗎？」

可以，而且已經超過好幾年了，海兒心想，但沒說出來。在這裡喝酒可不是好主意。所以她刻意不確定地笑笑。

「我倒是想喝妳剛才說的茶，謝謝。」

「我馬上回來，」蜜琪說，敲了兒子的腦袋一下。「弗瑞迪，關機。」

弗瑞迪在他母親走開時連假裝關機都沒有，只是斜眼瞧了瞧海兒。

「嗨，」海兒說。「我是海莉葉。」

「嗨，海莉葉。妳的刺青是什麼？」

「刺青？」海兒愣了愣，隨即明白了棉洋裝滑落了一點，露出了一邊肩膀，以及翅膀的尖端。「喔，這個啊？」她指著背部，他點頭。

「好像是鳥。」

「是喜鵲。」

「酷。」他頭也不抬地說，顯然正打到重要關頭。接著他又說：「我也想刺青，可是媽說除非她死。」

「十八歲前刺青是違法的，」海兒簡短地說。這個話題起碼是安全的。「愛惜羽毛的刺青師是不會同意幫你刺青的，而且你也不會想去找那些願意做的。你多大了？」

「十二，」他哀怨地說。關掉了手機，第一次抬頭看著她。「我可以看嗎？」

「呃……」她登時有一種被侵犯的感覺，但是她不知道能說什麼。「我──好。可以吧。」

她轉身，讓他拉下棉衫的領口，露出了刺青，鳥頭歪向一邊。他的手指冰冰地觸及她的肌膚，她盡量不發抖。

「酷，」他又說，這次是羨慕。「妳是因為這個地方才挑這個圖案的嗎？妳知道——就，到處都是。」他朝窗外樹木揮了揮手，海兒轉過身去。太暗了，只能藉著屋裡投射的燈光看見閃爍著水光的樹枝，但是在她心裡她又看見那一排喜鵲棲息在滴水的紫杉樹枝上。她搖頭，拉好衣領，遮住刺青。

「不是。我——我媽——」

她為時已晚地發現她放下了戒心，險些就要鑄下大錯。事實上她是為了紀念母親才刺的。瑪各麗姐。一呀傷心。當時似乎很合適。但是冰冷的恐懼沖刷過全身，在她驚覺她就要坦承她母親的真正名字時。笨，笨死了。

「我媽——這是我媽叫我的小名。」她說，停頓的時間頗長，足以讓她感覺腳下裂開一道深淵。用這句話來圓謊簡直是蹩腳到了極點，但是她臨時也只能想出這種說法。不過，這個男孩似乎沒注意到她停頓得太久。

「她是爸的妹妹嗎？」他問。海兒點頭。

「對。」

「喔，我大概是應該說已故的妹妹。她死了，對吧？」

「弗瑞迪！」蜜琪端著茶出現，放到桌上時輕輕打了兒子的膝蓋一下。「這是怎麼說話的——對不起，海莉葉。他是個青少年——我還能怎麼辦。」

「沒關係，」海兒說，而且是真心話。不是因為他呈現出了一件事實，確認了她早先的猜疑，而是因為突然之間她的立足點穩固了。從別人的口中聽見那些話沒有什麼可震驚的——坦白說，她寧可要這個少年的口無遮攔，而不是那種委婉的過世或睡了之類的說法。她的母親不是睡了，也不在隔壁房間裡。她是死了。再有多少婉轉的說法也無法讓事實較容易接受。而他的說法，至少是真的。

「對，她死了，」她對弗瑞迪說。「我刺這個就是為了要紀念她。」

「酷，」男孩又說，半機械式地。他這時一臉彆扭，因為是在他母親面前。「妳還有別的嗎？」

「有，」海兒說，同時蜜琪打岔：「弗瑞迪，幫幫忙，別再拿私人問題煩海莉葉了。這種話題不適合——」

她打住不說，但大家都能意會她要說的是葬禮。

海兒微笑，或者說是想要微笑，端起了茶。

「真的，沒關係。」詢問她刺青的問題比起亞伯、哈爾丁、艾佐拉的問題要更容易回答。她看見哈爾丁拍了拍一個弟弟的肩膀，跟著妻子走向爐火，不禁心裡打了個突。

「烤火嗎，海莉葉？」他說，走向坐在沙發上的這幾人。「很聰明。恐怕這個地方到處都破爛不堪。母親不怎麼相信現代的舒適設備，像是中央暖氣。」

「這裡——這裡很久以前就是家族產業嗎？」海兒問。她記得她母親說過什麼引導式解讀——別全部由他們提問，你自己也問。如果由你掌握方向盤，就比較容易引領對話的方向，而如果你表現出興趣，他們就會喜出望外。「我母親連提都沒提過這裡。」她老實地說。

「喔，大概有八百輩子了，」哈爾丁隨口說。背對著爐火，撩起外套，讓熱氣能溫暖他的背。「屋子最古老的部分就是我們現在坐的地方，是十八世紀建造的，而且許多年都是一棟樸實的農莊。後來妳的高祖父——就是我母親的祖父——在十九世紀末靠陶土生意賺了不少錢，就在聖奧斯提爾那兒，他就把這個地方重新整修，規模弄得很雄偉。他把舊農莊的喬治亞式風格保留下來，變成會客室和主臥室，用美術工藝風格建了廂房和僕人的寢室，把屋子改建得滿恢宏的。可惜的是，他的兒子不是個好生意人，讓礦場落入了他的生意夥伴手裡。從那之後，就沒有什麼錢能維修屋子了，所以這裡在一九二〇年代就像是凍結住了。要讓它符合現代的建築法規得投入個百萬鎊，妳這個年齡層的買家自然不會有那麼多錢，不過連鎖大飯店倒是有可能有這個意願。當然啦，現在真正值錢的是土地。」他眺望窗外，看著被雨淋濕的廣袤草地，海兒幾乎能看到他在盤算——想像「邦瑞建設」的房子如雨後春筍般冒出來，聽見一筆又一筆的交易敲定，收銀機叮咚叮咚響個不停。

海兒點頭，喝著茶，因為不知該說什麼。她的手仍然冷，儘管爐火旺盛，但是她的臉頰感覺很燙，突然之間，她打了個噴嚏，不由自主地發抖。

「上帝保佑，」亞伯說。

哈爾丁退後了一步，幾乎絆到爐擋。

「唉呀，希望妳可別是在墓園裡冷到了。」

「不太可能，」海兒說。「我的身體很好。」可是又一個噴嚏卻給她打臉。亞伯掏出熨燙得很平整的棉手帕，關切地遞給她，但是海兒只搖頭。

「來片餅乾，海兒？」蜜琪說。海兒拿了一塊，想起了早晨過後就沒進食過。但是她把奶油酥餅放進口裡，口感卻是又乾又過期，所以房間另一頭傳來一聲咳嗽，她一點也不介意。崔斯韋克先生拉高嗓門壓過交談聲。

「請各位暫停一下好嗎？」

哈爾丁瞅了亞伯一眼，他聳聳肩，兩人就朝律師走去。律師站在一架大鋼琴旁，正在整理文件。海兒起身了一半，卻猶豫不決，不知道她是否也在其中，直到崔斯韋克先生說：「妳也一樣，海莉葉。」

他放下了文件，走向門口，打開來，海兒感覺到走廊吹來一股寒冷的穿堂風，與爐火旺盛的房間形成尖銳的對比。

「華倫太太！」他大喊，聲音在走道上迴盪。「麻煩妳過來一下好嗎？」

「要叫孩子們嗎？」蜜琪說。崔斯韋克先生搖頭。

「不，除非是他們想聽。不過艾佐拉如果能過來……對了，他人呢？」

「他大概是出去抽菸了。」亞伯說。說完就消失了，過了一會兒他的弟弟就跟著他進來了，深色鬈髮上沾著細細的雨珠。

「抱歉。」艾佐拉的笑容有點扭曲，像是他說了個只有他自己懂的笑話。「我不知道你要玩那個白羅神探❸的戲碼，崔斯韋克先生。你是要揭露殺害母親的兇手嗎？」

「完全不是，」崔斯韋克先生說，微微露出不以為然的神色。他又挪動文件，以指關節把眼鏡往上推，很明顯是在氣艾佐拉的輕浮。「而且我不覺得這是開玩笑的時候，尤其是——咳，算了。」他又咳嗽一聲，這次一聽就很假，而且他似乎在重整思緒。「總之，多謝各位在喪期撥出時間來。我不會佔用各位很多時間，但是根據我和韋斯特威夫人的談話，我明白她並沒有和她的子女討論過她的遺囑。我說得正確嗎？」

哈爾丁在皺眉。

「是沒有直接討論過，不過自我父親過世後就有非常清楚的認識，她會繼續住在這棟屋子裡直到她自己過世，到時房子就會傳給——」

「唉，我就是這個意思，」崔斯韋克先生匆忙說。「大家不會有錯誤的假設。我強烈建議所有的客戶都和受益人討論遺囑，不過當然並不是每個人都選擇如此，而據我的了解令堂並沒有和任何人溝通過她的意願。」

走廊響起枴杖聲，華倫太太走進了房間。

「什麼事？」她說，脾氣滿暴躁的。接著，看見哈爾丁的一個孩子又添了一塊煤。「別浪費

❸白羅神探是阿嘉莎・克莉絲蒂筆下的一位比利時神探。

煤炭，年輕人。」

「妳有時間嗎，華倫太太？我想跟每一個韋斯特威夫人的遺囑受益人談一談，而同時進行似乎是最公平的。」

「喔，」華倫太太說，臉上閃過的表情海兒拿捏不定是什麼。有一種……期待。可是海兒不認為是貪婪。更像是……疑懼。幾乎有可能是開心。華倫太太是不是知道什麼大家都不知道的事？

亞伯拉出了鋼琴椅，管家就坐了下來，枴杖倚著大腿。崔斯韋克先生清喉嚨，從光亮的鋼琴檯面上拿起了那堆文件，挪了挪，很沒必要。他的每一吋，從晶亮的皮鞋到金屬框眼鏡，都輻射出緊張不安。海兒覺得頸後寒毛倒豎，看見亞伯的眉頭緊鎖，焦躁不安。

「那，好，我會盡量簡短——在宣讀遺囑上我並不喜歡維多利亞式的誇張手法，可是我得說這件事完全公開透明，而我不想要任何人有錯誤的假設——」

「拜託，有話就直說。」哈爾丁不耐煩地打斷了他。

「哈爾丁——」亞伯一手按住兄長的胳臂安撫他，卻被哈爾丁甩開了。

「少來這一套，亞伯。他顯然是在繞彎子說什麼，而我是寧可不聽廢話，立刻知道是怎麼回事的。母親是不是瘋了，把一切都捐給了巴特西流浪狗之家之類的？」

「倒是不至於，」崔斯韋克先生說。眼睛射向哈爾丁，然後是海兒，其次是華倫太太，最後再回頭看哈爾丁，而且他又重新排列了一次文件，再把眼鏡穩穩地架在鼻梁上。「嗯，總之是這樣的——遺產包括了三十萬鎊現金以及有價證券，大部分會用來繳稅，而房屋本身的價值仍有待評估，卻是遺產中最大的一筆，至少價值一百萬鎊，視情況也可能是兩百萬。韋斯特威夫人特別留下了幾項贈與——給華倫太太三萬鎊——」管家小小地點個頭。「——每一個孫兒都得到一萬鎊——」

聽見這句話，海兒覺得脈搏加速，兩腮滾燙。

一萬鎊？一萬鎊？哈，她可以付清史密斯先生的債，付房租、瓦斯費……她甚至還能去度假。她身上竄過一道明滅不定的暖流，彷彿是喝下了什麼特別滾燙和營養的東西。她努力忍住別微笑。努力記住仍有許多的圈子得跳。但是這番話卻一直在她的腦海中重複。一萬鎊。一萬英鎊欸。

她費盡了全力才能靜靜坐著，其實全身的每一個分子都在興奮地跳舞。會是真的嗎？

但崔斯韋克先生還沒說完。

「只除了她的外孫女海莉葉。」

喔。

就像氣球被刺了一針，砰的一聲洩光了氣，只剩下小小一堆色彩豔麗的橡膠皮，速度快得無法形容。

就這一句話，完蛋了。想像中一萬鎊吹進了海風中，鈔票紛紛揚揚飛過了懸崖，飛進了大西洋。

她的心揪扯了一番才放手讓美夢飛走，但是她看著心裡的鈔票消失，恍然大悟：她以為可以僥倖得利本來就是一個荒謬的幻夢。甚至是場鬧劇。造假的出生證明，造假的出生日期。她到底是在想什麼？

唉，結束了，不過起碼她沒被拆穿。她只是回到了原點。至於她該如何面對史密斯先生和他的傳話人……噯，目前她還不能去想。她得先熬過眼前的這一關，然後全身而退。

不過感覺上很殘忍，美好承諾懸掛在她的眼前，卻被硬生生奪走。欣喜的刺激感消退，強大的虛脫感漸漸滲入了她的骨子裡，她伸手扶著椅子穩住身體，而崔斯韋克先生清喉嚨，準備再往下說。

「至於海莉葉，」他說，有點彆扭，又挪了挪文件，好似不太情願說下去。「至於，呃，海莉葉，韋斯特威夫人把全部的剩餘財產，扣除掉處理後事的費用之後，都留給了她。」

好漫長的一陣沉默。

率先發作的是哈爾丁，聲音打破了寂靜。

「什麼？」

「我了解這件事很可能讓大家非常震驚，」崔斯韋克先生話說得不怎麼有自信。「所以我才覺得應該要各別通知——」

「去你媽的！」哈爾丁大吼。「你是瘋了嗎？」

「請不要大呼小叫，韋斯特威先生。很可惜令堂不覺得應該要和你們事先討論，在她仍——」

「我要白紙黑字。」哈爾丁咬牙切齒說。

「白紙黑字？」

「遺囑。贈與那部分的文字。我們會抗告。母親一定是瘋了——這份鬼遺囑是幾時立的？」

「兩年前，韋斯特威先生，而儘管你有疑慮，但是韋斯特威夫人在立遺囑之時的行為能力是不容置疑的。她在立遺囑的當天把醫師也請來見證，我相信她就是要避免將來會有類似的抗告。」

「那就用不當影響！」

「我不相信韋斯特威夫人見過她的外孫女，所以這種指控只怕很難成立——」

「把那個鬼遺囑給我！」哈爾丁大吼，一把搶走崔斯韋克先生交出來的文件。

海兒緊緊抓著椅背，太過用力而手指麻木發白，感覺到蜜琪、亞伯和艾佐拉的眼睛都盯著她，而哈爾丁則在掃瞄長長的文件，開始大聲唸出來。

「本人，海絲特．瑪麗．韋斯特威，身為——要命，這玩意有好幾頁……啊，有了，我的外孫女海莉葉．韋斯特威，之前定居在布萊頓的海景別墅，我贈與剩餘財產的全部——天殺的，是真的。母親一定是瘋了。」

他搖搖晃晃走向沙發，一屁股坐下，上下掃瞄遺囑，似乎是要找個解釋，某種可以讓這種瘋狂行為消失的東西。他抬頭看，臉孔紫漲充血。

「這丫頭是誰啊？我們根本就不知道有她這個人！」

「哈爾丁，」亞伯警告道，一手按著兄長的肩膀。「冷靜點。現在不是時候——」

「至於你，崔斯韋克，你他媽的江湖郎中。你憑什麼讓母親讓這種玩意生效？我應該告你執行業務不當！」

「哈爾丁，」蜜琪打斷他，語調更焦急。「亞伯，崔斯韋克先生——看看這個女孩子。」

「我覺得她要暈倒了。」有人說話，在海兒的右邊，語氣帶著一絲不關己事的興趣。海兒覺得每顆頭都轉向了她，就連房間都漸漸碎裂成一片片的。

海兒沒感覺到手鬆開了，椅子滑掉，蜜琪的叫聲彷彿是從很遠的地方傳來的。

她撞上了地板，連聲響都沒聽見。

虛無有如一道大浪捲來，淹沒了她，而她滿心感激。

14

「海莉葉。」

海兒耳朵旁的聲音持續不斷，把她從底下深處打撈上來，她好像是漂浮了好一陣子。

「海莉葉。好了，該醒醒了。」

接著，好像是對別人說話。「她的體溫還是高，額頭像暖氣爐。」

海兒眨眼，用力瞇眼抵擋刺眼的明亮。

「怎麼……？」她的喉嚨又痛又乾。

「喔，謝天謝地。我們快擔心死了！」是女人的聲音，海兒又眨眼，伸手拿眼鏡，掛在耳朵上，房間漸漸清晰。先是蜜琪的臉，接著是她後面的一個男人——亞伯吧，她暗想。回憶都回來了——聖丕蘭，葬禮。屋子，還有——天啊——哈爾丁的大鬧……

「來，」蜜琪說。一陣沙沙聲，一杯水遞到了海兒的鼻子底下。「喝一點。妳睡了好久，一定脫水了。」

「我——現在幾點了？」

「快九點了。我們都快擔心死了。亞伯跟我才在商量是不是應該送妳去急診呢。」

「怎、怎麼回事？」

她一低頭看見自己是躺在某張沙發上，裙子都擠在大腿上，幸好腿上蓋著毯子。她不認得這個房間——像圖書室，蜂蜜色的架子一路向有水漬的天花板延伸，一排排斑駁的皮面書佈滿了蜘蛛網。

「妳剛才摔倒了，我們過去要扶妳，妳就發起燒來了。幸好妳瘦得沒幾兩重。」

「妳覺得怎麼樣，海莉葉？」問的人是亞伯，這是他第一次開口，男中音輕柔焦慮。他過來跪在沙發旁，輕輕摸她的額頭。海兒必須強忍住才沒有躲開他侵犯的碰觸，不過他的指關節涼涼的。「要我們叫醫生來嗎？」

「醫生？」海兒掙扎起來靠著沙發抱枕，激起了微塵在閱讀燈的金黃光束下飛旋。她想像著亞伯把她從地上抱起來，她的裙子擠在臀部，登時覺得臉頰發燙。「唉呀，不用。我是說，謝謝你——不過我不覺得——」

「我想能找到一位肯在下班後出診的醫生只怕機會也不大，」亞伯說，若有所思地輕撫八字鬍。「不過如果妳覺得噁心，也許我們該去急診室。」

「我不需要看醫生。」海兒說，盡量說得很肯定。

「她還是很燙，」蜜琪說，當海兒沒說話似的。「你覺得你母親這兒會有溫度計嗎？」

「鬼才知道，」亞伯說，站起身，拍了拍膝蓋。「藥櫃裡說不定會有什麼致命的維多利亞時代儀器，有水銀的。我去看看。」

「喔，麻煩你了。你真是個大好人。理查的iPhone有應用程式說可以量體溫，可是我實在看不出來怎麼可能會準確。」

「我沒事！」海兒說。兩條腿落在地板上，立刻迎來了亞伯與蜜琪不以為然的咂舌聲。

「達令——」亞伯一手按著她的肩膀，硬把她按回沙發上。「——妳剛才臉色白得跟紙一樣，還暈了過去。所以妳絕對不是沒事。好了，要是我把妳留給蜜琪，去找溫度計，妳保證不會起來亂跑？」

「我保證。」海兒說，卻有一半非自願。她又把腿抬回沙發上，躺下來，遮著眼睛擋住檯燈的強光。

蜜琪看見了她的動作，就彎下腰。

「燈光太刺眼了嗎？」

「有一點，」海兒承認。「妳不會有止痛藥吧？我的頭痛死了。」

「我一點也不意外，」蜜琪說，語調有點尖酸。她把檯燈往旁邊調整，避開海兒的臉。「妳摔在地板上摔得很重，妳的太陽穴腫了雞蛋大小的一個包。真可惜妳不是從另一邊摔的——這樣就會摔在地毯上，不過地毯磨損得太嚴重了，也不知道保不保護得了妳。我的皮包裡有止痛藥，不過放在另一個房間裡。我去拿，妳一個人可以吧？」

海兒點頭，蜜琪就站了起來。

「現在別做什麼傻事。我可不要妳又暈倒。」

「不會的。」海兒虛弱地說。她並沒說可以有十分鐘獨處比止痛藥還更誘人。

蜜琪關上門後，海兒就把頭躺回沙發上，努力思考——把崔斯韋克先生的宣布到她暈倒之間的奇異狂亂的間隔中發生的事拼湊起來。

因為一點道理也沒有。這一切完全沒有道理。她被寫入了這個女人的遺囑中。指名道姓，還附帶了她的住址。這份遺囑提到了她，不容置疑。會不會……會不會是真的？她真的是韋斯特威夫人失散多年的外孫女？

一簇希望之火開始燃燒，幾乎就和渴望同樣熾熱。

心存懷疑，海兒，她母親的聲音在她的耳邊低語，如果是妳想要相信的事情，就要雙倍懷疑。

而問題就在這裡。她這麼告訴自己並不是因為有這個可能，而是因為她想要有這個可能。無論她有多想說服自己是真的，都可能不是真的。她母親的出生證明就全盤否定了這件事。無論海兒在心裡如何的扭轉，她都沒辦法把兩件事擰在一塊。她母親可能跟這一家有親戚關係——韋斯特威並不是很常見的姓氏。但是除非海兒忽視證據，把她自己的出生證明和她母親的都拋開不管，否則她絕不可能是海絲特．韋斯特威的外孫女。

也就是說……海兒努力回想崔斯韋克先生在墓園說的話。有沒有可能誤會不是在立遺囑之後，而是之前發生的？海絲特．韋斯特威是否雇用了某人來找出女兒的下落，卻陰錯陽差查到她這邊來了？

海兒用手按著眼睛，感覺到臉頰燒燙，頭痛得像要爆炸。

「拿來了。」一聲音來自門口，海兒睜開眼睛就看見蜜琪輕快地走過來，手上拿著一包白色的東西。「吃兩顆。應該也能幫妳退燒。啊，亞伯，」她說，一個書架向後退，她的小叔從開口處現身，手裡拿著東西。「時間算得正好。那是溫度計嗎？」

「對。」他遞出來，溫度計中的水銀在燈光下閃爍。「我自己也嚇一跳，我猜對了。是水銀的，所以拜託，可別咬，海莉葉。我可不想承擔毒死了親外甥女的罪名。」

親外甥女。海兒覺得臉頰不由自主地發紅，讓他把玻璃管塞進她的舌下，清涼的圓柱體抵著她熱熱的口腔。但是她不能回答，只是閉上嘴，看著亞伯轉向蜜琪。

「愛德華從博德明附近的加油站打電話來，就快到了。他很抱歉沒來得及參加葬禮，可是他在醫院值班，也沒見過母親，所以要求他請假一天似乎有點虛偽。」

「可是，」蜜琪說，「他是你先生。」

「是伴侶，親愛的蜜琪，伴侶。兩者是有差別的，至少在人資部的眼中。如果是岳父母就能自動有喪假。同居男友感情失和的母親，就得不到多少同情了。愛德華是我的伴侶，」他向海兒說明。「他是醫生，我覺得等他幫妳檢查過，我們才會放心得多。」

海兒點頭，感覺玻璃溫度計碰著她的牙齒。蜜琪和亞伯不再說話，也都坐下來，傾聽隔壁房間的說話聲起起落落。亞伯以一指撫弄八字鬍，不知在冥想什麼。

「哈爾丁冷靜下來了嗎？」他問。蜜琪翻了個白眼，聳聳肩。

「不算是。我替我先生道歉，」她說，轉向海兒。「他的表現不是很好的身教，我了解，可是妳得體諒這件事確實是個不小的震撼。哈爾丁是長子，他自然是會假設……」

「那也是人之常情，」亞伯說。「哈爾丁這輩子都在向母親證明他自己，現在卻是這麼一個結果，從墳墓裡給他一擊。可憐的人。」

「喔，亞伯，少裝聖人了！」蜜琪說。「你一樣有權不高興。」

亞伯嘆氣。在脫線的扶手椅上欠動了一下，扯了扯膝蓋處的褲子，以免把布料繃得太緊。

「唉，我承認我也有些惱怒，不然就有違人性了。但是，蜜琪達令，這是不一樣的，我有二十年的時間來習慣。我早在多年前就看慣母親的白眼了。」

「我婆婆連一毛錢都沒留給亞伯。」蜜琪向海兒說明，聲音中透著義憤填膺和難以置信。

「當時確實很震驚，」亞伯說，語氣相當疲憊，「不過，誰叫我們是不同的世代呢。」

「那時候都一九九五年了！」蜜琪厲聲說。「你母親的觀點就連在那時都過時了，亞伯。少幫她找藉口了。換作是我，我連葬禮都不會來參加。要說到濫好人啊，你——」

「唉，反正啊，」亞伯說，拉高嗓門，打斷了她的話。「我沒指望能從遺囑裡拿到一毛錢，所以也不覺得震驚。」

「哼，我倒為你的淡定喝采。可是你不為艾佐拉意外嗎？哈爾丁老是說他是你們母親最愛的孩子。」

亞伯聳肩。

「小時候，對。可妳也知道，長大後他就跟我們大家都斷了聯繫，包括母親。我覺得有點太……在我妹妹，我們的妹妹，在她……」

他打住不說，好似下面的話說出來太痛苦。亞伯眨眼，海兒看見他的睫毛上有淚，她忽然覺得體側像挨了一刀，強烈的罪惡感展現在生理上。

「很遺憾——」溫度計讓她說話不清，但是這句話卻幾乎是自動脫口而出的，填補了亞伯留下的空白，而他猛地抬頭。

「用不著，親愛的。無論是誰的錯，都不能怪妳。」他輕拭眼睛，別開了臉，面對著空空的壁爐。「不過我要這麼說，儘管我愛茉德，儘管我了解她為什麼必須那麼做，她離家出走卻把我們都害慘了，尤其是艾佐拉。二十年來一直在猜測她是生是死，是否有一天會聯絡。而現在——卻是天外飛來一顆砲彈。她怎麼了，海莉葉？」

海兒覺得心臟抖了抖，彷彿是被一隻手揪住，壓縮了她的血液，一時間她想到要假裝昏倒，但也只能躲得了一時躲不了一世。在這幾個兄弟詢問她時，她就感覺到這個問題壓迫著客廳的邊邊角角，感覺到他們繞著這個話題打轉，想讓她提起他們問了一半的問題，而她能拖延完全是因為他們的英式拘謹讓他們不願意在初見之時就提起如此私人又感情強烈的問題：*妳母親是怎麼死的？*這種事很難啟齒——而海兒僥倖的也就是這一點。

可現在，在檯燈投射出的親密小光圈中，困在沙發上，釘死在毛毯下，卻是無路可逃。很明顯，無論真相為何，海兒是不知道他的妹妹發生了什麼事的。她只得說出她自己的真相——要是和崔斯韋克先生查出的不符，就也只好這樣，遊戲就此結束。

她是即將跨越一條線——牽涉的不僅是她得冒的風險，也牽涉到她即將為了卑鄙詐騙的目的而利用自己的小悲劇。可她實在是別無良策。

從前，很久以前，有位學校老師叫海兒是「小老鼠」，她很生氣，卻不明白她為什麼要這麼說。但現在，她明白了。無論她的外表是什麼樣子，私底下，在內心深處，她都不是老鼠，而是頗不同的，是隻耗子——小小的、黑黑的、頑固的、堅定的。而現在她感覺像是被圍在角落的耗子，為生存奮力一搏。

她抽出了口裡的溫度計，拿在手裡，吸了口氣。

「她死了，」她小聲說。「就在三年多前，在我十八歲生日之前。是車禍。她當場死亡——肇事逃逸。我在學校裡，接到電話——」

她說不下去了，但也毋須贅言。

「天啊，」亞伯說，聲音又低又小，一手摀住了臉。這是海兒來到此間頭一次看見真正的傷心——儘管大家是來參加韋斯特威夫人的葬禮的——而她覺得胃翻了個觔斗，因為她倏然領悟到自己做了什麼。亞伯的心痛是貨真價實的，彷彿可以摸到。而讓她覺得噁心的不僅是她利用了她母親的死，雖然這件事只會傷到她自己，而是她粗心大意地把自己的小小悲劇加諸亞伯的身上。

*這些是有血有肉的人。*她看著亞伯燈光下的臉孔，感覺有點麻木。*這些不是妳在火車上創造的想像中的有錢新貴。這些是真正的人。這是真正的哀痛。妳玩弄的是一條條的生命。*

可是她不能這麼想。她既然已經開始了，就只能繼續下去。她不能回頭，回去面對史密斯先生以及等著她的打手，更有甚者，回到每天焦頭爛額地求生，勉強餬口……

「喔，亞伯，達令，」蜜琪說，聲音略帶沙啞。

「不好意思，」亞伯說。輕拭眼睛，用力眨眼。「我以為——我真的以為我已經接受了她不在人間了，我是說我們有那麼久都沒有她的消息，顯然我們全都假設……可是我們一直那麼想，她其實卻仍健在……我們卻一直不知道。天啊。可憐的艾佐拉。」

可憐的艾佐拉？不過海兒沒空去剖析亞伯的話，因為蜜琪說話了。

「你是覺得，亞伯——」她開口，卻又打住。等她往下說，卻是語氣猶疑，彷彿不確定該說什麼。「你是覺得那是……為什麼？」

「什麼為什麼？」

「遺囑。你覺得你母親明白她的行為嗎？說不定……？是因為她把你妹妹逼走了，所以覺得……怎麼說呢……多少有點後悔？」

「像在贖罪嗎？」亞伯問，隨即聳聳肩。「說真的？我不覺得。誰知道，我從來就不懂母親的動機，雖然跟她同住了將近二十年，我對她的思考模式卻是沒多少認識，不過我不認為後悔是她會有的感覺，諒解當然更不是。我是願意相信是像贖罪這麼正面的因素，不過說真的——」

他打住，瞧了瞧海兒，顫聲一笑，彷彿是想要將這段對話一笑置之。

「你看看我，嘮叨個沒完。可憐的海莉葉還死抓著溫度計呢。我們來看看是幾度。」

海兒交出了溫度計。

「對不起，」她又說，這次是真心的。「為了這一切。我明天就走。」

但是亞伯拿高溫度計就著燈光，吹了聲口哨，大搖其頭。

「三十八度六。妳哪兒都去不了了，大小姐。」

「三十八度六！」蜜琪小小尖叫了一聲。「天啊。妳明天絕對不能回家，海莉葉。什麼都別說了。反正——」她瞧了眼亞伯，一晃即逝，幾乎是躊躇的——「反正，妳也需要留下來。還有太多事情要討論。畢竟——這是妳的房子了。」

15

是妳的房子了。

是妳的房子了。

海兒躺在漆黑的閣樓房間裡，聽著戶外風吹樹木，室內爐火嗶剝，遠處海水拍岸，這句話在她的五臟六腑裡翻攪，讓她噁心。她努力吸收發生的事情。

她沒有勇氣面對哈爾丁，幸好亞伯和蜜琪接受了她的請求，讓她早點上床。亞伯扶她上樓，生了火，然後很識趣地離開，讓她換上睡衣。她因為疲憊與發燒交加而四肢顫抖。等海兒坐到床上後，蜜琪端著一碗湯來了。

「只是罐頭湯，」她說，把托盤放在海兒的床頭几上，攪了攪內容物。「喔，討厭，已經涼了。我離開廚房的時候還是熱騰騰的，我發誓！」

「沒關係，真的，」海兒說。聲音沙啞，臉孔被爐火烘得很熱，不過床具卻濕濕冷冷的。

「我沒那麼餓。」

「妳一定得吃點東西，妳已經夠瘦的了。愛德華五分鐘後就到，在我們吃晚餐之前他會先上來看看妳。」

「謝謝。」海兒謙遜地說。覺得兩腮發燙，不僅是因為發燒和爐火，而是因為想到了她對這一家人做的事，以及蜜琪和亞伯多有風度。跟布萊頓的生活似乎有很大的不同——截然不同。為了從一群有錢的陌生人手裡搶下幾百鎊而賭上一切——感覺挺英勇的——有點像是俠盜羅賓漢。

可現在她在這裡，在他們的祖宅裡，遺產並不是幾百鎊，或是她膽敢奢望的幾千鎊，而是更龐大的數目——而她的所作所為卻是一點俠義之氣都沒有。

她是不可能全身而退的。哈爾丁眼中的憤怒說的是打官司和私家偵探。可是現在已經來不及逃之夭夭了。她被困在這了——而且還不是比喻的說法。

海兒覺得胃在翻觔斗，搖來晃去，在蜜琪緊迫盯人下喝了一口湯，硬吞下去。

她正要把第二匙湯送進口裡，有人敲門，蜜琪起身去開門。門外是亞伯，暗蜂蜜色的頭髮被風吹亂了——還有一個英俊的藍眼男子披著被雨打濕的大衣。他留著濃密的金色八字鬍，雖然以前沒有，但海兒還是一眼就認出他是臉書上的那個人。

「海莉葉，這位是我的伴侶，愛德華。」

「愛德華！」蜜琪吻了他的兩邊臉頰，這才把他請進小房間裡。他個子高，肩膀寬，似乎把小小的空間填滿了。「進來見見海莉葉。」

「海莉葉，」愛德華說。「幸會。」他的聲音清脆，像是受過昂貴的教育，他的風衣也剪裁俐落，而且是簇新的，他卻脫下來隨手搭在胳臂上，然後坐在海兒的床尾。「嗯，這倒是一個奇怪的方式來認識新外甥女，不過很高興認識妳。我是愛德華・艾許比。」

他伸出一隻手，海兒猶豫地握住，感覺他的肌膚冰冷，跟她自己熱燙的手成鮮明的對比。

「我不會耽擱妳太久，我看妳可能很想睡覺，可是亞伯說妳剛才不舒服，是嗎？」

「我暈倒了，」海兒說。「可是不嚴重，真的。」她努力讓聲音不沙啞。「我忘了吃東西，你也知道的嘛。」

「其實我不知道，」愛德華說，嘻嘻一笑。「我的胃很神聖，而且我開始計畫要在九點半左右吃午餐，不過我就姑且相信妳說的。嗯，妳好像確實有點發燒。頭痛嗎？」

「會噁心嗎？」

「只有撞到的地方烏青了。」海兒說謊。事實上她的頭痛得要死，止痛藥只讓她好一點。

「不會。」這句起碼是實話。

「妳在吃東西——這是好現象。嗯，我想妳大概是沒事，不過如果覺得想吐，就趕緊說，好嗎？」

「好。」海兒說。咳嗽了一聲，又急忙拿手遮掩。

「妳有沒有吃什麼退燒藥？」愛德華問。

「普拿疼。」

「妳也可以吃顆布洛芬——我應該有一些。」他站起來，輕拍套裝口袋，再去掏摸風衣，最後拿出了一些藥錠，裝在沒有藥劑名的藥瓶裡，只貼了張手寫的標籤，字跡潦草，海兒看不懂。但是他扭開了瓶蓋，倒出兩顆到桌上。

「謝謝。」海兒說。她希望他們快點離開房間，但是她擠出笑容。

「吞下去，」愛德華說，語調滿愉快的。「妳就會感覺好多了。」

海兒看著藥丸，是白色的，完全沒有記號。藥丸上頭不都會有什麼記號說明劑量嗎？她忽而疑心生暗鬼，覺得可能是別的藥，從威而鋼到安眠藥都有可能。但這種想法未免也太荒唐了。

「吃藥啊，海莉葉，」亞伯說。「我們可不想要妳夜裡又發高燒。」

海兒相當不情願地把藥放進口裡，喝了口水，吞了下去。愛德華含笑看著她吃藥。

「好了，妳可以喝湯了。很遺憾是在這種情況下認識的，海莉葉，」愛德華說，收拾起風衣。海兒不確定他指的是葬禮，還是她的頭，還是都有。「不過——好好睡吧。」

「晚安，海莉葉。」亞伯說。輕捏了一下海兒的肩膀，害她略略縮了縮。她微笑，盡量掩飾住不自在。

「晚安，海莉葉。」愛德華也說。還眨了眨眼，隨即跟著亞伯出去。

「麻煩你們叫弗瑞迪和凱凱上床睡覺好嗎？」蜜琪對著他們的背喊，亞伯點頭，說了什麼，海兒沒聽出來。

「老好人亞伯，」蜜琪說，看著兩人的身形被狹窄黑暗的樓梯間吞沒。「真是個大好人。真可惜他沒有孩子，所以他才會全心投入工作。」

「他是做什麼的？」海兒嘎聲問。

「他為各種兒童慈善協會遊說，顯然相當有名，如果妳在那個圈子的話。不過他也是我見過的人裡頭最善良的一個——我真不知道他這麼好的個性是從哪兒來的，他又是怎麼熬過他母親的冷淡還能身心健全的。換作是別人，絕對會變成一個憤世嫉俗的空殼子！唉，我又在嘮嘮叨叨了，害妳都忘了喝湯。」她以一根手指碰了碰托盤。「妳應該把湯喝完，妳幾乎都沒吃。」

「我太累了，吃不下，對不起，蜜、蜜琪。」海兒把她的名字叫得有點結巴，不確定該如何稱呼她。韋斯特威夫人？蜜琪舅媽？感覺越來越不對勁，冒認親戚。幸好，蜜琪似乎沒注意，只是嘆口氣站了起來。

「那就能喝多少喝多少吧，不過好好睡一覺可能才是妳真正需要的。睡吧，親愛的。」

「謝謝妳。」海兒說，說得很勉強，因為她發現喉嚨很僵，話被卡住，消失在蜜琪轉身下樓去找其他人的足聲中。

她走後，海兒把那碗凝結的冷湯推開，關掉了檯燈，熱燙的臉頰貼著枕頭。爐火變小了，小壁爐裡只有發紅的煤炭，但是窗簾有一條縫隙，月光從光禿的樹枝間斷斷續續照進來，在白色牆壁上畫出抽象的圖案。

我的牆，海兒暈眩地想。我的樹。

不是妳的。

這句話在她的腦海中飛旋，混合了兩兄弟喋喋不休的說話聲，她需要在明天之前找出答案的上千個問題，幾百個為什麼和如果和如何……

如果，如果遺產就像她一直以來的希望——幾千鎊，很適合失散多年的外孫女的數字。那，她就可以在不引起太多疑問的情況下接受，立刻溜回陰影中，恢復往日的生活。

現實感覺像是一塊嚇人的磨石，把她往下壓，而她扎手扎腳想要掙脫她所做的事。不會有速戰速決——不能溜回布萊頓，跟她名義上的親戚搞策略性的「失聯」。無論她做了什麼，無論她是否能長期騙過崔斯韋克先生，她都被拴在這個地方了。

可為什麼韋斯特威夫人要切斷三個兒子的繼承權卻把一切都留給一個素昧平生的女孩子，一個她有多年未見的女人的女兒呢？

而她又為什麼要採取這種做法——在死後給自己的家人來個出其不意？是因為怯懦？跟她的孩子描畫出的個性似乎不合——海兒拼湊出的形象是一個不屈不撓，絕不退讓，而且相當無畏無懼的女性。

她忽然覺得累到骨子裡了，眼皮沉重得像鉛塊，筋疲力竭的感覺似乎一下子襲捲上來。

她閉上眼睛，躺在小床上，感覺清涼的枕頭貼著她的臉頰，聽著屋子逐漸靜下來，感覺四周盡是令人喘不過氣來的韋斯特威家人。又下雨了，雨水敲打著玻璃，她覺得聽到——不過可能是幻聽——遠處的海浪拍岸聲。

一個畫面浮上海兒的心頭——海水漲高，淹沒了大家的頭，而韋斯特威夫人在墳墓裡大笑，她睜開眼，突然害怕得起雞皮疙瘩，全身打哆嗦。

「停。」她低聲說。這是她母親在她小時候教她的小撇步——惡夢變得太過逼真時，有時大聲說出來就足以打破魔咒，讓腦海中的聲音閉嘴，有利於現實生活中的聲音。

畫面消退了——撤回它源生的疑心病幻想中。但是它的味道卻縈繞不去……是一個老邁的、苦澀的女人，自己已經不會再受傷害，卻把生者丟給命運。

海兒是害自己攪進了什麼事裡？而她又觸發了什麼？

16

海兒醒來時閣樓房間被陽光照得很明亮，她躺著不動好半天，眨眼睛，分不清東西南北。她身上有個陌生的重量，她得擊退濃濃的睡意才能坐起來，打著哈欠，眼中像有沙粒，盡力回想她在哪裡。

當前情況紛紛擾擾地湧了回來。

她並不是安全地在家裡，在海景別墅的二樓公寓裡，等著去碼頭上工——她是在康瓦爾，在這棟陌生寒冷的屋子裡。而就在回憶全部湧回之前，她打了死結的五臟六腑就讓她知道她是泥足深陷了。

她緩緩坐起來，讓昨天的事一件件回來，感覺四肢痠痛，而且四肢軟弱無力，不聽使喚。她很累，不，不僅是累，更像——被擰乾了，頭昏腦脹，彷彿睡眠的迷霧仍然黏在她的心智的每個角落。

她逼自己把兩條腿弄下床，想起了愛德華給了她兩顆無標記的藥丸，還堅持要她吞下，她打個冷顫——不僅是因為寒冷。不過，不會的。他是醫生啊。再說了，何必給她下藥？

比較可能的是她在墓園著了涼，後來又撞了頭，現在的狀況是後遺症。她小心翼翼去摸頭髮下的瘀青，雖然摸起來有點軟，幸好沒腫。她覺得冷，不是昨晚那種奇怪的、讓人發抖的寒熱交替，而是普通的冬天早晨的寒冷，她走過房間到行李箱那兒，她的手機放在上面充電，腳被光禿禿的地板凍得一直縮。

七點二十七分。還早，但不算太早。她的信箱有一通未讀的訊息，來電號碼她不認得。碼頭的人？

海兒摸索著眼鏡，戴上後再打開簡訊。

五天，就這兩個字。

沒有署名。不過海兒不用猜也知道是誰。

惺忪的恐懼消失了。海兒整個人瞬間清醒了過來，皮膚因畏懼而酥麻，彷彿那個說話大舌頭、穿著鋼頭靴的男人隨時都會從門口進來，把她拖下小床，打她的臉。斷牙……斷骨。

她發現自己在發抖。

他們找不到妳的。妳在這裡很安全。

兩句話讓她的心跳緩下來，她反覆地唸，像在誦經，直到顫抖的雙手穩定到足以拉開行李箱的拉鍊。

妳很安全。只要熬過今天。一次一步。

一次一步。好。小房間冷得不可思議，她連呼氣都會有白煙。她套上了牛仔褲和T恤，她的毛衣壓在行李箱的底層，用別的衣服捲在一起，海兒急忙把它拉出來，沒發覺到衣褶裡卡了一個錫盒。盒子掉在她腳邊，咚的一聲，蓋子飛開，塔羅牌四散在地板上，有如鮮豔的秋葉。

最上面的一張是她在出門前切牌的那張——寶劍侍從——歪著頭，不服氣地瞪著眼，似笑非笑，可以說是挑戰，也能說是認命。這張卡片海兒見過幾百萬次，每個細微之處她都了然於胸，從他腳邊的鳥到右上角的小滴眼淚。但她收拾卡片時卻愣了愣，被他臉上的什麼東西吸引住，努力想要分析是什麼。

無論是什麼讓她停下來的，這時都了無痕跡了，所以她把卡片丟在床上，打了個冷顫，拆開毛衣，套過了頭。

熟悉的溫暖像擁抱一樣包圍著她，等她穿上襪子，套上及膝高的自行車騎士靴後，她居然感覺是武裝起來了，更有信心要以本來面目面對那一家人，而不是昨晚的那個騙子。

最後她以手指梳頭髮，拿起床頭几上的手機，環顧四周，看是否遺漏了什麼。

在扎實的晨光下看來，房間似乎不同，可能是沒那麼陰森，卻更犀利、更荒涼、更不懂原諒。她昨晚注意到的細節都變得分明：窗上的鐵條，黑色油漆，和金屬床架一樣；小小的爐子，還沒有一個鞋盒大；天花板上有水漬的油漆。日光下她能看見她在黑暗中以為是陰影的其實是上下滑窗頂端的一道縫隙，窗子沒關好。她走近去瞧，感覺到冷風灌了進來——難怪房間這麼冷。

海兒伸手到鐵窗外，推了窗框一把，想把窗子關好，但似乎是卡住了，而且鐵窗的角度也讓她無法再施力。

不過，她還是把兩隻手都伸了出去，再推一次，彎腰想要找到更好的角度，這時，玻璃上有什麼在發光，吸引了她的目光。是玻璃上的一道刮痕——還不止一道。是文字。

海兒挺直腰，想要看清是什麼字。文字藏在一根鐵條後，很難看見，但她把頭歪向另一邊，突然低低的晨光照對了角度，照亮了文字，文字像白色的火焰一樣發亮。

救命。兩個字，小小的潦草的大寫字母。

海兒心跳加快。站在那兒好半晌，瞪著文字，極力想了解是什麼意思。

會是誰寫的？女僕？小孩子？多久以前的？

這不是求救的訊號。從外頭是看不見的——即使是從屋裡，角度也不對。無論是什麼，都刻意隱藏在這扇鐵窗之後。海兒若不是碰巧站對了位置，也絕對看不到。

不，這是別的……別的意思。與其說是想要有人聽見，倒不如說是表達一種恐怖到無法藏在心裡的想法。

她想到她母親——叫她要大聲說出來，驅散腦海中的惡夢，記住她自己低聲說的停，可以逐退惡魔的經文。難道這個也是一樣？這些刮痕是某人想要讓自己不和現實脫節，驅逐內心恐懼的低喃嗎？

救命。

儘管穿了毛衣，海兒仍是瞬間覺得好冷——非常之冷，是從骨子裡滲出來的冷，而且在她的腦海中她聽見了一個聲音，反覆說著那兩個字。

救命。

海兒在心裡看見一個女孩子，就跟她一樣，獨自在這個房間裡。窗戶加裝了鐵窗，門上了鎖。

只不過……門並沒有上鎖。至少她沒被鎖住。而這上頭無論發生了什麼事，都與她無關。這裡不是她的家，也不是她的秘密，她還有好多事情要擔心的，沒空去管一個愛搞誇張把戲的很久以前的女孩子。

這個房間裡無論發生過什麼，這棟屋子無論有什麼歷史，都無所謂。眼前最重要的是熬過今天而不露出馬腳，而且盡可能查出茉德的資料。等到手了——也許是出生證明，甚至是中間名，只要她想出一個搜尋情報的可行方法——她就會逃回布萊頓去，偽造一份出生證明，足以說服崔斯韋克先生。祝自己好運吧。

祝自己好運。她知道她母親會怎麼說。事實上，她可以精確無誤地想像出她的樣子來，挖苦地搖頭，嘴角彎出笑容。突然間，海兒好想念她，想念到心臟都痛。

絕對不要相信，海兒。絕對不要相信妳自己的謊言。

因為迷信是一個陷阱——這是她學到的一課，多年來在碼頭兜售她的生意學到的。敲木頭、交叉手指、數喜鵲——全都是謊言，全部都是。是虛假的保證，特意設計來給人一種由你控制、世界有意義的幻想，而其實唯一的宿命來自你自己。妳無法預測未來，海兒，她母親曾一次又一次這麼提醒她。妳無法左右命運，或是改變不受妳控制的人事物。但是妳可以選擇妳自己要如何處理這些牌。

這是實話，海兒知道。痛苦又不容妥協的實話。是她想向客戶吼出的話，向那些老是回來尋找她給不起的答案的人。根本就沒有什麼更高層級的意義。有時候就是莫名其妙會出事。命運是殘忍又專制的。敲木頭，幸運符，沒有一樣能幫助你看見朝你衝來的汽車，或是避開你不知道的腫瘤。事實上還恰恰相反。因為你才剛轉頭要找第二隻喜鵲，心中希望能從傷心變成歡樂——卻在這一刻，你把注意力從能夠改變的事情上轉移了，交錯的燈，疾馳的汽車，你應該要向後轉的片刻。

到她的算命亭的人尋找的是意義與主控權——但是他們找錯了地方。他們把自己交託給迷信，也就放棄了打造自己的命運。

噯，如果說海兒學會了什麼的話，那就是她不會困在這個陷阱裡。她會塑造她自己的人生。她會改變她自己的命運。她會創造自己的運氣。

17

他們昨晚坐的客廳空蕩蕩的，壁爐裡的灰燼冷掉了，桌上有三只威士忌酒杯。但是屋子深處傳來吸塵器的聲音，海兒循著聲音過去，沿著鋪地磚的走廊前進，走廊上排列著一隻隻鳥類標本，立在蒙塵的玻璃櫃中。她走進了一間擺放早餐的房間，有一盒盒的麥片，一條乳瑪琳，一袋便宜的切片麵包，旁邊是一台古老的烤麵包機。

再過去就是一間溫室，種滿了葡萄和橘子——至少曾經是如此。現在一株橘子樹也不剩了，但是花盆上的標籤仍寫著品種名——卡拉卡拉，瓦倫西亞，摩洛。幾株葡萄仍存活著，粗壯虬結的藤莖從地面向上爬，但幾乎都枯死了。葉子枯黃，幾串乾掉的葡萄仍掛在藤上。唯一有活力的是幾叢稀疏的草，頑強地從地磚的縫隙中鑽出來。這裡非常冷，穿堂風不知從哪兒吹來，吹得枯藤上的枯葉簌簌響，海兒一抬頭就看見了屋頂的一片玻璃破了，寒風從上面灌下來。

吸塵器的聲音變大了——而且來自溫室另一邊的房間，所以海兒就走過死葡萄藤，打開了另一邊的門。

這個房間像是客廳，非常幽暗，充滿了維多利亞式的雜亂——窗帘都有流蘇，邊桌，過於飽滿的沙發。正中央，立在爐前地毯上的是華倫太太，枴杖擺在一邊，推著吸塵器來回打掃，散發出堅毅嚴肅的架式。海兒立刻就想要溜走，但重新考慮後，她仍然需要多挖掘出茉德的事情，而這可能是絕佳的機會——安靜的一刻，一對一……主導對話會容易得多，哄她說出她想知道的事情。而且她可以利用華倫太太的年紀以及輕微的耳聾——老太太通常都喜歡回味往事，而且要是有什麼不妥，可以推說是華倫太太聽錯了，掩飾掉她可能出的紕漏。

海兒咳嗽，但是管家沒聽見，最後她只好清喉嚨，開口說話。

「哈囉？哈囉，華倫太太？」

老婦人轉過身來，吸塵器仍開著，一見是她，她才把機器關掉。

「妳跑來做什麼？」她的表情帶著指控。海兒覺得自己忍不住膽怯。

「我——對不起，我聽見吸塵器的聲音，就——」

「這裡是我的客廳，私人的，知道嗎？」

「我不知道。」她心裡升起一股自衛兼氣惱的情緒。「對不起，可是我怎麼可能會知道——」

「妳應該知道，」老太太不客氣地說，把吸塵器立起來，拿起枴杖。「妳來這裡，到處晃悠，活像這地方是妳的——」

「我沒有！」海兒說，氣得忘了禮貌。「我才不會那樣——我只是不知——」

「那就用嘴巴問啊，聽見了嗎？而不是到處去刺探跟妳無關的事。」華倫太太停下來，抿緊了嘴唇，好像還有話要說，但細想之後又不說了，只是惡狠狠地瞪著海兒，毫不掩飾。

「喂，我說了對不起了，」海兒說。交抱雙臂，自我保護，被她的不公平惹火了——然而卻無法為自己辯護，因為她可不能惹惱了她可能會需要從她身上獲取消息的人。更何況，老太太說的是實話。她是外人，無論她有多想假裝不是。「我這就回另一邊去。我是——」她忽而靈機一動。「我只是想問妳需不需要幫忙。」

她微笑，很滿意自己的機智，但是一看見華倫太太盡力挺直了身體，表情惡毒，笑意就從她的唇上消失了。

「唉呀呀，*好一個厚道高尚的千金小姐啊*。我也許上了年紀了，不過我還沒有老迷糊，我也不需要妳這種人的幫忙，」華倫太太說。把最後一句話說得像侮辱。「早餐八點開始。」

她一轉身又打開了吸塵器。

海兒悄悄撤退，關上了門，走回橘園，被剛才那一幕弄得心情大亂。華倫太太怎麼會那麼介意她的最後一句話？就好像是她想要找氣生一樣。

好一個厚道高尚的千金小姐啊。

這句話的弦外之音很刺心——而且因為非常不真實而更刺心。如果站在門口的是理查或凱凱，那她至少能了解。可是海兒的身世卻跟含著銀湯匙出生連邊都沾不上。她想到了童年，在放學後推著家裡那台古老的吸塵器打掃客廳，趕在她母親從碼頭回家之前，想要減輕母親的一些辛苦。她母親在二手商店買的衣服，她不得不穿的男鞋，因為女鞋沒有她的尺寸。*知道嗎？*她母親那時說，以眼神懇求海兒喜歡。*我覺得男生的比較酷。很適合妳。*而海兒微笑點頭，極盡全力帶著傲氣穿著。*我喜歡這雙，*她跟女同學說。*更適合跑跳踢足球。*

結果真的是這樣。

妳根本就不認識我！她想要隔著客廳門大吼回去。

她緩緩從溫室往回走，不知道在其他人下樓之前要做什麼。她從佈滿了綠黴的玻璃上隱約看得見戶外，草皮延伸到海邊，再過去是被風吹襲的紫杉，離房子最遠的被間歇的海風吹得彎了腰。喜鵲在草皮上大咧咧地走動，海兒想到了崔斯韋克先生昨天唸的童謠。玻璃太髒，她算不出有幾隻喜鵲，但是一定至少有七隻，說不定更多，而且剎那間，童謠好似唱對了——這棟屋子裝滿了秘密。

唉，事實擺在眼前了，她是無法從華倫太太口中得到什麼答案的。吸塵器仍從後方的客廳門後傳來，但是海兒不再對自己從管家那兒打聽出什麼來有信心了，即使是等她出來。房子的其他部分都靜悄悄的，不過說不定她可以好好利用一下這個空檔。

她落足很輕，打開了從溫室出去的第三道門，門後是一條小走道，一側是廁所，水箱在滴水，另一側是一扇門，牢牢關著。

海兒瞄了身後一眼，想到華倫太太指控她刺探窺視，但是吸塵器的聲音仍在響，一股叛逆之心竄起，她伸手去轉門把，溜進門後，關上了門，動作盡量輕巧。

這是一間書房——但顯然是多年無人光顧。書上落了厚厚的灰塵，蛛網佈滿了吸墨紙，書桌上的電話機是泛黃的人造樹脂老古董，海兒只在電影上看過。桌面上有一本龜裂的皮面書，浮雕字寫著「記事簿」，鍍金褪色了，海兒輕手輕腳翻開了封面。一九七九年日記及行事曆，她讀道。比海兒的年紀還大。她放掉了封面，書放出輕輕的一聲砰，揚起了一小團灰塵。

以前這是誰的房間？裝潢是極度的陽剛，海兒也說不上來該如何形容，而且她也無法想像韋斯特威夫人使用這裡。會是韋斯特威先生嗎？他出了什麼事？

她翻了翻幾頁日記，希望能找到有用的東西——茉德的生日好像是太奢求了，不過可能會有什麼小資訊是她能加以利用的。但是上頭的筆跡太潦草了，看不出什麼來，就算她看出了什麼也完全像是公事——CF會面……打給韋伯……十二點半魏本先生，巴克雷斯。

她輕輕合上，轉而注意書房的其他部分。書桌的對面是一架架的圖書，一路延伸到天花板，跟別處一樣佈滿了灰塵和蜘蛛網——只除了，海兒忽而發現，一本書，塞在最遠的右上角，薄薄的，書背的顏色是毛莨黃。

書底下有一架木梯，是用來取下頂層書架上的書籍的。海兒仔細一看，看出灰塵上有足跡——足跡上也有灰塵，不過並不是覆蓋書房其餘部分的三十年老灰塵。

海兒偏著頭，傾聽吸塵器來回往復的聲音，隨即爬上木梯去拿書，盡可能踩在之前那人的足跡上。

原來是一本相簿——她一拿下來就知道了。她翻開來，厚厚的塑膠膜微微吱吱響，不太情願離開覆住的相片。

第一頁裝著一張黑白照，是一個胖嘟嘟的金髮嬰兒坐在舊式的推車裡，穿了一件迷你漁夫毛衣，睡眼惺忪地瞪著鏡頭。背景是一片草皮，緩緩降入海邊，海兒認出了就是崔帕森園的最頂層露台，就在會客室的外面。角落上以鉛筆寫著哈爾丁，一九六五年。

海兒翻了幾頁，感覺像時空旅人躡足走過過去。屋子底下的海灘上有個兩歲的小男生，另一張是他坐在某個男人的大腿上，男人身體僵硬，一臉嚴肅，留著短硬的八字鬍。小男生大概是哈爾丁，但男人是誰？韋斯特威先生？

更多照片，同一個小男生的彩色照片，這次年紀較大，騎在藍色腳踏車上。文字寫著H，一九六九年六月。接下來是哈爾丁穿上制服，灰色短褲，兩腿膝蓋內翻。然後出現了另一個嬰兒，臉蛋紅通通的，剛出生不久。茉德嗎？一時間海兒覺得心跳加快，看向底下的文字。不——它寫的是亞伯．里奧納，一九七二年三月十三日生。迎面頁上是一張黑白照片，同一個嬰兒，躺在爐前地毯上，小腿亂踢。A．L，三個月。

她還沒翻頁，一個聲響就嚇得她僵住。走廊上傳來了說話聲——不是華倫太太，而是這一家的成員。而且他們很接近。

她絕不能被發現在這裡，窺探這家人的資料。

海兒匆匆忙忙把書塞回原位，爬下了梯子，這次落足時沒那麼小心，然後站到地上，屏住呼吸，想要聽出來者是誰。起先她的心跳太大聲，害她聽不清楚，但接著她聽見「華倫太太！有沒有咖啡啊？」這才明白聲音是從早餐室傳來的。

海兒趕緊溜出了書房，關上了門，快步穿過小走道。時間算得剛剛好——她才一進溫室，早餐室的門就打開了，哈爾丁探進頭來。

「華——」他的叫聲戛然而止。「喔，海莉葉啊。」

「對，」海兒說，微微有些喘不過氣來。她發現指頭上有灰塵，是在書房沾到的，就偷偷在牛仔褲後面擦乾淨。「我在這裡面殺時間，等八——華倫太太說早餐八點開始。」

「那，妳最好過來吧，」哈爾丁說。他的態度怪怪的，咳嗽一聲，挑掉藍色高爾夫套頭毛衣上的一塊隱形的斑點，這才又說：「昨晚的事，海莉葉，我乍聽消息當然是很意外，不過我希望妳沒有——」

「拜託，」海兒擠出聲音說，覺得臉紅了。「沒有必要——」

可是哈爾丁還是要說完，無論是什麼話，而海兒只能站在那裡忍受一段相當傲慢的演說，基本上算是為他昨晚說的話道歉了。

「但是並不表示，」他作結論，「我對母親的神智沒有疑慮了。不過我錯了——錯得離譜——居然暗示是與妳有關，海莉葉。要是說妳有什麼關係，也只是一個無辜的局外人。好了，就這樣。」他咳嗽，又撢了撢毛衣。「換個比較愉快的話題吧，希望妳的身體好了一點？」

「喔——喔，對，」海兒說，不過臉頰還是通紅。「謝謝。我沒事了。我今天就能上路。」

「今天上路？」哈爾丁挑高雙眉。「沒有問題，親愛的。崔斯韋克先生需要所有的受益人到他在彭贊斯的辦公室去，反正，我們這裡還有很多事得好好處理。」

一聽見和律師會晤，海兒就覺得胃咯噔一下，彷彿腳下大地突然被抽空。她當然知道會有一個又一個的圈子和正式手續，但是在她的幻想中這件事情的處理方式是她在安全的遠處以郵寄方式寄出她的證明文件。不過那是之前——那時她想像中的遺產最多不超過幾千鎊。

這會兒，整個莊園都取決於她的身分……

必須親自跑去那邊，站在那裡，心跳如雷，等著她的文件被審核，一想到就讓她不舒服。很可能還會有問題——特定的問題，是哈爾丁、亞伯、艾佐拉有所顧慮而不願在他們母親死後追問她的，而她會沒時間想出可信的回答或是選詞用字。萬一崔斯韋克先生在她坐進他的辦公室裡時明白了他的錯誤呢？他會報警嗎？

她張口想回答，還沒找到妥當的話，他們身後的門就打開了，華倫太太出現了，拿著枴杖。

「喔，華倫太太，」哈爾丁說，露出討好的笑容。「我們正在說早餐。妳真體貼，準備了烤麵包機等等的。要去哪裡拿茶和咖啡啊？」

「現在還不到八點。」華倫太太冷冷地說。哈爾丁眨眼睛，海兒看得出來他是盡力不露出被激怒的神色。

「嗯，我知道，不過已經七點五十五——」

「哈爾丁的意思是，」他們後面傳來說話聲，海兒轉頭就看見艾佐拉站在門口。他沒刮鬍子，而且幾乎一臉宿醉的模樣，衣服皺巴巴的，頭髮倒豎，但是海兒盯著看，他的嘴唇彎出了最迷人的訕笑，改變了他整個表情。「他想說的是，我們是否能說服妳，華倫太太，讓我們分攤一點妳的責任，自己來泡茶？」

「呣，」華倫太太說，以空著的那隻手撫順頭髮。「我看不見得，艾佐拉先生。」她的康瓦爾口音突然變得更重。「我的廚房就是我的廚房。不過我會看看有什麼法子。」

她轉身消失到溫室最遠的一扇門後，而艾佐拉朝海兒眨眼睛。

「海莉葉。看到妳能站著真好。妳昨晚可演了場好戲啊。」

「我——」海莉葉覺得自己臉紅了。演了場好戲。他指的顯然是她暈倒的事，可是他的話卻太貼近真相，令人不安。「我現在好多了。」

「說到這個，在這個時間看見你站著倒是不尋常啊。」哈爾丁酸溜溜地說。

「多虧了我你才有茶喝，算你走運，哈爾丁。俗話是怎麼說來著，那個蒼蠅跟蜂蜜的？」

「管他什麼蒼蠅不蒼蠅的，她就是隻愛唱反調的老蝙蝠。我真不知道母親為什麼忍受她這麼多年。我可注意到她拿了整整三萬鎊。」

「重點不在這裡，」艾佐拉說。他的笑容消失了，以相當接近赤裸裸的討厭神情看著哈爾丁。「還有小聲一點，除非你是想要住在這裡的時間都喝冷湯。」

「你說重點不在這裡是什麼意思？」

「我的意思是，她差不多照顧母親有十五年了，拿的卻是微不足道的薪水。你以為就憑母親給華倫太太的那點錢我們能請得起全天候的護士嗎？我倒覺得三萬鎊還太便宜了。」

「你說『我們』能請得起護士說得倒挺大方的，」哈爾丁惱怒地說。「我倒不曉得這種事情你是怎麼會知道的，我們有二十年連你的影子都沒見著。起碼亞伯還有理由離開。我們這些留下來履行責任的——」

「你一向就愛裝聖人。」艾佐拉說，嘻嘻一笑，把這句話假扮成玩笑，但是這一次他的表情卻毫無魅力或幽默，反而更像一匹狼，露出了森森白牙。海兒屏住呼吸，不確定是怎麼回事，但是哈爾丁一聲不吭，只是翻個白眼，轉身就朝早餐室走，走到門口時還為海兒把著門，規規矩矩地往後站，等她通過。

蜜琪、理查和另外兩個孩子都坐在長桌的另一頭。亞伯和愛德華則不見人影。

「海莉葉達令，」蜜琪說。今天早晨她搽了口紅，被房間各種黯淡的色調和失去色彩的晨光一襯托，她的嘴唇愉快活潑得很不協調。「妳今天覺得怎麼樣？」

「我沒事了，謝謝妳，蜜琪，」海兒說。坐在哈爾丁為她拉出來的椅子上，介於他和艾佐拉之間。「我不知道昨晚是怎麼回事——大概是因為又冷又沒吃飯吧。」

「更別提還受驚了，」蜜琪說。伸手拿麥片，不贊同地抿著唇。「真不知道崔斯韋克先生是怎麼想的，那麼突然就把整個遺囑的事情往我們大家身上丟。」

「唉，他早晚總得要告訴我們啊，」艾佐拉說，似乎是從他對哈爾丁的氣惱上恢復過來了；又戴上了那副笑臉，而且現在更可信了。「他大概是覺得長痛不如短痛，給我們來個痛快。」

「他應該先讓我們有心理準備的，」蜜琪頑固地說。「尤其是可憐的哈爾丁。」

「為什麼是可憐的哈爾丁？」艾佐拉問，向對面的蜜琪咧嘴笑。「我們這些人也跟他一樣碰了一鼻子灰啊，知道嗎。還是說被丟到我們這群窮光蛋堆裡了有那麼震驚？」

「艾佐拉，」蜜琪說，透著一股耐性快磨光的味道。「你又不在這裡，可是哈爾丁卻絕對是被引導——」

「唉呀，真是辛苦你們了，尤其是你們已經給一輛荒原路華下了訂金了。」艾佐拉同情地說。

「你給我聽著，」哈爾丁說，而同時蜜琪也厲聲說：「艾佐拉，你這是故意在挑釁。」

艾佐拉只是哈哈大笑，頭向後仰，海兒能看見他沒刮鬍子的下顎線條以及襯衫敞開露出的鎖骨。

他笑完就起身，餐巾一丟，伸了一個大懶腰，襯衫下襬都從褲腰裡露了出來。

「幹，」他只罵了這麼一個字，伸長了手，拿起了理查正在盤子上抹奶油的那片吐司。「這種虛偽已經超過我在早餐時能應付的分量了。我要出去了。」

「去哪裡？」蜜琪質問道，但是艾佐拉似乎沒聽見。他咬了一大口理查的吐司，把麵包皮往桌上一丟，就大步走向走廊。

「喔，他簡直是不可理喻！」蜜琪爆發了，看著門砰然關上。「哈爾丁——你難道就看著他撒野？」

「可惡，蜜琪。妳是要我怎麼樣？」哈爾丁推開了盤子。「再說了，他也沒說錯。」

「這是什麼意思？他偷了理查的吐司欸！而且他還有臉指控你虛偽！」

「喔，看在老天的分上。」哈爾丁站了起來，大步走向烤麵包機，又塞了兩片麵包進去。「行了吧？在這個節骨眼上一片吐司算個什麼事。」

「那指控你虛偽——他還真敢說！」

「那也只是一種泛論，蜜琪——儘管我覺得他非常討厭，但是在這一點上他並沒有說錯，對吧？昨天在教堂的每一個人，小心翼翼掛著一副悶悶不樂的表情——其實沒有一個人會遺憾她死了。」

「你好大的膽子。」聲音來自門口，全部人都轉過頭去，看見是華倫太太，一手顫巍巍地拿著咖啡壺。「你好大的膽子，你這個愛哭鼻子的廢物。」

「華倫太太，」哈爾丁僵硬地說，同時挺直了身體。「我說的話是給我太太聽的，再說——」

「少叫我什麼華倫太太，你這個可惡的小混蛋。」她粗聲咆哮，康瓦爾口音把最後的幾個字說得像是什麼外國髒話。

「華——」哈爾丁開口說話，卻沒說完。華倫太太重重放下了咖啡，震得壺裡的咖啡都潑出來，灑在盤子上，然後她隨手給了他的後腦勺一巴掌，像在教訓不聽話的孩子。

海兒覺得臉像凍僵了。眼前的一幕超現實——哈爾丁站在那兒像個自以為是的學童被逮到在走廊上罵髒話，而華倫太太因為憤怒而五官扭曲，蜜琪、理查和另外兩個孩子震驚地瞪大眼睛。

「華倫太太！」哈爾丁憤怒地大吼，揉著後腦勺，同時哈爾丁的女兒大喊。

「爹地！」然後，見她父親不回應，又更焦急地喊：「爹地！吐司！」

全部人都轉頭看著餐桌尾端的古董烤麵包機，看見頂上冒出了白煙。海兒驚恐地看著焦黑的麵包冒出火焰。

「混帳玩意！」哈爾丁咆哮。「根本是死亡陷阱——母親早八百輩子前就該把它丟了。」他大步走向牆上的插座，拉出插頭，再把一張餐墊扔上去蓋住冒煙的烤麵包機。火焰熄滅了，強烈的燒焦棉布的味道摻入了烤焦吐司的氣味中，蜜琪顫巍巍地吐了口氣。

「喔，拜託！這棟屋子裡難道就沒有靠得住的東西嗎？華倫太太，妳能──」

她一句話沒說完，只氣惱地打住。華倫太太早不見蹤影了。

18

接下來的早餐有種壓抑的、緊張的氣氛，彷彿誰也不想提到華倫太太的暴怒以及艾佐拉的消失，而儘管海兒知道她應該要在和崔斯韋克先生會面之前利用時間榨出與茉德有關的重要資訊，她卻發現自己猛吃吐司，然後盡可能快快告退。

她在走廊上停留了一會兒，設法決定該怎麼做。她一點也不想回到那個棺材一樣的房間去，可是在屋子裡瞎晃，當她已經是這裡的主人似的，又太不要臉了。

她需要出去，讓腦袋醒一醒，努力釐清下一步該如何。

她看到走廊的前方通往花園的門是打開的，可能是艾佐拉出去後沒關上，於是她就循著寒冷的微風走去，踩上了屋前的碎石路面。前方是一條寬車道，點綴著雜草和自行萌芽的小樹苗。左邊有一群低矮建築——車庫，也可能是從前的馬廄，她覺得——但是轉角飄出來的香菸味卻告訴她艾佐拉在那裡，而她暫時還不想要面對他。事實上，她需要躲開他們越遠越好。

所以她向右轉，走過一叢相當凋零的灌木，卻有很濃的貓味，繞到她在網上圖片看到的門面，低矮的長屋，草坪向下降，向海濱延伸。*我們在崔帕森園享受了一頓下午茶……*

這棟屋子出過什麼事？這一家人出了什麼事？圖片上的寧靜，草坪上的下午茶，好像是阿嘉莎．克莉絲蒂的小說情景，全都消失了——被荒廢頹敗以及更奇怪、更令人憂心的東西吞沒了。

不僅是她有的那種房屋長久荒廢的感覺。而是見不得光的，一種藏著秘密的感覺，住在這裡的人極不快樂，而且沒有人來撫慰他們。

海兒沉浸在思緒之中，走過結霜的草地，感覺到冰凍的草葉被她踩得嗶剝響。空氣乾爽冰冷，她吐出氣來，看著呼吸變成白煙消散。她停步回顧屋子，這才發覺她走了多遠，莊園又有多大——從閣樓房間很難看到花園的盡頭在何處，四周鄉間的起點又從哪兒算起，但現在她幾乎走到了草坪底端的一排小雜樹林前，她距離屋子有幾百碼了，而且她看出雜樹林也是屬於莊園的——樹木的中央有什麼東西。海兒覺得她看見林子裡有什麼黑黑的東西在閃著光。會是海水嗎？

「在欣賞妳的領地嗎？」

聲音來自後方，在坡上，嚇了海兒一大跳，猛回頭，她看見亞伯走下來，雙手插在口袋裡。

「不是！」

自衛的話脫口而出，海兒都沒來得及思索是否合適，她覺得臉頰發燙，不僅是因為寒冷，但亞伯只是笑，摸著八字鬍。

「我不是哈爾丁，在這件事上妳不需要擔心我。我這部分沒有一點惡意，我保證。我反正是一點期待也沒有過。」

海兒抱住身體，不確定該說什麼。她忽地想到，對一個老是在強調被斷絕繼承權也無所謂的人來說，亞伯的話未免也太多了一點。她想起了蜜琪在圖書室裡的話：喔，亞伯，少裝聖人了！

真的會有人這麼無私嗎？真的有人被他們唯一的家長斬斷了繼承權卻絲毫不懷怨懟的嗎？

亞伯似乎感應到了她的推諉閃躲，至少是感覺到了她在這個話題上的不自在，所以就變了話題。

「不過跟我說說早餐出了什麼事？」

「早餐？」海兒遲疑了。她想起了哈爾丁和艾佐位險些吵了起來，覺得自己在避險，不願意陷入兩兄弟間複雜的怨恨與忠誠之網裡。「我——我不太懂你的意思。哈爾丁和艾佐拉……嗯……有一點……意見不合。」

「喔，不用擔心他們兩個，」亞伯笑著說。走到了她的身邊。「他們從艾佐拉會說話開始就在吵了。對了，如果我們向左走，我可以帶妳看迷宮。」

「這裡有迷宮？」

「不怎麼高明的。就在那邊。」他指著雜樹林的另一邊，往草坪的另一頭。「不過我指的不是這個——我說的是飄上樓的煙。」

「喔，那個啊！」海兒說，也笑了起來，不那麼敏感的話題讓她鬆了口氣。「烤麵包機著火了。」

「喔，這樣啊？我還以為是華倫太太寧可把房子燒了也不願讓它傳給不值得的人呢。」

海兒臉頰紅了，這句話讓她驀地震驚，而亞伯的臉色也變了。

「天啊，海莉葉，真抱歉——我太沒神經了。我指的不是妳——我只是說——唉，是這樣的，華倫太太老是有點丹佛斯太太❹上身的感覺。我覺得我們任何一個繼承了房子她都不會高興——只除了艾佐拉吧。」

「沒關係，」海兒僵硬地說。她總不能坦承亞伯的話有多一針見血吧。「她為什麼這麼喜歡艾佐拉？」她在彆扭的片刻沉默之後勉強說。

亞伯對著手心吹氣，吹出了一團的白煙，彷彿在思索她的問題。

「誰知道，」他最後說。「沒有理由——至少表面上沒有。他一直都很有魅力，可是天知道，華倫太太對這類玩意是很抗拒的。他也是母親最愛的孩子。大概是老么症候群吧。起碼是最小的男孩。妳母親也是最小的——只差了幾個小時。」

「他們是雙胞胎？」海兒一時大意，脫口就問，立刻就恨不得咬掉自己的舌頭。她一定不能再想到什麼就說什麼。她從不覺得自己是一個特別多嘴的人——事實上還正好相反。認識她的人經常說她有多內斂、有多不主動。但是在來到此地之前，她也一點都不了解任何的交談、任何一句隨意的話都可能是圈套。現在的問題不只是不要洩露太多自己的事，隱藏她不知道的事——而是她踩的每一步都可能會踩錯，地面隨時會崩塌。她絕對不能忘記這一點。

幸好，亞伯好像沒注意到她的問題奇怪，只是點點頭。

「異卵雙胞胎。他們……他們非常親近。我大四歲，哈爾丁更大——他比我大八歲，所以他們會走路的時候他已經離家去念書了。可是茉德和艾佐拉……所以我才覺得茉德失蹤艾佐拉一直耿耿於懷。他本來就是一個大喜大悲的個性，但是在她離家出走之後……怎麼說呢，海莉葉，不知是哪裡變了。好像那把火改為向內燃燒，只燒了他自己。他花了許多年找她，知道嗎。」

「我真的很遺憾。」海兒說。喉嚨因為虛假而僵硬疼痛。

亞伯輕按她的肩，她覺得他的碰觸應該會灼傷她的，但並沒有。

「她——她是個了不起的女人，」他柔聲說。「我不知道她跟妳談過多少她的童年，但是在哈爾丁和我突然離開之後，跟母親同住不可能是件輕鬆的事。艾佐拉大部分時間都在寄宿學校裡，即使他回家來，他也總能夠逃過最不愉快的部分，可是……唉，我母親不是個好相處的人，而且年紀越大就越奇怪、越暴躁。我認為到頭來只有華倫太太一個人才受得了她——而且我也不確定她真的能沒有什麼傷痕。不過，聽好。」他停下來清喉嚨，吸一口氣，再果斷一笑。「我來找妳的原因——我在我的房間裡發現了一樣東西，我覺得妳……呃，我覺得妳可能會喜歡。」

兩人停步不動，亞伯伸手到口袋裡掏出了一張皺皺的照片，對折起來的，而且老舊泛黃，帶著那種幾十年的老照片一定都會有的金黃光暈。

「對不起，狀況不是很好，可是——咳，妳自己看吧。」

海兒接過了相片，低頭細看，想看出個所以然來。

她一看懂，呼吸就卡在喉頭，幾乎噎到。

「海莉葉？」亞伯遲疑地說。「對不起——也許不是——」

❹丹佛斯太太是小說《蝴蝶夢》中的女管家，自以為是女主人，常常逾越了自己的身分。

但海兒開不了口。她只能瞪著照片，手指頭出力，才不會抖得洩露了她的震驚。

因為，在崔帕森園的戶外草地上，有四個人——兩個女孩，一個男孩，還有一個二十出頭的男人。

男人是亞伯——蜂蜜色的頭髮剪成可怕的九〇年代英式搖滾平頭，服裝也和今天的昂貴服飾非常不同，不過，錯不了，就是他。

男孩是艾佐拉，黑髮和歪嘴笑容讓他一眼就可以認出來——而坐在他旁邊的是一個金髮女孩，穿著破舊的馬丁大夫鞋，對著他笑。她一定是他失散多年的雙胞胎姊姊——失蹤的茉德。

但是這群人中的第四人——最後一個女孩，獨自一人坐著，稍微和他人拉開距離，幽深的眼睛筆直看著鏡頭，看著掌鏡之人……那個女孩是海兒的母親。

海兒發現自己沒在呼吸，就逼自己吸氣，綿長悠緩的一口氣，再吐出來，盡量不讓發抖的呼吸透露出她有多震驚。

她的母親從前來過這裡——幾時呢？怎麼會？

「海莉葉？」亞伯終於說。「妳沒事吧？對不起——妳一定還沒從傷痛中走出來。」

「對、對，」海兒勉強說，聲音幾不可聞。她吞嚥一下，逼自己把照片往亞伯面前遞。「亞伯——這個是你。艾佐拉和我、我母親，可——」她又吞嚥一口，努力思索該如何構句，如何問她需要知道的問題而不露出馬腳。「另一個女生是誰？」

「瑪姬？」亞伯接過了相片，寵愛地笑望著影中人，永遠坐在陽光下，凍結在青少年和二十來歲，永遠年輕。「天啊，小瑪姬．韋斯特威。我都快把她忘了。她是……嗯，一個遠親吧。她的全名也是瑪各麗妲，跟茉德一樣，不過我們從來不用全名叫她們——太拗口了。她以前都叫我母親伯母，但是我想其實她的父親是我父親的……姪子，還是堂兄弟？大概就是那一類的。她的父母在她十幾歲時就死了，跟妳很像，海兒，她來這裡念完最後一年書。可憐的小東西。住在這裡恐怕不是一段非常快樂的時光。」

海兒看著坐在草地上的女孩，看著她眨也不眨的幽深眼眸，看出了亞伯的意思。這個女孩的目光中有一種警惕和曖昧。而且四人之中只有她沒笑。

「這樣啊，」海兒勉強說。極力想讓打顫的雙腿穩定下來，不讓肌肉出賣了她。「謝謝——謝謝你跟我分享這個。對我意義重大。」

「這是送給妳的。」亞伯說，把照片往外遞，海兒接了下來，既驚訝又疑惑。她以手指描摹著母親的臉龐。

「真的？你確定嗎？」

「當然。我不需要——我有夠多那段時光的回憶了，而且並不全都是美好的。但是這一個是美麗的一天——我記得我們都去湖裡游泳。是在——唉，算了。不過我要送給妳。」

「謝謝你，」海兒說。把照片小心沿著原本的折痕折好，輕輕塞進口袋裡。這時才想起了禮貌，硬擠出笑容。「謝謝你，亞伯，我會珍惜的。」

她轉身走上冰封的上坡往房子走，再也假裝不下去了。海兒匆匆爬上到閣樓的樓梯，可以感覺到牛仔褲口袋裡的照片形狀，極力按捺才沒有伸手去覆住，活像要藏起來不讓人看見似的。

她的母親。上帝啊，她的母親。

海兒爬完最後一級樓梯時已氣喘吁吁，她一進房間就把門關上，掏出照片來，沉坐在地板上，背抵著門，瞪著小小的相片。

原來是這麼回事——同名的巧合，崔斯韋克先生弄錯了——唯一奇怪的事是亞伯看見照片居然沒猜出來。因為實在是太顯而易見了，海兒眼前就看著證據。

瑪姬，亞伯是這麼叫她母親的。海兒本人從沒聽過母親使用這個小名——但很顯然就是瑪各麗妲的簡稱。家傳的名字，她母親這麼說過，那時她問為什麼外公外婆要挑這麼一個古怪又難唸的名字。然後她就換了話題，每次海兒要她談童年和她過世多年的雙親，她經常這樣。

她的全名也是瑪各麗妲，跟茉德一樣。

堂姊妹——兩個都叫瑪各麗妲．韋斯特威。而在找人時，崔斯韋克先生找錯了對象，卻不自知。他知道還有另一個瑪各麗妲存在嗎？可能不知道，否則的話他在尋找時就會再三確認找對了人。可如果他有的只是一個名字，而且是一個不常見的名字……如果你要找瓊．史密斯，你就得百分之百肯定找對了人。可是瑪各麗妲．韋斯特威——他以為找對了人也是情有可原的。

但如今初見母親——年輕、無畏、在這裡——的震驚已過，惴惴不安就漸漸滲透了。

她匆忙上樓時腦海中縈繞的問題是亞伯怎麼可能會看見了照片卻沒把每個結點連接起來——而現在，海兒瞪著褪色泛黃的相片，這個想法反覆浮現，更令人心神不寧。因為，另一個瑪各麗姐，那個真正的瑪各麗姐，坐在艾佐拉旁邊的，是金髮，跟哈爾丁和亞伯一樣。海兒的母親是深色頭髮，跟海兒一樣。

海兒從小到大都聽見別人說她跟母親長得有多像，而她一直沒能看出他們說的是哪裡像，只除了明顯的髮色之外。可現在……看著眼前的證物，她母親的年齡與她如此接近……海兒可看得再清楚不過了。從多疑的深色眼眸，濃縮咖啡的顏色，到黑色直髮，鷹勾鼻，甚至是桀驁不馴地仰著下巴——海兒都看見自己。

這裡，就在她的眼前，是鐵證如山——同時證明了犯下的錯誤。亞伯——或是別人——要多久就會明白？

海兒坐立不安，站起來走向窗戶，向外眺望。天空變得陰沉沉的了，遠處有一團灰影，點綴著白色，往上飄升，與天空銜接。可能是雲，但海兒心裡想——儘管也不肯定——可能是海。

冷不防間，她有一股出去、離開的衝動——她發現自己緊握著鐵窗，活像是想要把它掰開，逃出牢籠般的斗室以及她為自己打造的囚室。

因為，在她把照片塞回口袋裡時，海兒才覺悟到照片上的證據只是一半的問題，真正的問題要嚴重多了。

按照剛才的情況，她接下照片，提出心中的問題，海兒已經越過了界線。她不再只是被動接受崔斯韋克先生的錯誤，被捲入一個錯誤的假設裡，本身沒有差錯可挑。

不，在接下照片的那一刻，她就開始主動欺騙韋斯特威一家人了，而且是可以追蹤，證明她是蓄意為之的。而她的詐欺的可能結果不再只是幾千鎊，而是整座莊園——從海絲特．韋斯特威的合法繼承人鼻子底下被偷走。

到目前為止，海兒心裡想，她還有可能勉強自稱是無辜的，她自己也被搞糊塗了。她可以唸出崔斯韋克先生天外飛來的信，可以坦言她沒見過外公外婆——她可以把自己裝扮成無辜的局外人，誤打誤撞攪進了這場誤會之中；一名輕信他人的年輕女孩，因為太害羞了才不敢質問她被告知的事情中的歧異之處。

但是現在，收下了照片又沒說出照片中另一個女人才是她的母親，她就開始了全然不同的一碼子事了。

她開始著手一樁主動的、有跡可尋的詐騙。

一九九四年十二月六日

昨晚我睡不著。我睜著眼睛躺在床上，兩手按著肚子，想要把它壓平，心裡想著發生的那一晚。那是八月底，白日變得又長又熱，完全出乎我的想像，而天空是一片明亮的康瓦爾藍。男孩子從學校和大學回來了，屋子裡充滿了不熟悉的聲音和精力，跟我這兩個月來漸漸習慣的壓抑的寂靜相比，感覺很奇怪。我的伯母為了某個原因到倫敦去了——華倫太太也去了彭贊斯去看她妹妹，少了她們這兩個像烏鴉似的陰沉的人，氣氛活潑了，充滿了快樂。

是茉德上樓來發現我在看書的——她直衝進來，一手抓著毛巾和鮮紅色泳衣，另一手握著太陽眼鏡。

「動起來，瑪姬！」她說，搶走了我手上的書，拋在床上，我忘了讀到哪裡，閃過一陣氣惱。「我們要到湖裡去游泳！」

我不想去——只記得這一點還真奇怪。我不介意泳池或是大海，但是我不喜歡在湖裡游泳——泥濘的蘆葦，湖底的泥巴，還有絆住你的腳的發霉樹枝。可是很難跟茉德說不，最後我讓她把我拖下樓。男孩子在等，艾佐拉握著兩支槳。

茉德在搖搖欲墜的船屋裡解開了搖晃不穩的平底小船，我們划船到小島上，船殼下的湖水是斑駁褐色的。茉德把船繫在臨時小碼頭上，我們下了船。第一個跳進水裡的是茉德——一抹鮮紅襯著金褐色的湖水，她從腐朽的木平台上栽進水裡。

「下來呀，愛德，」她大喊，而他站了起來，對我嘻嘻笑，也跟著她到水邊，跑步跳水。

我不確定要不要下水——我很滿足看著他們，在水裡又鬧又笑，互相潑水尖叫。但是陽光越來越強，最後我站了起來，遮著眼睛，考慮再三。

「來啊！」亞伯大喊。「很涼快。」

我走向碼頭的盡頭，感覺到潮濕的木頭在腳下搖晃，我把腳尖伸進水裡——只有腳尖——開心地看著我從茉德那兒借來的紅色指甲油在水裡變得更鮮活。

就在這時——我都還沒搞清楚況狀——一隻手抓住了我的腳踝，我感覺到拉扯，我向前跌，以免仰天跌倒——然後我就跌進水裡了，金黃色的湖水淹過了我的頭頂，泥巴在我四周旋舞——比我想像中還要美麗、還要嚇人。

我沒看見是誰拉我的——但是我感覺到他，在水底下，他的皮膚貼著我，我們的胳臂交纏，半扭打半玩鬧。我們同時浮出水面，而我感覺到了——他的手指拂過我的乳房，害我發抖，倒抽涼氣，卻不是因為湖水太涼。

我們的視線交會——藍色的和黑色的——他咧嘴一笑，我的胃翻了個觔斗，以一種我從未體驗過的飢渴糾成一團——我那時就知道我愛他，我會給他一切，即使是我自己。

我們划船回去後，就走向屋子，在草地上喝茶，裹著毛巾，然後躺下來做日光浴。

「拍張照……」茉德懶洋洋地說，在褪色的藍毛巾上伸展曬成蜂蜜色的四肢。「我要記住今天。」

他呻吟了一聲，還是乖乖站了起來，走去拿相機，架設好。我盯著他站在相機後，調整焦點，忙著轉鏡頭蓋。

「幹嘛這麼嚴肅？」他抬頭時說，我這才發覺我專心地皺著眉頭，想要把他的臉定格在我的記憶中。他又對我露出那抹難以抗拒的笑容，我覺得自己的嘴角也不由自主地向上彎。

後來，在晚餐後很久，太陽漸漸下山了，華倫太太已經上床了，其他人在褪色的綠粗呢上打撞球，盡情歡笑，若是伯母在家是聽不見這種笑聲的。艾佐拉把他的音響從房間拿了下來，錄音機輪流播放著詹姆斯合唱團、R.E.M.、小妖精樂團，整個房間都是吉他和鼓聲。

我學不會撞球——球桿從來就不聽我使喚，球也總有自己的意見。茉德說是我不想學，說把因果相配合，再算出球會落在哪裡是極其簡單的事情，其實不然。我大概是少了一點基因吧。無論茉德是用哪一個細胞看出球如果是這個角度被擊中就不會彈跳到那一邊，我反正是沒有的。

所以我讓他們去玩，自己在屋子老舊的那一邊遊蕩。我坐著，看著夕陽漸漸落向地平線，想著這個地方有多美，忽地感覺有人摸我的肩膀，我一轉頭就看見他站在那兒，既美麗又一身古銅色，頭髮落在眼睛上。

「跟我去散散步。」他說。我點頭跟上他，穿過草地，切過下陷的小路到海邊去。我們躺在溫暖的沙子上，看著夕陽落入大海，天空一片紅光金光，我什麼也沒說，因為我太害怕會打破這完美的一刻——太害怕他會站起來離開，一去不回，太害怕一切又會回到平常。

但是他沒有。他躺在我旁邊，沉默地看著天空，那份沉默就像是你在說某件極重要的事情之前的呼吸。最後一抹陽光消失在地平線之下，他轉向我，我以為他是要說話——但沒有。他反而把我的洋裝肩帶褪下，而我心裡想——來了。我這一生就是在等待著體驗這件事，學校裡的女生在說的就是這件事，那些情歌、那些詩詞寫的就是這件事。就是這個。就是他。

但是陽光已經消失了，而時節是冬天，我覺得好冷。而我不再確定我是不是對的了。

19

海兒不確定她坐在那兒瞪著照片多久，努力想要釐清她該怎麼做。但最後她聽見了，聲音非常朦朧，樓下的大鐘敲了十一下，她站了起來，伸展抽筋又冰冷的四肢。

她仍強烈感覺到需要跑回布萊頓，躲開她一手打造的夢魘——只不過，他們知道要去哪裡找她。崔斯韋克先生有她的住址，他會來找她，問一堆的問題。更何況……她一想到史密斯先生的打手、她受損的物品胃就打結。海兒從不認為自己懦弱，但她現在知道，她是個膽小鬼。她想到了那人的聲音，他慢吞吞的口齒不清……打斷牙齒……有時打斷骨頭……她知道她沒有勇氣再面對他。

不。她不能兩手空空回去。

她能夠逃得遠遠的——誰也找不到嗎？可是沒有錢，她能去哪兒，又怎麼去？她甚至沒錢搭計程車回彭贊斯，更別提需要在陌生的城鎮重新開始的現金了。

唷，無論她有什麼決定，她都不能一輩子躲在這裡，早晚她都得下樓去面對這一家人。

海兒伸展了一下冰冷的手指，打開了門。

漆黑的走廊上立著一個人，文風不動，深色的衣服融入了陰影中，距離海兒的臉孔只有幾吋。

海兒倒抽一口氣，退後一步進了房間，一手按著胸口。

「要命——誰——」

她發現雙手在發抖，抓著金屬床架穩住身體。

「嘎？」陰影中的人聲音沙啞，帶著康瓦爾口音。驚嚇一退，海兒立刻覺得很生氣。

「華倫太太？妳在我房間外面探頭探腦的幹嘛？」

「這裡不是妳的房間，」華倫太太酸溜溜地說，上前一步，跨過門檻，一眼掃過海兒少得可憐的東西，臉上帶著不屑。「而且以後也不會是，只要我還有一口氣在。」

「妳什麼意思？」

「妳知道。」

海兒將兩手塞進口袋裡，隱藏她的顫抖。她不會讓這個老女人知道她害怕。

「走開。」

「我會走。我上來只是要跟妳說，他要妳下樓去。」

「他是誰？」海兒說。盡力讓聲音平穩，結果出口的語調出乎意外的冰冷尖銳。

「哈爾丁。他在會客室。」

海兒沒辦法讓自己道謝，只是點個頭，而華倫太太轉身就退回走廊的陰影中了。

海兒跟著她，正要把房間門關上，華倫太太又發話了，頭向後點，意味著房間以及海兒四散的物品。

「她太喜歡那種髒東西了。」

「什麼？」海兒停住，一手握著門把，門只開了一條縫，只露出房間的一小塊。

「那些牌。塔理還是什麼鬼玩意。異教徒的東西，惡魔和裸體男人。要是由我作主啊，我絕不會讓那玩意進這個家門。我會一把火全燒了。噁心的東西。」

「誰啊？」海兒說，但是華倫太太只是繼續緩步前行，好像沒說過話，而海兒發現自己在她後面蹦跳，一把抓住老婦人的手腕，超乎預料地用力，強迫她轉身面對她。「誰？妳在說誰？」

「瑪姬。」華倫太太把這個名字說得像罵髒話，激烈地唾沫星子都噴到了海兒的臉上。「要是妳知道什麼對妳好，妳就不會再問我問題了。好了，放手。」

「什——」海兒驚喘。她的話像是當面打了她一耳光，她心中問題湧升，翻滾得太快，捕捉不住。但是那個敲打著海兒頭骨的問題卻是不能說出口的：她知道了嗎？

海兒除了驚喘之外還沒來得及做什麼，華倫太太就甩開了海兒的手，力道大得出奇，然後匆匆下樓，一言不發，渾身散發著惡意。

海兒顫巍巍地吐了好長一口氣，回到臥室裡，心臟狂跳，害她又覺得暈眩。

瑪姬。她母親的小名。瑪姬。她母親曾在這裡，二十多年之前。那麼，華倫太太故意讓她住在這裡是什麼意思？威脅嗎？她知道真相嗎？是的話，她又為什麼冷眼旁觀卻什麼也不說？

這些問題都沒有答案——最後，因為無事可做，海兒就把塔羅牌收拾起來，放進錫盒裡。華倫太太的威脅在她的腦海中迴響。她不會真的有膽燒掉牌的，對吧？感覺很可笑——然而她聲音中的怨毒卻讓海兒覺得非常有可能。

臥室門不能上鎖，行李箱也一樣，所以海兒只能把牌收拾好，裝進錫盒裡，塞進行李箱深處，盡量往好處想。

她又究竟是為什麼把牌放進行李箱裡的？她又不是真的相信。

海兒把拉鍊拉好，轉身離開房間——但，突如其來的一股不安讓她停步，打開行李箱，又把錫盒塞進了長褲後口袋裡，跟照片放一起。就讓華倫太太來刺探吧。讓她進來偷看行李箱中的每一個口袋。她快走到要到二樓的無窗狹窄樓梯的平台上，忽然閃過一個念頭——是昨天的記憶，華倫太太的枴杖點地聲，就響在秘密樓梯間的木階上。

但是剛才站在她房間外的女人並沒有拿枴杖，而且她走路寂然無聲。

海兒沒來由地打哆嗦，實在想不透是怎麼回事，她又一次希望臥室門能上鎖。來到此處之前她從不覺得臥室門有上鎖的需要，但是想到那個刻薄的老婦人，夜晚悄然無聲在屋子裡梭巡，打開海兒的房間門……

海兒停下來，看著狹窄幽暗的走廊，回想著華倫太太站在那兒的模樣，在黑暗中。她在做什麼？偷聽？監視？

她正要繼續下樓，眼光驀地被黑暗中的一團黝黑吸引住，就折回去站在關閉的門前，手指沿著木門摸索，感覺到，而不是看到，她錯得有多離譜。

門上是有鎖。其實還有兩個。是又長又粗的栓鎖，上下各一道。

不過卻是從外面鎖的。

20

海兒終於下樓到門廳時不見華倫太太的蹤影，她立在那兒一會兒，竭力鎮定下來，記起哪一扇木門後是會客室。她在吃早餐時曾經過，可那時門是打開的，現在每扇門都是關上的，而漫長單調的走廊、毫無特色的地磚以及一模一樣的木門卻出乎意外地令人分不清東西南北。

海兒隨手打開一扇門——卻是一間昏暗、有鑲板的餐廳，比早上用來吃早餐的房間雄偉多了。長窗封上了木板，細長的灰光穿透陰影，一張大桌鋪著防塵的白布，白布延伸到整個房間那麼長。頭頂上有兩大團的物件裹在灰色的東西裡，起初海兒在黑暗中以為是巨型蜘蛛網，還反射性地縮頭躲避，後來視覺適應了，才發覺一定是大吊燈被什麼罩子包住了。

海兒在灰塵中折返，緩緩退出，悄悄關上門，再往前走。

到了下一扇門，她舉手敲門——指關節還沒碰到木頭，就聽見裡面傳來說話聲，她愣了愣，不確定是否該打斷私人的談話。

「……老謀深算的小淘金客。」是男人的聲音，其中一個兄弟的，海兒心想。但她聽不出是誰。

「喔，你真是不可理喻。」女人的聲音，是蜜琪，爽脆不耐。「她是孤兒，你母親一定是覺得她可憐。」

「首先，這一點我們沒有證據，我們對這個女孩一無所知，不知道她的父親是誰，也不知道他現在還在不在。我們只知道很可能是他讓母親這麼做的。其次——」是哈爾丁，海兒這才明白，他拉高嗓門蓋過蜜琪氣惱的抗議——「其次，蜜琪，要是妳對我母親有一丁點的認識，妳就會了解她這個人是一點同情心都沒有的，更不可能會因為可憐什麼孤兒而做出這種事來。」

「喔，哈爾丁，你真是胡說八道。你母親是個寂寞的老太太，要是你願意讓過去的都過去，說不定孩子們跟我就可以和她多熟悉一點，今天就不會——」

「我母親是個刻薄殘忍的潑婦，」哈爾丁大吼。「而我不願意讓妳和孩子沾染上她的惡毒完全是為了你們著想，所以妳少暗示今天的結果是我的錯，蜜琪。」

「我沒有這樣暗示，」蜜琪說，而且在氣惱底下滲入了一絲安撫的味道。「我了解你的動機是好的，達令。可是我只是想說也許到這個時候你母親選擇要跳過兩個徹底疏離的兒子，以及一個將近二十年不讓老婆孩子親近她的兒子，並不算是全出人意外的決定。你母親覺得有點傷心，這也不能怪她。換作我就一定會！我們上次是幾時來這裡的？理查絕對不到七歲。」

「七歲，對，而他被爐火燙到手指頭，她說他是個哭哭啼啼的小孬種——記得嗎？」

「我並不是說她都沒有錯——」

「蜜琪，妳沒在聽我說。我母親是個刻薄、全身是毒的女人，而她這一生唯一的目標就是把毒擴散得越遠越好。她進了墳墓還要搞分化，這就是她典型的手段。唯一的意外就是她沒把整個莊園都留給艾佐拉，好讓他、亞伯跟我為了這件事鬥個頭破血流，讓莊園最後被訴訟費給消耗光。」

「喔，哈爾丁，這也太離譜——」

「我早該看出來的，」哈爾丁說，而海兒有種感覺他壓根沒聽見太太說話。「她寫信給我，妳知道嗎？大約一個月前。當然隻字不提她的病，那就太簡單、太直接了。喔，不，她寫的信就跟平常的一樣，滿篇是抱怨，可是她的簽名不一樣——就是那個讓我早該知道的。」

「不一樣？怎麼個不一樣？」

「她總是簽你的母親。每次都是。即使是在我念寄宿學校的時候，每天晚上哭著睡著。別人的母親都會寫愛你親你，愛你的媽咪，一千個擁抱之類的廢話。但是母親——沒有。你的母親。就這樣。沒有愛你，沒有親你，就只是冰冷冷的一句事實陳述。說真的，這句話還真是她的一生的完美比喻。」

「那最後一次呢？她加了什麼嗎？」

「對，」哈爾丁說。他停下來，默然沉思，而海兒連大氣都不敢喘，猜測會是什麼。不會是哈爾丁等待了一生的母愛吧？沉默延長，海兒還以為她一定是漏掉了哈爾丁要說的話，或者是他思考之後又作罷，所以她就抬起頭來，準備要敲門，卻又聽見了哈爾丁說話。

「她最後寫。*Après moi, le déluge*。就這樣。沒有名字。沒有結尾。就這幾個字。」

「*Après* 什麼？」蜜琪一副完全摸不著頭腦的語氣。「之後……下雨？這究竟是什麼意思？」

但是海兒還沒聽見哈爾丁回答，就聽到後面有人說話。

「偷聽啊？」

海兒猝然踅身，心臟怦怦跳。

是哈爾丁的女兒——叫什麼來著？凱凱。她站在走廊上，一隻手指絞著一綹金色長髮，嘴裡嚼著什麼。看海兒不回答，她就遞出一小包東西。

「QQ糖？」

「我——」海兒吞嚥了一下。壓低聲音說話，不想讓哈爾丁和蜜琪聽見她在外面。「我不——我是說我不是有意——我正要進去，可是他們好像——」

「嘿，我沒有別的意思。」女孩舉高空著的那隻手，手腕上的幸運符手鍊玎玎響。「我想要在這裡知道什麼的話，只能用偷聽的。」她從小包裝裡抽出一條長長的東西，挑剔地檢查過後才丟進嘴裡。「喂，我一直想問，妳是什麼？」

「我——我，嗄？」海兒又吞口水，嘴巴覺得好乾，同時也在口袋裡活動冰冷的手指，指甲掐入掌心，想讓自己安定下來。她不自在地察覺到凱凱左手腕上戴的潘朵拉手鍊可能比她全身上下的衣服還要貴，可能比她所有的衣服加起來還貴。「我是什麼？我不確定妳是在問——」

「我是說，就，我知道妳是親戚，可是爸沒有解釋清楚是什麼親戚。妳是那個失蹤的姑姑嗎？不，等等，妳太年輕了，對吧？」

「喔！對。不——」她眨眼，想要記起她來這裡究竟是應該要做什麼的。她母親的照片，在會客室戶外的草坪上休閒的那一景閃過她的腦海，她緊緊閉著眼睛一會兒抗拒這個畫面，揉著額頭彷彿是要擦掉母親的臉。

她絕不能想到母親。她必須記住她應該是誰——而不是之前是誰。茉德是哈爾丁的妹妹，也就是說……

「我想我是……妳的表姊？」

「喔，對，所以妳媽是那個蹺家的？」

「我——應該吧，對。她——她不太說那件事。」

「好酷喔，」女孩羨慕地說。又把一條糖塞進嘴裡，然後含著糖果說話。「說真的，我有時候也認真考慮過要離家出走，可是我猜至少要十八歲才能蹺家，不然的話你大概就會淪落街頭，打死我我也不會幫皮條客賣春。」

「呃——」海兒發現自己真的無言以對。這個女孩的自信在某方面是海兒無法企及的。

「我——妳多大了？」

「十四。理查快十六了。弗瑞迪十二。他是個徹底的混蛋，所以我懶得理他。理查還可以，只要能讓他把耳機摘掉。嘿，我念的是女校欸，我需要討他歡心，對吧？他是我認識年紀大一點的帥哥的捷徑。」

「我倒是從來沒有這樣想過。」海兒含糊地說。

「妳有男朋友嗎？」凱凱問。海兒搖頭。

「女朋友？」

「沒有，我——這幾年我不在適合約會的地方。」

「了解，」凱凱明理地說，一面點頭，又把一條糖丟進嘴裡。「妳應該要試試約會的應用程式，可以幫妳依照地點配對。」

「我其實不是——」海兒張口欲言，但就在這時會客室的門開了，她們兩個都轉頭，看見蜜琪站在門口。

「喔，孩子們，我就覺得聽到有人講話。凱凱，如果妳想去彭贊斯，就需要穿鞋子，還有叫理查快一點。海莉葉，有時間的話，妳大舅想跟妳說話。」

海兒點頭，望著蜜琪的後面，哈爾丁所站之處，他背對著門，望著遍佈烏雲的天空和被雨打濕的草地。遠處的海洋隱入了霧氣之中。

蜜琪往後站，催海兒進去，接著關上門，海兒聽見她刻意急急忙忙離開，一面教訓凱凱。

海兒緊張地站著等哈爾丁轉身，但他就是不轉，只是看著外頭的風景，逕自說話。

「海莉葉，謝謝妳同意跟我見面。」

一時間，海兒想不出該說什麼。這句話之唐突令她一驚——好像他們是兩個生意人在討論併購，而不是——而不是什麼？

「我——不客氣。」她終於說，並且遲疑地上前一步。

但是哈爾丁卻搶先她說話，彷彿是下定決心要把話說完，不肯偏離了軌道。

「昨晚妳可能從崔斯韋克先生那兒知道了，我們有許多的文書工作要跑，然後他才能開始認證遺囑合法性的程序。」

「我，嗯，對，」海兒勉強說，一聽見文書工作胃就像扭絞在一起。她能怎麼辦？她能拖延會面嗎？還是說跟著去，查出他們需要她什麼證件，再宣稱她忘了帶比較好？「不過我不知道，我是說我沒帶——」

「我們有許多事情需要討論，」哈爾丁說，朝遼闊的綠地揮手。「這一切——」他朝窗外向下傾斜的草坪點頭——「這一切都是極大的責任，而妳需要做許多的決定，海莉葉，而且還要在相當短的時間內。但是這是以後的事——目前，我們和崔斯韋克先生有約——」他瞧了瞧手錶——「在四十分鐘內要到彭贊斯去，時間很趕了。妳沒有車吧？」

四十分鐘？海兒覺得她驚恐地合不攏嘴巴。這一切都移動得太快了。她需要時間研究——釐清崔斯韋克先生可能會問什麼。萬一他們要她填寫表格，結果她卻在某個小細節上出差錯呢？後來她發覺哈爾丁在等她回答問題，就吞嚥了一下。

「我——沒有——」她模模糊糊地說。

「沒關係。我們可以載妳。後車廂有張可以放下的椅子。」

「可是，大——」她說不出這個稱呼來，無法讓自己口才便給，所以重來一次。「咳，有一件事我必須——」

「以後再說，海莉葉，」哈爾丁乾脆地說。他冥思的一刻過去了，轉過身來，拍了拍海兒的肩膀，害她一個踉蹌，然後就打開了門。「路上有的是時間說話，不過眼下，我們得趕過去，不然就會遲到。我們約好在中午十二點和崔斯韋克先生見面，所以已經有點倉促了。」

海兒的一顆心往下沉，跟著哈爾丁到走廊上，再走出屋子，汽車已經在等候了，三個孩子在後座都扣好了安全帶。

「等一下，海莉葉，我去把後車廂的椅子架好，」哈爾丁說，但是大後車廂打開時，他卻臉色一變。「蜜琪，那些折疊椅呢？」

「嗄？」蜜琪扭頭看。引擎已經發動了，她的不耐煩很明顯。「你說什麼，哈爾丁？」

「後車廂椅，哪兒去了？海莉葉要坐我們的車。」

「那怎麼行——沒位子了。我們為了放行李箱把椅子拿出來了，記得嗎？」

「喔，拜託。這個家裡就沒有人超前兩步計畫嗎？」哈爾丁暴躁地說。「那，只有一個解決辦法了，弗瑞迪留下來。」

「首先，達令——」蜜琪的聲音有如割玻璃一樣清脆——「是你的主意要拿掉椅子的，你沒忘記的話。第二，弗瑞迪不能留下來，他也是受益人。崔斯韋克先生需要看他的證件。」

「喔，幫幫忙！」哈爾丁暴怒地說。海兒覺得心裡燃起一朵小小的希望火花。有沒有可能她畢竟是不能去了？

她正要提議待在這裡，後面卻傳來說話聲。

「早安，各位。」

海兒和哈爾丁都轉身，海兒聽見哈爾丁嘆氣，很響的噴鼻聲，像鯨魚浮出水面來喘氣。

「艾佐拉，」他木然說。

艾佐拉站著，雙手插進口袋裡，一臉笑嘻嘻的。

「哈囉，親愛的大哥。還有哈囉，海莉葉。看見哈爾丁執意要把妳塞進緩衝區真是不錯。萬一海莉葉沒能從這趟旅行存活下來，你調查過莊園會怎麼樣嗎，哈爾丁？」

「艾佐拉！」哈爾丁厲聲說。「開這種玩笑完全不成體統。還有，不，海莉葉不會坐在後車廂裡，只因為有人——」他不理會蜜琪在前座懊惱地翻白眼——「有人忘了裝備用椅子。我們正在討論該如何處理。」

「唉，我可以解決，」艾佐拉說。「我自己也得到彭贊斯去，我得去匯錢。我可以載海兒。」

「喔。」哈爾丁似乎——海兒也說不上來——幾乎是因為氣惱的泡泡被刺破了而失望。也可能是討厭必須要欠弟弟一個人情。「那，這倒是……乾淨俐落的解決之道。好極了。」

他重重關上後車廂，撫平了外套。

「好。那。你知道我們是要去哪裡嗎，艾佐拉？」

「非常清楚。」艾佐拉把車鑰匙串在手指上轉。「我雖然有一陣子不在國內，不過彭贊斯還沒有大到害我失去方向感。到那兒見了，哈爾丁。」

「很好。你有手機嗎？」

「沒有，」艾佐拉漫不經心地說。「不過我既然活得下來，我相信我們會找到的。」

哈爾丁發出誇張的嘆氣聲，從外套的內口袋裡掏出皮夾，裡頭有一小疊名片，抽出頂上的一張，交給海兒。

「我就把這個交給妳了，海莉葉，因為我對艾佐拉的組織能力沒有多少信心。別弄丟了。還有，別遲到了。」他打開了乘客座，坐進車裡。「會面的時間是十二——」

但是他最後的話被淹沒在車胎輾過碎石的噪音中了，蜜琪已經加速了。海兒聽見她那邊的車窗傳出模糊的一聲「拜，海兒！」汽車就消失在大柵門外，經過時，一群喜鵲憤怒地從樹上驚起。

21

「那……」艾佐拉的聲音，拖得很長，帶頭走過拱形柵門，繞向了馬廄區，到了一個院子，雜草野草爆長。「妳是我的……外甥女是吧？」

「對，」海兒說。話聲幾乎被鞋子踩著碎石的聲響以及風吹林梢的聲音淹沒，看艾佐拉沒回頭，她就再說一遍，這次比較大聲，也多了點力道。「對。」

「唉呀呀，」艾佐拉說，一面搖頭，卻沒有說下去，只是拿出鑰匙，對著停在院子另一頭樹底下的深色跑車。車子嗶嗶叫，頭燈亮了一下，門鎖打開了。靠近之後，艾佐拉發出一聲乾笑，抬頭看著樹。

「小王八蛋，」他說。「母親早應該把牠們都毒死。」

一時間海兒聽不懂他是在說什麼，只是循著他的視線往上看，又看見喜鵲縮在樹枝上抵擋海風，明亮的小眼珠追循著她的動作。等她低頭看汽車才明白艾佐拉是什麼意思。從後面看，車子沒怎樣，但是再走近一些，海兒就看到擋風玻璃和昂貴的消光漆引擎蓋，也就是停在樹下的部分，厚厚地覆了一層大便，漆黑的糞便介於鳥糞和兔子糞之間。

「這是什麼？」海兒問，同時抬頭看著上面的鳥，隨即扮個鬼臉。「對不起，笨問題。」

「妳猜對了，」艾佐拉說，略帶陰鬱。「我忘了不該停在這裡的。顯然哈爾丁就沒忘。好，我們得暫停一下，我去拿水桶。對不起，我們會遲到，可是我看不到也不能開車，如果放著不管，會腐蝕車漆。留在這裡，我會盡快回來。」

「別擔心。」海兒說，看著艾佐拉轉身走出院子，留下她一個人跟跑車和呱呱叫的鳥在一起。

幾分鐘後他回來了，拎著一桶溫水。

「往後站。」他草草說，而海兒趕緊退後，正好艾佐拉把一桶水潑到車上，嚇得鳥兒尖聲怪叫，飛上天空，然後又紛紛落下來。

「沒空好好洗個車，只能先湊合了，」他最後說。「我建議妳上車，我們趁著還能逃的時候趕緊逃吧。」

他們通過了鍛鐵大門，上了開放的馬路，海兒覺得肩上似乎拿掉了一個重擔，但她並沒發覺自己吐出了一口氣，直到艾佐拉轉頭看她，嘴角彎出嘲弄的表情。

「幸好不是只有我。」

「喔。」海兒覺得臉紅了。「我不是——」

「拜託。我不喜歡虛偽。這裡是很恐怖的地方。不然妳覺得我們為什麼一有機會就跑掉？」

「對不起，」海兒說。她也不知道為什麼要道歉。「這、這裡很奇怪，因為它是那麼美的一棟建築，在某些方面。」

「只是一棟房子，」艾佐拉簡略地說。「從來就不是家——就連我住在那兒的時間都不是。」

海兒不作聲。哈爾丁跟蜜琪說的話在她的腦海中迴響——我母親是個刻薄、全身是毒的女人，而她人生的唯一的目標就是把毒擴散得越遠越好……艾佐拉就在那種惡毒中長大。他們全都是。

哈爾丁說得對嗎？把屋子留給海兒是他母親最後一次的報復舉動嗎？

「我對那個地方一點興趣也沒有，」艾佐拉說，瞄了瞄肩後，他們來到一處死角彎路。「我回來只是為了看我母親入土。我告訴妳這件事，海莉葉，好讓妳了解我對我母親的遺囑沒有什麼怨言。懂了嗎？我唯一的希望就是從今往後可以拋開這個地方。妳想怎麼處理都可以，我沒意見。賣掉。拆掉。我真的一點也不在乎。」

「我了解。」海兒小聲說。車內一陣沉默，她搜尋著什麼話講，某句可以阻止一大堆問題的話。主導談話，她聽見她母親的聲音在耳朵裡響起。確定妳是主導的人，而不是客人。她忽而有一股壓抑不住的衝動，想要知道她母親的過去，知道她和這地方的關聯。以一名父母雙亡的親戚身分寄人籬下是什麼情況？她母親是否也感受到了艾佐拉所描述的、海兒所領受的壓迫？她住了多久？一週？一月？一年？

要是她能問艾佐拉就好了。他一定認識她。那張照片，塞在海兒的後口袋裡，就是證據——證明他們見過面，說過話。

「你的——你的車，」海兒最後說，絞盡腦汁找話說。「方向盤在左邊，我剛剛才發現。你是住在國外嗎？」

「對，」艾佐拉說。有一會兒似乎不願再多說，但沒多久又加上，「我住在南法，尼斯附近。我在那兒有一家小攝影畫廊。」

「好棒喔，」海兒說，聲音中的羨慕不是裝出來的。「我去過尼斯一次，是學校的旅行。那裡好美。」

「那是個不錯的地方。」艾佐拉簡短地說。

「你住在那裡很久了嗎？」海兒問。

「有二十年了吧。」艾佐拉說。海兒心算了一下，他加速超過一輛停放的汽車。他不可能超過四十歲，也就是說他一定是一畢業就離開了英國。倫敦對他來說還不夠遠。

「妳住在布萊頓是吧？」他問，瞧了瞧她。海兒點頭。

「對，那裡也很美——海邊不像尼斯那麼美，但是……我也不知道。我沒辦法想像離開海邊生活。」

「我也是。」

兩人又沉默了一會兒。一直到抵達彭贊斯外圍時海兒才想到一件事，打破了沉默。

「舅——」這個稱謂在舌尖的感覺既奇怪又虛假，但是她硬是說出了口。「艾佐拉舅舅，你——你會說法語嗎？」

他瞧了眼馬路，表情微微有些難懂，透著一點懷疑，海兒不太說得上來是什麼意思。

「會啊。為什麼這麼問？」

「我在想……我聽見了一個句子……*Après moi, le déluge*。這是什麼意思？跟洪水有關，對不對？」

「字面意義，對。」艾佐拉瞅了她一眼，隨即在一輛貨車前面打轉彎燈。等他們轉過彎之後，他才又說話。「不過這是法國的一句名言，一般都說是路易十五說的，他是大革命之前的最後一任國王，而他的兒子就死在大革命中。字面上的意思，跟妳說的一樣，是我死了之後會洪水滔天——但是真正的涵義更深奧曖昧……一個意思是我死了之後一切都會瓦解，陷入動盪混亂，因為完全是靠我一個人才沒讓水壩潰堤的，也可能是更黑暗的意思。」

「更黑暗？」海兒說，輕輕地笑了一聲。「這樣還不夠黑暗啊。」

「不過這句話看你如何解釋。是不是指，我快死了，我已經竭盡所能阻止這件事了，但是現在紙包不住火了，或是指……？」他打住不說，等著交通出現空檔，而海兒發現她了解他的意思。

「我猜就是一種……不知道將來會發生什麼，卻想要它發生的意思，」海兒說。「承認你在促成這件事上也扮演了一角。你是不是這個意思？」

「完全正確。」

海兒不太知道該如何回答。她忽然又想到了，一個老婦人，知道大限將至，搓著手，擬好遺囑，而這份遺囑會讓她最親近、最親愛的人彼此自相殘殺。難道真是這麼使盡心機的惡毒嗎？

哈爾丁和艾佐拉之間沒有兄弟之情可言，不必什麼明眼人也能看得出來。可是她在這件事中的角色呢？

他們在沉默中駛過最後的一哩路，海兒迷失在自己的思緒中，最後艾佐拉駛入一處停車場，停好汽車，拉起手煞車，關掉了引擎。

「好了，到了。只有一個小問題。」

「什麼問題？」

「現在十二點二十了。我想我們錯過會面了。」

「喔，」海兒說，瞧了眼儀表板上的時鐘，突然覺得心裡五味雜陳——令人反胃的解脫感，慶幸今天不必見到崔斯韋克先生，想到哈爾丁的反應又驚懼交加，同時也明白她只是把死刑向後延了。「幹。」髒話搶先出口，她咬住嘴唇。這句話可不符合她努力呈現給韋斯特威家人看的形象——怯懦、沒自信的小海莉葉，一副老實相。罵髒話可不在其中，她很氣自己，活像是在問卜者面前爆粗口。她臉頰上的粉紅色是真的，不過是在惱恨自己的粗心大意，而不是羞愧。「對不起，那樣——」

「喔，拜託，妳是大人了，我又不是妳的監護人。既然說到這個，能不能不要來艾佐拉舅舅那一套？我不是妳舅舅。」

海兒情不自禁瑟縮，可能艾佐拉也注意到了，所以他重新措詞。

「我不是故意要說得這麼冷酷。可是我們壓根就沒見過面。舅舅代表的是一種關係，而我們並沒有——我說過，哈爾丁獨佔了這個家裡的所有虛偽，我早就不玩那一套了。」

「好……」海兒慢吞吞地說。「那……我要叫你什麼？」

「艾佐拉就好。」他說，打開了車門。

「等等，」海兒魯莽地說，朝排檔桿伸出手，並沒真碰到他的手。「既然——既然我們在交換名字……」

「怎樣？」

「這裡的人都叫我海莉葉，可那不是我——」她打住不說。她正要說不是我母親叫我的名字，可是話卻卡在喉嚨裡。「我的朋友不是這樣叫我的。」她說完。

艾佐拉詢問地挑高一道眉。「所以是……？」他催促她說完。

「海兒，」海兒說，心臟怦怦跳，彷彿透露了一條線索。不合邏輯——這些人知道她真正的名字，她是誰，住在哪裡，因為崔斯韋克先生的緣故。跟她已經做的事比起來，分享小名並不會指認什麼，也不會有什麼風險，然而感覺上卻像獨獨這件事是向前躍出了一步。「他們叫我海兒。」

「海兒，」艾佐拉說，說得很慢，彷彿是在口腔中滾動、品味。「海兒。」接著他日曬的臉露出了大大的笑容——大方，迷人，跟他平常那種相當譏誚的笑容頗不同。「我喜歡。那，我們是不是該進去報到聽訓了呢？」

「好。」海兒說，深吸了一口氣，打開車門。那盒塔羅牌在後口袋裡感覺硬邦邦的，她想到了寶劍侍從，想到了他身後翻翻滾滾的暴風雨，以及他腳邊的洶湧浪濤，上漲的水。*Après moi, le déluge*……

「好，我們走吧。」

22

「好極了。」哈爾丁的語氣譏誚。「妳真的了解妳剛才擔保了什麼事吧，海莉葉？」

「我？」海兒頓覺一陣懊惱，氣他不公平的指責，但是又嚥了下去，想起了她的角色是怯懦順從的外甥女。她正把表情安排成懺悔的樣子，艾佐拉就插口了，一副無聊的口吻。

「哈爾丁，如果有誰有錯的話，都怪我。或者該怪那些他媽的喜鵲。」

「去他的喜鵲。今天是星期五，你大概沒注意到。律師事務所明天和星期天休息。你們的拖宕只是確定了我們全都得等到星期一才能繼續討論相關事宜。」

「我來猜猜，」艾佐拉說，聲音中一種緊繃，海兒記得早餐時也是。「你要扣我的零用錢，而且拿走我玩電動的權利？」

「星期一？那怎麼行！」蜜琪打岔。「我們為什麼不能下午再來？」

他們都站在崔斯韋克先生的辦公室外，在一條狹窄的後街上，從這裡可以俯瞰波濤起伏的港口水面。

「很不幸，崔斯韋克先生今天下午必須去特魯羅，無法改期——所以他才會把時間訂在午餐之前——所以他才不必等到星期一一大早才有空。雖然身分驗證的文件可以郵寄辦理，還是有文件要簽名，一大堆的事情有待討論，這些都需要一對一辦理。更別說煩人的華倫太太的問題了。」

「可是孩子們星期一得回去上學啊！」蜜琪抗議。哈爾丁重重嘆口氣。

「哼，我非常不願這麼做，不過我想最合理的解決之道就是妳和孩子們回去，艾佐拉、亞伯、海莉葉跟我留下來等到這件事理出個頭緒來。」

「你愛留下就自己留下，」艾佐拉說，又是一副無聊的口吻，氣惱控制住了，不過海兒總覺得他的怒氣仍沒消，像隻緊緊拉在腳邊的狗。「我可不要留下來，而且我看亞伯也一樣。我們又不在遺囑裡，何必麻煩？」

「真可惜，」哈爾丁說，語氣相當煩躁。「你好像在裡面。跟我一樣。跟亞伯一樣。不是受益人，不過我跟崔斯韋克先生的接待員小聊了一下，發現了一個愉快的小細節是他漏掉的。不知為何，母親覺得我們三個很適合聯手執行遺囑，加上崔斯韋克先生。」

「什麼？」艾佐拉一臉不敢置信。

「你聽見了。」

「你一定在開玩笑！那不就像她想要我們在這裡，互相撕咬。」

「我相信她就是這個意思，」哈爾丁說。「事實上，我甚至還敢說這整個情況就可能是因為她心神喪失才引起的。」

「我不幹，」艾佐拉說。一臉頑固，深色眉毛糾結，給了他一種憂鬱的神情。「我——我放棄，隨便法律上的辭彙是哪個來著。誰也不能被強迫來當遺囑執行人。」

「長遠一點來說，我確定你是對的，」哈爾丁氣惱地說。「但是禮貌上總得要知會崔斯韋克先生一聲——而且我確定放棄這個角色也有些法定手續。我高度懷疑你可以坐進你的紳寶裡，飛馳回尼斯，不告而別。」

「那個他媽的賤人，」艾佐拉恨恨地說，而在隨之而來的沉默中，海兒聽見弗瑞迪吃吃笑，越笑越大聲。「你也閉嘴。」艾佐拉咆哮道。

「艾佐拉！」蜜琪驚呼。弗瑞迪的下巴掉了下來，一臉震驚。在他後面海兒看見凱凱以手掩住自己的笑聲。

一時間誰也不作聲，後來蜜琪把皮包揹在肩上，挺起了不是很高的身量。

「哼，真是夠了。理查、凱瑟琳、弗瑞迪，走吧。」

「可——」理查才開口。

「我說，我們要走了，」蜜琪吼叫。「我們去找個地方吃午餐。哈爾丁——等我們找到咖啡店我再傳簡訊給你。」

哈爾丁發出一聲悶哼，可能是同意，也可能是氣惱，而蜜琪大步走開，沿窄街上方而去，三個孩子跟在後面。

海兒壓下跑去追他們的衝動——或者索性一直跑，超過那一小群人，跑到主街上，跑進彭贊斯火車站，搭上火車回到舊生活中，再也不回來這裡了。她盯著看，那一小群人在街口轉彎，消失不見。

「幹，」艾佐拉說，一手耙過沒刮鬍子的臉，然後是頭髮，把頭髮抓得根根倒豎，鬈髮朝四面八方亂翹。「幹。哈爾丁。對不起。我太失態了。那個孩子——只是時機不對——」

哈爾丁聳聳肩。

「你不需要向我道歉，不過我敢說討好巴結蜜琪一點就行了。反正弗瑞迪在學校裡也聽過更髒的話，死不了的。」

「我很抱歉，」艾佐拉又說。接著，「靠。」

「喂，」哈爾丁說，帶著一絲不耐煩，「此時此刻我關心的不是弗瑞迪。你發了脾氣，又不是世界末日。我更關心的是該拿崔斯韋克先生的這件事怎麼辦。我跟你一樣想讓這件事趕快結束，艾佐拉。可是一走了之只會引起更多的問題。如果你堅持要離開，我自然是攔不住你，不過我的建議是，從長遠來看，現在就在這裡把這件事處理乾淨可能還是最不費時費力的，省得還要隔著海峽來回的寄文書和證明文件。海莉葉——」他轉向她——「我很抱歉造成這種不便，但是我想有鑑於目前的情況，妳應該可以請一天假吧？」

「我——我不知道道欸。」海兒說，覺得兩人的目光都落在她身上。那個畫面又閃進她的腦海：她自己是隻耗子，被逼進了角落，手忙腳亂想找出路。

「要是妳的雇主想要跟誰談一談——」

「不，沒關係，」海兒急忙說。「反正我是自營業者，我不需要考慮別人。」

她八成應該打電話給懷特先生，請誰去算命亭貼張紙條，向經過的客人說明情況。可是他是不可能為了誰家辦喪事小題大做的。現在是十二月初，又是月中的一週，不會有人想念她的，大概只有瑞格例外。

「自營業者？」哈爾丁揚起了眉毛，扣好大衣鈕釦。「我發現我一直沒問過，海莉葉，妳是做什麼工作的？」

「我——我在碼頭工作。」海兒彆扭地說。她不喜歡這個問題。有時認識新的朋友會提到她的職業，總讓她覺得變成了目光的焦點，卻是她不喜歡的那種方式。別人的回應因場合不同而不同。在談話中一語帶過的話，可能會引起禮貌的興趣或是隱藏的好笑。在派對和酒吧裡，比較多的是哄笑的懷疑，或是喧鬧地要求她算命。她很快就學會了不要說「靈媒」，因為別人會更積極要求她當場就預測未來。「告訴我我在想什麼。」海兒記得酒吧裡有個男人這麼說，幾乎把臉孔塞到她的面前來。「說啊。如果妳真的是他媽的通靈少女，那就告訴我我在想什麼。」

他俯視著她的小小胸部，海兒那時想：我知道你在想什麼。但是她沒說出來。

而現在，如果被逼問細節，她就只說她用塔羅牌算命，等別人請她算命，她就能笑著說她沒帶牌來。

正當她以為哈爾丁可能要提問時，幸好，他的手機響了，他把手機從口袋裡掏出來，臉色一亮。

「啊，是蜜琪，她找到咖啡店了。那，海莉葉。走吧？」

返回崔帕森園的車程上，海兒一言不發。艾佐拉沒跟他們一塊吃午餐，託詞他和銀行有約，而她在事前說定的地點等了整整一個小時，時間長得足以讓蜜琪和哈爾丁走遠了。等到艾佐拉好不容易現身，他的呼吸有威士忌的氣味。不過似乎不影響他駕車，只是在他和一輛高速的荒原路華搶道時，海兒沒辦法不瑟縮。

就快回到崔帕森園時，艾佐拉開口了。

「妳沒事吧？妳好安靜。」

「抱歉，」海兒說，強迫自己坐直點，唇上掛著略顯緊張的笑容。記住——妳是一隻老鼠，不是大耗子。小老鼠海莉葉。「我只是……只是在想。」

「想什麼？」

「想……」她停住，努力想出一個會是真話，卻不是真相的什麼來，可是話卻像有自己的意志似的脫口而出。「只是想……哈爾丁，跟他的家人。我不覺得他們知道他們有多幸運……在某些方面。」

艾佐拉沒吭聲，但是又斜睨了她一眼，然後換檔急轉彎。

「他們是幸運，」他終於說。「而且妳說得對，他們並不了解。可能就是這樣才會害我拿可憐的弗瑞迪出氣。」他一手抹臉，嘆了口氣，而海兒又聞到淡淡的威士忌味。「無論哈爾丁有什麼缺點——大概只有上帝才算得清楚——他都比大多數家長要好。」

「我母親就是一個很好的家長，」海兒說。聲音忍不住顫抖，而她咬緊下巴想：我不要哭。

現在不行。這裡不行，我不會用她的死來贏得他的同情。可是一滴眼淚卻流到她的鼻尖上，她用力擦掉。「至少，無論我失去了什麼，我都有她陪了十八年。就算可以，我也什麼都不要改變。」

艾佐拉又換檔，然後以可以覺察的程度，費力地說：「海莉葉，亞伯跟我說了——」他用力吞嚥。「說了，茉德的意外，車禍。他說——」

他住口不語，海兒看到他的五官因傷心而扭曲。

「我都不知道。」他的聲音粗嘎，而海兒有種感覺，這裡總算有一個人的傷心是真實的，跟她自己的一樣鋪天蓋地。「我找了她好幾年，一直不知道她還活著，而且就住在海峽對岸，而——天啊，我難過死了。我非常、非常氣她。她怎麼可以？」

「我不知道，」海兒低聲說。又有那種背叛的泫然欲哭感覺，恨她自己在這裡栽下的謊言。她上火車之時並不了解她啟動了什麼。與她自身有關的謊言，與她的背景有關的謊言，跟崔斯韋克先生的遊戲——一切感覺像一場遊戲。可是玩弄別人的過去的悲劇，她根本就沒想要這麼做。

失去你的雙胎胞手足，你的另一半會有多麼痛？

「對不起，」她說，聲音沙啞，因為努力抑制眼淚。「我不應該提起她的——我不是有意——」

她說不下去了，艾佐拉只是搖頭，但不帶責備。他的動作似乎表達了兩人都說不出口的心情。

「那妳父親呢？」他最後問，接著清喉嚨。

汽車駛出了陰森的巷道，上了懸崖馬路，從這裡會蜿蜒進入內陸，通往崔帕森園。海兒發現自己瞪著窗外遼闊幽暗的海洋，像一片奇特的黑玻璃，與布萊頓乳白色海水截然不同。

「我沒見過他，」她說，聲音穩定下來了。這部分至少不會痛苦。說這個故事不會有背叛的感覺，而且這個問題她也回答過不少次了。「他是一夜情。我母親連他的名字都不知道。」

「所以他也可能還活著？」艾佐拉問。

海兒聳聳肩。

「大概吧。不過我看不出去找他有什麼意思，即使是我想要找。」

「那妳不想找嘍？」

「不怎麼想。沒有過的東西就不會想念。」

這是實話，多多少少。但即使話才出口，海兒就想到了午餐時的哈爾丁，一臂摟著凱凱，保護她不受門口吹來的風侵襲。而她知道……這話只有一半是實話。

一九九四年十二月八日

亞伯從牛津回來了，上週末學期結束了，但是他繞遠路回來，先去了威爾斯的朋友家，拖沓緩慢。我也不怪他這麼不甘願。哈爾丁寄來了一封明快的信，說他工作的那家倫敦會計公司不肯放人，他要到聖誕節才會回來。我到現在還沒見過他。而艾佐拉的學校還要一個星期才放假。

我會知道他到家了是因為茉德揚起了頭，像隻小牧羊犬聽見聲響。我們坐在會客室裡，是整棟屋子除了伯母的起居室外唯一溫暖的一間。我們緊緊靠著火，我在磨練耐性，茉德在讀書，一面聽著隨身聽。我因為一輪特別難解的牌而皺眉苦思，突然間她摘掉了耳機。

「天啊，」她說。「我們一定就像是活在《小婦人》裡的時代。什麼玩意——」

她猛地打住，側耳傾聽了一會兒。接著，我都還沒能問她聽見了什麼，她就奔出了會客室，從走廊跑到了前門。

「艾爾！」我聽見了，還有他大喊的回答，我也跟過去，及時看見她衝進他的懷抱裡。他把她抱了起來轉圈，而她則尖叫，笑著抗議。

「嗨，亞伯，」我說，突然害羞了起來，而他從茉德的頭頂跟我點頭，把她放到走廊地毯上。

「嗨，瑪姬。」

就這樣。像是你給陌生人的招呼，或是一個擦肩而過的認識的人。他拎起行李箱，一條胳臂摟著茉德的肩，又聊起了學校的事，說著某個他在約會的女生，而我覺得……我也說不上來。一種憤怒加傷心吧。很失望經過了這個夏季，他還沒辦法讓自己問問我好不好，日子過得怎麼樣。在那些懶洋洋的夏日裡，感覺上我們好親近，我們幾個。而在接下來的幾週和幾月裡，茉德跟我變得更加親近——比姊妹還親近。可是此刻，事情明擺在眼前，至少對亞伯來說，我是這個家的外人。說不定我永遠都是。

這個想法讓我不安，我轉身離開，退回冰冷的走廊，回到相對溫暖的會客室，在心裡轉著各種念頭。

不用多久，無論我想不想要，真相都會出現。問題是，等出現時，他們會聯合起來對付我嗎？

我來這裡時，以為是來找第二個家的，可以代替我失去的那一個。但現在……現在我不再確定了。看見茉德在亞伯的懷裡，兩人一塊歡笑，雖是無心的，卻將我排除在外……唉，這件事提醒了我一個絕不應該忘記的真相：無論我們分享過什麼，終究是血濃於水。而如果他們聯合起來對付我，我卻無處可去。

23

步下艾佐拉的車滿彆扭的，海兒踉蹌了一下，同時感覺到後口袋裡的錫盒也歪了，砰地一聲落在碎石路上，牌撒了出來。

「可惡！」

她彎腰，抄起了薄邊舊卡片，以免被風吹走。

艾佐拉關上了車門，繞過來幫忙。

「掉東西了？」他問，隨即俯身拾起一張卡片，好奇地看，臉色一變，彷彿是看見了鬼，但是他似乎立刻就恢復過來，發出笑聲。

「塔羅！」

「我吃飯的傢伙，」海兒簡短地說。有張牌飛進了紳寶的車輪下，她想把它抽出來而不會被碎石弄破。「我在布萊頓的碼頭上用塔羅牌算命。」

「真的假的！」他現在的笑聲很得體了。「真的嗎？妳還真低調。」

「不見得。」她彎腰看著車底盤，還有兩張，她抓住了第一張，卻搆不著第二張。「你能不能——你能不能搆得著中間的那裡？在輪胎中間？」

艾佐拉彎腰去看，再伸長了一條長胳臂到車底去，以手指摸索。

「有了。」

可是他站直身，拂掉塵土，看著手上的東西，海兒卻發現並不是牌，而是亞伯給她的照片。

「嗯。」他拿著一會兒，拂掉脆弱四角的小石頭。「妳怎麼會有這個？」

「亞伯給我的。」海兒咬著嘴唇。「他——他覺得……他覺得我可能會想要。因為我沒有我母親的很多照片。」

「這樣啊。」艾佐拉不再多言，只是瞪著照片，而海兒看見他用拇指溫柔地拂過他姊姊的臉，她坐在他旁邊，笑望著他。「妳——」他痛苦地吞嚥。「妳一定很想念她。」

「對，我很想她。」

這句話老實到害她喉嚨痛。時間會治療一切，大家都這麼說，但不是真的，不全然對。最初的那道傷口閉合了，沒錯，可是傷疤卻不會癒合，永遠都在，會痠會痛。

艾佐拉又拂掉一粒想像的沙子，然後，海兒覺得他幾乎是不情願地，把照片還給了她，臉上的笑容也帶著她自己幾乎掩蓋不住的傷痛。

「我也是。」他說。說完就轉身朝屋子走去，好像他沒辦法再多說一句了。

24

「那，看這個情況，我們得等到星期一才能脫身了。」哈爾丁疲憊地說，重重靠著沙發。端起了蜜琪剛放在他面前的茶，喝了一大口。

「你在開玩笑。」亞伯兩手捧住頭。「我不能週二才回去，我週一下午要和客戶開會。」

「那我建議你去延期，」哈爾丁惱怒地說，撫平襯衫，襯衫在中間的部位露出一個口子，露出了底下的柔軟白色肌膚，好像生麵團。「我再加一句，你一開始就不應該錯過。都是你和艾佐拉。我怎麼感覺只有我在忙著理清這一團混亂。」

「我怎麼可能會知道母親指名我當什麼見鬼的執行人！」亞伯說。「她是哪根筋不對了？」

「她是哪根筋不對了才會做出今天這種事來！」哈爾丁厲聲說。「包括剝奪所有孩子的繼承權。」

「存心刁難，就是這麼簡單，」艾佐拉說，從角落起身，端走托盤上的一杯茶，又拿了一片盤子上的消化餅乾。「我確定她在臨終之前最開心的一件事就是想到她留下來的這堆麻煩。」

亞伯苦澀地點頭。

「我也相信。她大概覺得曠日費時的纏訟可以吞掉莊園的一切資產，讓我們不痛快個好幾年。」

曠日費時的纏訟。這句話害海兒的胃好像一路往下掉，而她感覺到恐懼如利矛刺穿了她。她能偽造的文件是絕不可能撐得過這樣的過程的。最終會水落石出——她母親的身分，她外婆，等等等等。

但是現在沒有後路了——她走得太遠了。不再有可能讓她以誤會來粉飾這個騙局了。

她想像自己出庭，檢察官假裝困惑地說：「請再說一遍，韋斯特威小姐，妳真心相信妳的外祖母把名字從瑪麗恩換成海絲特，並且從位於薩里的一棟平實的國宅搬到康瓦爾的莊園，而且是在她自己死後？」

海兒感覺到坦承一切的衝動又在心中浮現。騙子，我是騙子。

只有一條出路。沒辦法讓她躲開史密斯先生的魔掌——但是反正是不可能的，這一點是越來越清楚了。即使如此，若是有奇蹟發生，她可以設法弄到夠高明的假文件足以亂真，靠唬人來通過訊問，她也沒辦法在他的期限之前弄到錢。

不。她只能停損退場，趁她還可以時。

她站起來，兩手插進口袋裡，不讓手發抖。

「聽著，我一直在想——」

「以後再說，海莉葉。」哈爾丁說。把餅乾泡在茶裡，一見餅乾的邊緣碎掉舌頭就嘖嘖響。

「不，現在就說！」海兒堅定地說。感覺一股急切噎著她的喉嚨——起因於她知道多增加一天她就越誤入歧途，而很快就再也找不到出路了。「我一直在想——遺產的事——我不——」

她住口不語——搜索枯腸，尋找妥當的說法。但她還沒能發聲，艾佐拉就打岔了。

「聽著，亞伯說得對。最有可能是母親真的想讓我們把錢都花在打官司和吵架上。我看不出她還有什麼原因要這麼做。可是大家就捫心自問吧——我們有哪一個真有資格拿她的錢？」他看著哈爾丁，又看著亞伯。亞伯聳聳肩。「我們想要嗎？我就不想。所以最好的做法不就是讓母親的願望落空，撒手不管嗎？」

凱凱在沙發的一角哼起了《冰雪奇緣》主題曲。❺

亞伯哈哈笑。

「撒手不管。我喜歡，凱凱。這個點子有種……解放的味道。嗯，我個人是從來沒有什麼期望，我當然也不想要崔帕森園像磨石一塊掛在我的脖子上。我很願意交給海莉葉。」

「不！」海兒焦急地說。話脫口而出，而且不經大腦，毫不保留。「你們不懂——我不——我不要這個。」

「妳說什麼？」哈爾丁轉向她，挑高一道眉。

「我不要——這個。」海兒的手揮了一圈，比著屋子和窗外的土地。「我來的時候並不是想要得到這些。我接到崔斯韋克先生的信，對，我承認，我是希望會有遺產。」話語連珠砲似地滾出，發自內心，速度太快，來不及讓她思考是否是明智之舉。「可是不是這個——不是一切。

❺ 艾佐拉說「撒手不管」的英文正好就和冰雪奇緣的主題曲〈Let It Go〉一樣。

我從來就不想要這麼大的責任——我只想要付得起我的暖氣費和一些債務。有沒有什麼辦法讓我——怎麼說呢——讓我放棄這個的？」

好一陣漫長的沉默，唯一的聲音就是凱凱繼續壓低聲音哼著《冰雪奇緣》主題曲，以及弗瑞迪調得很小聲的耳機。

「嗯，」蜜琪最後說，語氣明快，相當乾脆。「妳這一手很漂亮，海莉葉。」

「這……這當然可以考慮，」哈爾丁說。站了起來，把襯衫塞進了打褶褲裡，踱到窗邊。「我相信有一種遺產繼承權拋棄書，可以讓遺囑的受益人——前提是每個人都同意——修訂他們繼承的比例……可是我們當然一定得考慮在道德上是否站得住腳，因為母親的遺願……」

「我不要她的錢，」艾佐拉直率地說。「我不要從她那裡拿錢，我也不要從海莉葉那裡拿。」

「聽著，」亞伯說，一隻手按著海兒的肩膀，用力捏。「妳很慷慨，這一點無庸置疑，我也很以海莉葉為榮。但是這種事不要輕率做決定。我建議大家明天再說——尤其是海莉葉——說不定我們——」他瞧了瞧兄弟——「應該各別談一談。然後再討論，在我們週一見崔斯韋克先生之前。可以嗎？」

「可以，」哈爾丁說。「海莉葉？」

「好，」海兒說。這才明白她的手在毛衣袖子裡攥成了拳頭，肌肉僵硬地抗拒著亞伯的擁抱。「不過我是不會改變主意的。」

25

幾個小時後，海兒在黃昏中到莊園散步，努力想通該怎麼辦。她的羅賓漢豪情徹底消失了，只感覺到一股漸增的驚慌在心中湧現，威脅著要窒息她。

亞伯則想在午茶之後把她帶到一邊去談一談，但是她跑掉了，無法承受他善意的關切。胳臂上的輕拍，老掉牙的話，過於多情的擁抱，都害她窒息，而她藉口累了，想回房休息，他才讓她走的。

不過她上樓到房間，那種窒息感卻是有增無減，她躺在金屬小床上，舉目所見是鐵窗，活像牢房。她忍不住一直想門上的栓，以及刮在玻璃上的小小的「救命」。這裡發生了什麼事？她母親為什麼絕口不提這一部分的人生？是不是發生的事太過恐怖，她實在是難以啟齒？

到最後，她下床來，躡手躡腳下樓，經過會客室，蜜琪正在滔滔不絕地教訓孩子們寫功課和訂正的事。她溜進了薄暮時分的花園裡。

露水落下了，會客室的窗洩出來的燈光一照，草地變成銀白色，她回頭看著山坡，看到她留下的一道足跡，感覺到牛仔褲濕了，濕氣滲透了她的靴子。

她漫無目標地走，最後又來到了頭一天看見的雜樹林，在亞伯指出是迷宮之前她注意到的林子。

這一次，她能清楚看見樹木的間隙中有水光，她沿著雜草蔓生的小徑，在蕁蔴和荊棘叢中穿梭，來到了小湖邊。她覺得從前可能是很漂亮的地方，但此時此刻，夜色降臨，又是入冬時節，卻是淒涼蕭索，湖水淤滯，枯葉把水變成了泥炭色，湖岸盡是黑色泥濘，無法行走。湖中央有一座小島，亂糟糟的樹木和灌木，小島的另一邊有個黝黑的形體，像是什麼建築，海兒心想，不過眼睛在昏暗的光線下卻很難看個分明。

她摘掉了眼鏡，想擦過再戴上，看清暮色中的東西，不料卻聽見了後方有吱嘎聲，她猛一蜇身，看見一條高高的輪廓襯著屋子的燈光。

「誰——」她勉強說，心臟在胸腔中狂跳，然後她聽見了笑聲，深沉好玩的笑聲。

「抱歉。」是男人的聲音，那條輪廓靠近，她急忙戴上眼鏡，兩手發抖，認出了那張臉。是愛德華。「我不是故意要嚇妳的。晚餐了——妳沒聽見鑼聲嗎？」

「你怎麼——」海兒發現自己在發抖，愛德華的高大身影矗立在漆黑的小徑上，害得她驚嚇過度。「你怎麼會知、知道我在這裡？」

「我跟著妳留在露水上的腳印來的。妳怎麼會跑到這裡來？這個地方很陰鬱。」

「我也不知道，」海兒說，心臟仍怦怦跳，但速度變慢了。「我——我想走一走。我需要出來。」

「我一點也不意外，」愛德華說，雙手插在口袋裡，掏摸什麼，一時間海兒很好奇，結果他拿出來的是香菸，食指輕點鼻尖，點燃了菸。「別告訴亞伯。他不喜歡我抽菸。」

煙霧向上飄，把漸暗的天空中染上了一縷白，海兒發現自己對這個人很好奇。昨天他來了之後，她幾乎沒見過他。他都在做什麼？

「該回去了吧？」她問，而他點頭。

「不過走慢點，我得抽完這根。」他又吸了一口菸，海兒開始往草坪走。天色比她來的時候要暗多了，小路看不清了。她覺得蕁麻掃過她的胳臂，痛得縮了縮，倒吸了一口氣。

「荊棘嗎？」愛德華從後面問。

「蕁麻。」海兒簡短地說，吸著手背，用舌頭舔腫起來的地方。會很痛。

「唉呀，」愛德華只叫了一聲。海兒聽到他吸口菸，菸頭滋滋響。

「告訴我，」她說，比較像是要讓自己不去注意被刺的手，而不是真正好奇。「湖的那一邊的建築是什麼？」

「喔……以前是船屋，」愛德華說。「當年的時候。現在只怕沒辦法划船了，雜草太多了。」他把菸蒂丟到後面，海兒聽見菸蒂一碰到水就滋的一聲熄滅了，沉入了泥濘的水底。「需要疏濬。夏天水很臭。」

「你不是沒來過？」海兒驚訝地問，還不及修飾，話就衝出口了，但是愛德華似乎不介意。她聽見他笑，笑聲輕柔，在她身後的黑暗中。

「多少是亞伯的詩意變通手法。他母親確實是和他斷絕了關係，知道吧。我覺得那種『污了我的門檻』的事情有幾年的確是真的，但是最近幾年他們多少有點和解了。」

「年紀大了通常都會比較溫和，對吧？」海兒小心地說。兩人走出了樹林，愛德華走到了她旁邊。

「也許吧，」他說。「不過我不認為是因為這樣。我得到的印象是海絲特變得更不討人喜歡。可是亞伯……嗯，他是個怪人。太容易原諒人了。他受不了他和別人的關係不好。他差不多什麼委屈都肯受──什麼侮辱都往肚子裡吞，多燙的煤炭都往上走，基本上就是貶低自己──而不是去感覺出敵意。這不是他最迷人的特性，卻在某些方面可以活得容易一點。這幾年來他往這裡跑得挺勤的。」

海兒不確定該說什麼，只是心裡閃過一個想法：愛德華似乎不怎麼喜歡他的伴侶。不過可能是因為老夫老妻的原因。

兩人穿過草地，海兒看見餐廳仍然關著窗板，漆黑一片，他們來到了碎石小路，愛德華向左轉，沿著正面到溫室去，穿過去進入他們吃早餐的房間，她鬆了口氣。

其他人都在等，哈爾丁坐了桌首的高背椅，弗瑞迪拱肩縮背坐在椅子上，玩他的任天堂，另外兩個孩子偷偷摸摸在桌布下查看手機。蜜琪坐在亞伯和一張椅子之間，椅背上披著愛德華的外套，他們正在討論她的回程計畫。只有艾佐拉不見人影。

海兒默默坐在理查旁邊的空椅上，努力消失在背景中，但是她才剛把椅子拉近，溫室的門就打開了，華倫太太端著一大鍋燉肉跛行進來。

「喔，華倫太太！」蜜琪說，一躍而起。「我來幫妳。」

「我來幫妳，她說。」華倫太太模仿蜜琪清脆的語音，砰地一聲把鍋子放在桌上，一點肉汁潑到了桌布上。「我花了一下午的工夫又切又洗，可沒聽見有人說要幫忙。」

「華倫太太，」哈爾丁僵硬地說，「妳也太不講理了吧。我太太為了處理我母親的遺囑，跟我們大家都出去了。如果妳覺得做飯太辛苦，妳只需要說一聲，我們會很樂意幫忙的。」

「我不准陌生人到我的廚房裡亂搞。」華倫太太斥責道。

「拜託，華倫太太，我們哪是陌生人！」哈爾丁厲聲說，但是華倫太太已經轉身離開房間了。「看在老天的分上，她真是越來越不可理喻了！」

門砰地關上。

「她非常老了，達令，」蜜琪安撫地說。「而且她照顧你母親相當的用心。我看在這些事情上就不要太計較了，好嗎？」

「我同意，蜜琪，可是我們一定得著手處理我們要拿——」

他打住不說，因為華倫太太又端著一盤烤馬鈴薯回來了，也是重重放在桌上，轉身就走，一句話也不說。

蜜琪嘆了口氣，示意弗瑞迪把盤子遞過去。

「好了，在冷掉之前快點吃吧。」

燉肉灰灰的，一點賣相也沒有，弗瑞迪看見他母親遞給他一盤褐色塊狀物和水水的汁液，一臉噁心。

「噁，媽，這個好噁心喔。」

「嗯，這就是晚餐，弗瑞迪，所以你得將就了。吃個烤馬鈴薯。」蜜琪說，拿起了凱凱的盤子開始盛菜。凱凱用手拿馬鈴薯，放在盤邊，拉長了一張臉。

「這些馬鈴薯硬得跟石頭一樣。看起來像恐龍蛋。」

「別挑剔了！」蜜琪厲聲說。在理查面前放了盤子，再幫愛德華盛菜。

「我得說，味道確實有點倒胃口，」愛德華在她把盤子放在他面前時說。他叉了一塊肉——海兒猜是牛肉，不過也可能是羊肉或是鹿肉——小心翼翼地咀嚼。「你覺得我可以要芥末醬嗎？」他嘴裡咬著東西說。

「我個人是不會冒險的，」亞伯說。他在鋸他盤裡的肉，相當費力，然後叉了一塊到嘴裡，微微扮個鬼臉。「其實還不算很差。」他勉強說。

「我錯過什麼了？」門口有說話聲，海兒轉頭就看見艾佐拉站在那兒，肩靠著門框。

「喔，是你啊，」哈爾丁說，語氣滿酸的。「委屈你來加入我們了，真是榮幸啊。」

「看亞伯的臉色，我並沒有錯過什麼。」艾佐拉說，拉出了海兒旁邊的椅子，坐了下來，日曬的前臂擱在桌上。「那，晚餐吃什麼？」

「灰色的嘔吐物和恐龍蛋。」凱凱咯咯笑著說。

「凱凱！」哈爾丁咆哮。「我今天真是受夠妳了。」

「喔，拜託，哈爾丁。」蜜琪把盤子重重放在他面前。「別罵她了。你心情不好又不是她的錯。」

「我沒有心情不好，」哈爾丁吼叫著說。「我只是要求在晚餐桌上要有基本的禮貌。」

「喂，華倫太太很老了，她也盡力了。」亞伯開口說，卻被艾佐拉打斷了。

「喔，得了吧，亞伯。這個女孩說得對。華倫太太的廚藝一直很差，只是因為我們小時候只有寄宿學校的飯可以吃，所以我們不明白實際上有多差。哈爾丁的孩子們很幸運，有更高的標準可以比較。」

海兒的盤子送到她的眼前來了，她謹慎地戳了戳灰色的肉塊，放棄了燉肉，改吃烤馬鈴薯。馬鈴薯皮皺皺的，可是她拿刀一切，卻能感覺中央是生的。

「哼，我不要吃，」凱凱堅定地說，推開了盤子。「我看到媽今天在彭贊斯買了燕麥餅。」

沒有甜點，但是晚餐後他們到會客室去，爐火前放了一壺不燙不涼的咖啡。蜜琪離開房間，拿了三包餅乾回來，拆開來分配。她的孩子們像餓壞了的孤兒一樣狼吞虎嚥。海兒拿了一片巧克力消化餅乾，浸著愛德華幫她倒的咖啡。她把鬆散的一角放進口中，餅乾的味道就像是家，霎時間她回到了童年，週日早晨在她母親的床上，偷偷把餅乾浸入她母親的早晨咖啡中。

「妳還好嗎，海莉葉？」蜜琪的聲音打破了她的回憶。「妳有一會兒表情很哀傷。」

海兒吞下餅乾，勉強一笑。

「我沒事。不好意思，我只是在想事情。」

「我今天發現了海兒的一件事，」艾佐拉冷不防從房間的另一側說，端起了咖啡杯啜飲，眼睛落在海兒身上。「她保密不說的一件事。」

海兒抬頭看，心裡一驚，覺得心跳快了一點。她回顧在車裡的交談，她說到的她母親的事。她是不是說溜嘴了？她把咖啡杯放到小碟上，手微微發抖，所以瓷杯嘎嘎響。

「什麼事？」她好不容易才說。

「喔……我想妳知道，海兒，」艾佐拉說，笑容裡帶著惡作劇。「妳何不跟大家說？」

來了，海兒心想。他知道了。他查出什麼了，而他在給我機會坦白，在他把我的過去公布之前。

「你說得對，」海兒說，用力吞嚥，嘴巴瞬間很乾。「是有——是有一件事我沒告訴你們。哈爾丁大舅——我——」

艾佐拉把什麼東西放在咖啡桌上。

是「金黃維吉尼亞」菸草盒。

海兒醒悟到自己的錯誤，臉變紅了，她險些就犯下大錯。

「海莉葉是塔羅牌算命師，」艾佐拉說。「對不對，海兒？」

「喔！」鬆懈放心和大事化小的兩種情緒淹沒了她，她覺得好想笑。「我不知道你說的是這個——對，是真的。」

「塔羅牌算命師？」蜜琪高呼，雙手拍在一起。「好有異國情調喔！海莉葉，妳怎麼都不告訴我們？」

「我也不知道，」海兒老實地說。「我以為……有些人不是很能接受。」她回想到華倫太太，在她看見塔羅牌時臉上勃發的憤怒。

「知道嗎，」亞伯說，「知道嗎……真好笑。我絕對想不到茱德的女兒最後會做這種事。她可是什麼事都懷疑的。」

海兒抬頭瞄他，但是他的語氣或表情都不帶一點好鬥。他的神色只是有點哀傷，彷彿回想起快樂的時光。

「她……嗯，我相信妳比我們大家還清楚，不過她是個非常理性的人，」他接著說。「她對那些我認為她會斥之為『狗屁』的玩意一點耐性也沒有。抱歉，海莉葉，」他急忙補充，輕拍她的胳臂。「我不是故意說得這麼粗魯的。希望妳不會不高興。」

「沒關係，」海兒說，幾乎是忍俊不禁。「我沒有不高興。其實呢……我自己也不怎麼相信。」

「真的？」蜜琪說，聲音微帶懷疑。「那妳怎麼能算命？既然妳覺得都是廢話，那妳還收人家的錢不會覺得內疚嗎？」

海兒覺得臉頰紅了。她很少跟不認識的人承認這件事——當然不會向客人承認。感覺就像是醫生承認自己對傳統醫藥沒有信心，或是精神醫師瞧不起佛洛伊德。

「我可能說得太偏激了一點，我不是這個意思——只是……我不迷信。我不相信敲木頭，或是交叉手指，或是水晶球那些東西。我不認為牌有什麼奧秘的能力，不過我不確定我會直接說出來，跟客人說。可是塔羅牌……」她發現自己在闡釋一件她極少剖析的事情，即使是對自己。「塔羅牌仍然有意義——即使你對塔羅一無所知，你也能看出那些符號和圖畫的豐富。它們代表的概念……是宇宙的力量，影響了我們的人生。我想我相信的並不是塔羅牌能告訴你一些你不知道的事情，或是可以為你的問題提供什麼神奇的解答，而是可以給你……給你質疑的空間……？我說的有道理嗎？無論我在算命時說的是真是假，都給了客人一個機會來反思那些力量，來分析他們的直覺。我不知道我有沒有解釋清楚。」

不過蜜琪在點頭，線條分明的兩條眉毛皺在一起。

「有……」她慢吞吞地說。「有，我聽得懂。」

「那妳要不要幫我們算命？」凱凱問。坐直了，期待地瞪大眼睛。「幫我算？喔，拜託，先幫我算！」

「凱凱，」蜜琪責罵道。「海莉葉又沒有在工作。」

「亂講，」艾佐拉說，朝海兒咧嘴笑。「不然她就不會把牌帶來了，對吧？」

海兒雙臂抱胸，很不自在，不知該說什麼。畢竟他沒說錯。是她自己要把牌帶來的，特別是那些牌。可是她不想算命，不想用這些牌，不想在此時此刻。因為塔羅是可以揭露什麼的——不僅是對問卜的客人。海兒知道她在解說時透露出的自我和客人的幾乎一樣多。

但是凱凱懇求地看著她，兩隻手握在一起，海兒實在不忍心拒絕，也沒那個能力婉轉回絕，在這棟她是客人的屋子裡。

「好吧，」她最後說。「我就幫妳算一次，凱凱。」

「棒極了！」凱凱興奮地說。「妳需要什麼？要特別的桌子之類的嗎？」

海兒搖頭。

「不必，普通的桌子就行了。坐在我對面。」

凱凱跪在對面的地毯上，海兒打開了錫盒，拿出了牌。

「喔……」凱凱輕聲說，看著海兒把牌攤在桌上。她的眼珠子從這張飄向那張，兩張權杖……隱者……聖杯皇后……「那一張是什麼？」她問，指著星星。

「這個？」海兒拿了起來。她的這副牌裡，星星是一名女子夜晚在森林的水池中沐浴，在星光下倒水在身上。是一張美麗的牌，寧謐靜好。「是星星，」海兒說。「意思是……信仰重生，和平，和自己溝通，寧靜。如果是顛倒的，就是相反的意思——氣餒，困在生活中的壞事上。」

「那這一張呢？」凱凱指著邊緣的一張牌，是一個女孩子爬過白雪皚皚的景色。雪花從黑暗的天空中飄落，平靜的天空與底下的一景對比鮮明，底下的年輕女人不停歇地掙扎著。染血的指頭在雪地上抓出了深溝，拖著自己前往看不見的目標，而她背上有九把匕首，每一把都不同，有的長，有的短，有的刀柄雕花，有的只是木樁。第十把是一片玻璃，也可能是冰，握在她自己的手上。

「這是寶劍十，」海兒說。她不用看也知道這張牌，而這時她拿起來，重新端詳，然後才轉過去給凱凱看上面的圖畫。這是這副牌裡最陰暗的牌之一，而且在算命時看到總是會害海兒瑟縮。「它的意思是……背叛，從背後捅刀，結果……不過也可以代表試煉快要到盡頭了。你會得到和平，雖然代價可能不是你想要付的。」

「因為她快死了，對不對？」凱凱的眼睛瞪得好大。

「在牌上，是的，」海兒說。「可是妳不應該只看表面。好——」她拿起了牌，洗在一起——「我要把牌排出來了，然後我會要妳挑出十張來。別碰到牌——只要指給我看。」

熟悉的儀式讓她覺得安慰。海兒幾乎可以在睡夢中做塞爾特十字排陣，而在她把牌排出來，道出熟悉的指令和說明時，她覺得自己的心靈也澄淨了。

她和蜜琪說的是真心話。她不相信神秘的東西，但是她相信塔羅牌有能力揭露問卜者的一些事，無論是對解讀方或是問卜方。

她沒問凱凱要問什麼問題，但是她從她明亮發紅的臉孔就知道——絕對和男生有關。也可能是女生。凱凱的臉上沒有恐懼，沒有疑問，沒有走投無路的神情，不像那些問生死、問孩子是否安全、家長是否健康的人。

對凱凱來說，這只是件滿好玩的事情。他愛我，他不愛我。而在她這個年紀，本來就該如此。

排出最後的一張牌，「結果」牌，海兒翻過來，是戀人，朝上，兩名赤裸的男女交纏，他的手覆著她的乳房，沐浴在陽光下。她立馬知道她猜對了，因為凱凱從脖子直紅到臉腮上。

「這張牌，」海兒說，忍不住微笑，因為凱凱難為情又愉快的表情太富感染力了。「這張牌代表結果——這是這次的讀牌裡最主要的一張牌，而且是最接近直接回答的解讀。妳選了戀人——是大牌，一副牌裡最強烈的一張。而它代表愛。愛與結合與關係。在這裡，這張牌說的是妳的將來會有愛，以及快樂。我看見了一段非常重要的關係，對妳非常親密，也帶給妳許多歡樂。但是——」她看見蜜琪瞬間緊抿的嘴唇，又趕緊追加說——「這張牌也代表選擇——選擇對或錯，走正確的路或是走入歧途。這張牌表示了在妳的一生中所有不同的力量，並且暗示選擇正確道路的重要——才能讓其他的力量都保持均勢。浪漫的愛只是一個元素——而且不見得會帶妳走對路。妳一定要非常小心不要讓它主宰了生命中的其他部分。從其他地方得到滿足——比方說工作，或是家人——也一樣重要，也可以帶給妳同等的快樂。而這種牌告訴我的是妳會一直被寵愛——」她吞嚥了一下，想著蜜琪和哈爾丁以及包圍住他們孩子的溫暖的安全繭。「妳會永遠有人可以依靠。妳可以向世界出擊，安全地被這份愛保護，有信心這份愛會找到妳。」

她打住，四周沉默了一下子，然後大家喝起采來。

「解讀得真好，海莉葉。」蜜琪說。凱凱容光煥發，而海兒突然很開心同意幫她算命。

「還有人嗎？」她說，幾乎是在開玩笑，一見亞伯笑嘻嘻地舉手，倒是意外。

「來，」他說，「換我。」

海兒看著壁爐上方的時鐘，快十點了，她沒想到凱凱佔去這麼多的時間。

「好吧，」她說。「不過我要做個快速版的——塞爾特十字花的時間滿長的。這一個比較簡單，叫作三張牌列，可以用在很多不同的地方，可以回答問題，或是在困境中摸索，甚至是探索你的過去，如果你信這類事的話，不過現在我們就做個過去、現在、未來讀牌。很簡單——一般人通常都是從這個開始。」

她洗牌，再次走過熟悉的模式——要亞伯想一個問題，叫他切牌，只挑選三張牌。然後她把牌排出來，面朝下——過去、現在、未來——等了一會兒，收拾思緒，傾聽降臨在室內的寂靜，爐火嗶剝，風吹入煙囪，以及壁爐架上的時鐘滴答。

最後，海兒的思路變得寂靜清澈，翻開了第一張牌，過去牌。站在四周的人都擠過來看——隨即爆出一陣笑聲，認出了凱凱剛才的牌。是戀人。海兒微笑，卻搖頭。

「我知道你們在想什麼——這張跟凱凱抽的是同一張，我會說同樣的話，但是這張是倒轉的——你是上下顛倒抽出來的。」

「這是什麼意思？」亞伯問。海兒盯著他，看著牌，想要解讀他的反應。很難判斷，但是她覺得帶點嘲笑。他的嘴巴嚴肅，卻抿著，彷彿是在掩藏笑意。海兒不介意別人不把算命當一回事——她不喜歡敵意，但是覺得好笑倒無所謂。這時她皺著眉，看著牌，想要理清思緒，化為語言。

「你聽見我跟凱凱說戀人代表選擇，」她開口說。「嗯，這張牌充滿了鮮明的對比——男性女性，天空大地，酷熱的陽光和他們後面的河水，山頂的路和谷底的路。在過去你有個選擇——而且是相當極端的一個。是你人生中的交叉路口——這個決定讓你……」她頓住，看見亞伯的雙手握緊，手指摸著右手無名指上的戒指，聽見他微微清喉嚨，表示她說到痛處了。「我覺得可能是……一段戀情？你做了選擇，而那時似乎是正確的，唯一的決定……可是現在……」

她打住不說，瞬間意識到這次的解讀正帶她走上一條危險的道路。

亞伯的表情不再是那種嘲笑的好玩神情，而在他身後，海兒看見愛德華不安的欠動，她咬住嘴唇，不由得猜想她是否已經說了太多。

為了要掩飾這混亂的一刻，海兒翻開了第二張牌。是寶劍十，海兒看見亞伯稍微把椅子往後推了一點，防備似地交叉雙腿。這裡有什麼事非常不對勁，她能感覺到緊張從他的身上輻射而出，而她知道她必須要步步留神，因為她鬼使神差撞上了她不了解的東西，而它很可能會當著她的面炸開來。

「這張……這張是現在，」她慢吞吞地說。「你目前正努力解決的問題。有關……背叛——」

她猛地打住，亞伯站起來就走，不等算命結束。

「對不起，海兒，」他扭頭說。「不過我大概沒辦法聽完。」

會客室的門在他身後重重關上。

「天啊。」是愛德華，臉色慘白痛苦。瞅了海兒一眼，眼神介於憤怒和難過之間。「真是非常謝謝妳，」他說，隨即拽開亞伯的椅子，跑去追他的伴侶。「亞伯！」海兒聽見走廊的遠處傳來叫聲，他的足聲也退去。「亞伯，回來！」

蜜琪先看艾佐拉，再看哈爾丁，然後吐出一口長氣。

「天啊。」

「怎麼了？」海兒環顧四周，內心越來越沮喪。「我說了什麼嗎？」

「妳怎麼會知道呢，海莉葉，」蜜琪說，站了起來，扶好愛德華匆忙之間弄倒的椅子。「不過亞伯為什麼會這樣反應，我實在不知道……」

「海兒說的話一點針對的意味都沒有啊，」艾佐拉說。「要是亞伯不像歇斯底里的青少年——」

「上床了，孩子們，」蜜琪堅定地說。理查、凱凱、弗瑞迪同聲抗議，她再補充一句，澆熄了他們的不滿。「就這一次，你們可以帶著手機上樓。熄燈的時候我再來收手機。快去！」

她等到孩子都拖著腳離開了房間，關上了門，這才轉頭看海兒。

「海莉葉，我通常是不會這麼八卦的，可是我覺得到了這個時候該讓妳知道了。據我所知，亞伯去年向愛德華求婚，可是……」

她躊躇不語，看著哈爾丁，他卻雙手一拋，活像是在說：「別看我啊！是妳起的頭。」

「可那時才知道愛德華跟某個女人睡了快四年，」艾佐拉幫她說完，說得滿粗魯的。「好了，我說出來了。就是這麼回事，對吧？」

蜜琪點頭，相當難過。

「對，我是這麼聽說的。去年愛德華喝醉了，我跟他有過一次滿混亂的交談，他想把那回事說成是什麼風流韻事，不過那種放蕩的歲月已經都是過去的事情了。那種事如果是十八歲的孩子也就算了，可是四十幾的大男人了，又是長期的關係。反正呢，長話短說，我覺得他們經歷了一段非常風雨飄搖的日子。我還以為事情都說開了，可是顯然今天又勾起了傷心的回憶。妳怎麼可能會知道呢，海莉葉？」

「喔不，」海兒沮喪地說，兩手捧住頭。「我真是太對不起了。我真不該做這個。」

「都怪我，」艾佐拉說，一面搖頭。「我不應該要妳算命的，對不起，海兒。」

「你老這麼叫她，」蜜琪輕快地說，努力想要改變話題，卻顯得勉強和刻意，但是海兒還是很歡迎。她拿起錫盒，海兒就把牌收拾起來，放進去。「是小名嗎？」

「對，」海兒說。「是——是我母親以前都這麼叫我。」

「妳一定非常想念她。」蜜琪說，伸出一隻手，幫海兒把一綹頭髮塞到耳後。海兒震驚地發現淚水快要潰堤了。她別開臉，假裝在找不見的牌，用力吞嚥，喉頭突然像有硬塊，同時眨掉眼中的淚。

「我——對——」她勉強說，聲音沙啞，儘管已經努力忍住了。

「喔，海兒達令，過來這裡。」蜜琪說，伸出雙臂，而海兒發現自己一下子就被抱住了。感覺怪極了——蜜琪苗條又結實的體型，不比海兒高，強烈的香水味和髮雕味衝入海兒的鼻孔，粗大的長項鍊壓進她的肋骨。但是這個舉動卻帶著那麼單純、那麼直覺的母性，讓她無力掙脫。

「我只想說，」蜜琪跟她耳語，並不想遮掩她要說的話，但卻是針對海兒的，而不是什麼泛泛之言。「妳剛才說的話，拋棄繼承權那個，真是又體貼又大方。無論妳有什麼決定——而且妳一定不能讓自己被這些烏七八糟的事影響了，或是覺得妳外婆的所作所為妳該負責——妳能想到這樣都非常高貴。」

「謝謝妳。」海兒勉強說，喉嚨覺得僵硬沙啞。她讓自己把手放在蜜琪的肩上，半希望她放開她，卻又無法阻止自己也擁抱她。

「我們不會讓妳放棄繼承的，」蜜琪嚴厲地說，隨即放開了海兒。「這一點是不必再討論了。無論發生了什麼事，妳現在是家裡的一分子了，妳可別忘記。」

海兒點頭，擠出笑容，但是眼淚卻隨時都可能落下來。然後她收拾好全部的牌，找個藉口，逃上樓了。

一九九四年十二月十一日

伯母知道了。我也不曉得她是怎麼知道的——反正她是知道了。是茉德告訴她的嗎？似乎不可能——我差不多能肯定她什麼也不會說，尤其是在她保證之後。那是莉姬？從她看我的樣子，我有種恐怖的感覺，她可能猜到了，可是我不敢相信……

到頭來，壓根就無所謂。反正她知道了。

她來到我房間，我正要起床，她連門都沒敲就闖了進來。

「是真的嗎？」

我衣服才穿了一半，把襯衫牢牢按在胸前，想要遮蓋我腫脹的乳房和肚子，假裝是害羞。我搖頭，假裝我不知道她在問什麼，而她手一揮，甩了我一耳光，打得我的頭向後仰，兩隻耳朵嗡嗡響，臉頰也像著火一樣。襯衫落到了地上，我看著她看著我，看著我變形的身體，她彎起了嘴唇，因為她發覺她不必再問了。

「妳這個噁心的小婊子。我收留了妳，妳就是這麼回報我的？」

「誰告訴妳的？」我苦澀地說，拾起了襯衫穿上，臉頰上的刺痛害我縮了縮。

「妳管不著。那個男的是誰？」她質問，見我沒有立刻回答，她一把抓住我的肩膀，像甩老鼠一樣搖我，搖得我牙齒互撞。「是哪一個小子幹的？」她大吼大叫。

我又搖頭，盡力不在她的盛怒下退縮，盡力不顯露出懼怕。伯母一直都讓我害怕——但是我沒見過她這個樣子，而突然間我了解了茉德為什麼這麼恨她。

「我不、不會說。」我勉強說出話來，不過開口實在很難。我不能讓她知道。她的憤怒會不可收拾，那我就再也見不到他了。

她瞪著我好久，隨即轉過身去。

「我不能信任妳。妳已經證明這一點了。妳就待在房間裡，我會給妳送飯上來。妳可以待在這兒反省妳做了什麼，妳給這個家帶來多大的恥辱。」

她重重甩上門，我聽見某種擦刮聲，好像是有人刮過門的頂端和底部。我愣了愣才明白過來，而即使真相漸漸浮現，也是一種冷冰冰的難以置信的心情。她——她把我關起來了？

「海絲特伯母？」我說，然後就聽見她的腳步聲在走廊上遠去，我跑到門口，搖晃門把，用拳頭捶門。門就是不開。「海絲特伯母？妳不能把我關起來！」

卻沒有人回答。就算她聽見了，她也沒回答。

我仍然不敢相信，想把門撞開，以全身的力量頂著門，但是門栓牢不可破。

「茉德！」我尖聲大叫。「莉姬？」

我等待著。沒有人回應，只有甩門聲。我不確定是那道門，但我以為可能是閣樓樓梯腳的那一道。我逐漸恍然大悟，而一股徹底的絕望感悄悄襲上心頭。快八點了。莉姬應該回家了，早就回家了。而茉德——我不知道她在哪裡。床上？樓下？無論是哪裡，我的叫聲都沒辦法透過兩道門，飄進這種亂無章法的屋子裡的迷宮似的走廊裡。

我沒喊華倫太太，喊了也是白喊。就算她聽到了，她也不會來。

我走向窗戶，眺望寧靜的月夜——它的靜謐和我疼痛的喉嚨，以及我捶門捶到瘀血的手真是可怕的對比。

我有所領悟。

我被困住了。我完完全全被困住了。她會把茉德送去上學，開除莉姬，把我關在這裡……關多久？隨她高興——這是真話。她會把我關到孩子出生。也可以把我餓到流產。

這份頓悟讓我內心深處因為恐懼而變弱變軟。我應該要堅強——為我自己，也為我的孩子堅強。但是我並沒有。這棟屋子隱藏著秘密，我現在知道了。我在這裡夠久，聽說了那些故事，聽說了不快樂的女僕在洗滌室上吊，還有在湖裡淹死的小男生。

我的伯母是當家主婦，而我什麼都不是。我在這裡沒有朋友。只要說我……跑了，多輕鬆就能了事。趁夜跑了。誰也不會多疑。茉德可能會追問，但是華倫太太會發誓看到我離開，我很確定。

只要她想要，她可以把門鎖死，丟掉鑰匙。而我一點辦法也沒有。

我跪坐在窗前，月光湧入房間，我用雙手捧住臉，感覺到眼淚，以及我仍戴著的戒指，是我母親的訂婚戒。是一顆鑽石——很小的一顆。我跪在那兒，在月光下，忽然閃過一個念頭，想要留下記號，無論多小，無論她對我怎麼樣，都是她擦不掉的。

我摘掉了戒指，非常緩慢地刮著玻璃，看著如白火的月光照亮了那些字。**救……命……**

26

海兒回到了樓上房間，平躺在床上，前臂遮著眼睛，擋開月光，卻睡不著。不僅是因為月光太過明亮穿透了薄薄的窗帘，甚至不是剛才的讀牌壓在她的心上，不，不僅是讀牌，而是一切。亞伯逃開時的表情。愛德華的氣惱。蜜琪摟抱住海兒時的耳語……

「遺產繼承拋棄書」。一想到這個海兒就覺得脖子上被套了繩子，還不緊，但是正在慢慢收緊，而且已經害她呼吸困難了。她提議時，感覺像是個簡單的解決方案——她會拒絕饋贈，撤回布萊頓，從他們的人生消失。

但是蜜琪的最後一句話——用意如此善良——卻清楚表明是不可能的。即使她拒絕了遺產，她也會被困在官僚體制、公文、身分證明的羅網中——這一團家族忠誠和怨恨的亂麻拖著她往下沉，就像拖著其他人往下沉一樣。可是她能怎麼辦？唯一的出路就是承認她詐欺。

海兒嘆氣，翻個身，把臉埋進白色枕頭套裡，努力想躲開穿透薄窗帘的月光。鐵窗在床上投射出長長的影子，海兒閉著眼睛，驀地看見自己，就跟看見某人站在房間對面一樣——就像寶劍十的那個女孩。

背叛。從背後捅刀。失敗。

一陣恐懼感竄過，冷不防間，海兒再也受不了躺著不動。她坐了起來，冷得發抖，下了床踱到窗邊。站在那兒，看著鐵窗外的銀亮大地。

晚上的景色是那麼的不同。翡翠綠的草地和雨水洗過的藍海變成了一千種色調的黑，月光在大地上投下長長的、翹曲的陰影，沒戴眼鏡，連熟悉的形體都模糊怪異。就連聲響都不同。海濱公路上偶爾會有汽車呼嘯而過，喜鵲都岑寂了，海兒只聽見遠處海浪拍岸，一隻貓頭鷹在啼叫，正在狩獵。海兒抓住鐵窗，額頭抵著玻璃，暗暗祈禱，祈禱她是在一百哩之外，在布萊頓的家裡，離這團夢魘似的謊言與猜疑遠遠的。

救命。

兩個字被月光照得清楚分明，海兒猛地知道了，而且沒有一絲懷疑，這些字也是在像這樣的夜裡刻下的，是某個比她還要走投無路的人。

或許這一個女孩沒有她這麼幸運。或許她身上的鐐銬不是情感上的，而是真實的。或許她曾坐在這裡，眺望著結霜的草地，忖度著她要如何逃走，甚至是能否逃走。

嗯，海兒並沒有被困住。還沒有。仍有時間。

她盡可能靜悄悄地脫掉了睡衣，穿上牛仔褲、上衣和連帽毛衣，然後從床底下抬出行李箱，不敢用拖的，怕光禿禿的地板會弄出噪音來。

她其餘的衣服已經放進來了，整齊地分成了乾淨和待洗兩堆。此外就只需要放進她的盥洗袋、書和筆電。

海兒的手在發抖，拉上了行李箱的拉鍊。她真的要這麼做？

妳不欠他們，她告訴自己。妳什麼也沒拿。還沒拿。

再說了，他們還能把她怎麼樣？他們有她的地址，不過她不太可能再住多久，尤其是史密斯先生的打手已經都找上門過了。說不定最好的辦法是徹底消失，拎起她的東西——最重要的文件，她母親的照片——走去開展新的生活。還有別的城鎮。別的碼頭。

重新開始的念頭很嚇人，但是海兒想到了布萊頓人行道上抱住身體的人，他們就是像她一樣邁步一躍的——但是失了足，墜落到裂縫中，最後無家可歸，沒有朋友，孤苦無依。

這是冒險——真正的冒險。海兒沒有安全網——而萬一她摔了，也沒有人會接住她。崔斯韋克先生似乎在短暫的一刻裡保證過一種非常不同的生存——有積蓄，安全，有保障。但是那一刻，那個保證，消失了。無論是蜜琪今天跟她說的話，或是刮在窗玻璃上的字，都讓海兒內心的什麼東西具體化，變成了一個冷酷的、嚴厲的覺悟：她必須逃走。

一切都收拾好了——幾乎。海兒做的最後一件事就是戴上眼鏡，拿起塔羅牌，把錫盒塞進後口袋裡。

然後她轉動門把，用力推。

門卻不動。

海兒覺得呼吸卡在喉嚨裡，心臟似乎在瞬間狂跳。

門栓。外面的門栓。

可是，不——不可能。不然她會聽見。她一定會聽見的吧？會是誰呢——又為什麼？

驚慌之情湧現。

她強迫自己緩緩呼吸，將行李箱放到地上，汗濕的手掌在牛仔褲後口袋上擦拭，然後再試一次。

門把轉動了，但是門卻是怎麼推都推不開，頂部露出一條縫，底部卻卡死。

海兒的呼吸這下子變得更快了，但是她硬生生叫自己慢下來——理性思考。*沒有人有理由把妳關起來。妳會恐慌只是因為看見了門栓。如果是昨天妳根本就不會這麼想。記住華倫太太的話——濕氣會讓門框膨脹。*

她做個深呼吸，轉動門把，用力推，直到出現了一條門縫。然後她把腳插進仍卡著的地方，身體貼上去，緩慢穩定地使出全身的力量，盡量不做出什麼突然的動作，以免吵醒了樓下的人。

長長的一聲吱嘎，然後門猝然打開，害得海兒向前衝，險些跌倒，趕緊一隻手摀著嘴巴。

她等著說話聲，樓梯上的腳步聲……什麼也沒有，最後她鼓起勇氣拎起了行李箱，躡手躡腳離開。走出清寒的小房間時，她忍不住回頭看門，查看是否……

不，是她自己疑神疑鬼。門栓都拉在後面，毫無損傷。就是華倫太太說的——濕氣，就這樣。

不過話說回來，這種門栓在門外的屋子絕不是海兒想要睡覺的地方。

她把行李箱像盾牌一樣抱在身前，才能通過狹窄的樓梯。她盡量輕手輕腳，走到底下的走廊，再走過長長的迴旋梯到一樓，通向自由。

一九九四年十二月十三日

我必須逃走。

我**必須**逃走。

我刮在窗上的字此時就像一句嘲弄。是承認失敗。因為沒有人會來救我，我只能靠自己。

今天是我被關的第三天了，除了和茉德匆促地低聲交談了幾句之外，我誰也沒看到，只看到伯母。她有空時才會送飲食過來，有時壓根就不來，害我既害怕又飢餓。

而且總是——總是同樣的問題。他是誰？他是誰？他是誰？

今天，我搖頭，她又打了我，打得我的頭猛然向後仰，我聽見我的脖子喀的一聲，而我顴骨上的熱辣在我的臉上擴散開來，鑽進了我的耳朵，害我耳鳴。

我踉蹌後退，頂到了床架，我抬頭看她，一手扶著床架，另一手摸著臉，彷彿這樣骨頭才不會散掉。一瞬間，她的表情幾乎是懼怕的——不是怕我，而是針對她做的事，可能的後果。我想她是失控了——可能是我認識她以來的第一次。

然後她一轉身就離開了，我聽見門栓插上，她氣沖沖下樓，托盤上的刀叉叮噹響。

我沉坐在床上，兩手發抖，覺得胃絞痛，隨即是想吐。起初我以為孩子可能保不住了，但我靜靜坐著，等待著，痛苦減退了，不過臉頰仍火熱，耳鳴仍持續。

我想寫日記，像平常一樣在情況太超過的時候寫下來——在紙頁上發洩，就像是放血，讓墨水和紙張吸去全部的傷心憤怒恐懼，直到我能繼續面對。

但是我把日記從鬆脫的木板下拿出來時，我卻以全新的角度看著它。我不能告訴她真相。不僅是因為說了，我就再也見不到他了。也因為我真的開始害怕要是我說了，她會殺了我。而在今天之後，我第一次覺得她是下得了手的。

她不能逼我說——但如果她搜查我的房間，她就不需要逼我了。全在這裡。

所以在我寫完這一頁之後，我要生火，然後把提到他的每一頁都撕掉，塗黑他的名字，撕掉每個相關之處，再放一把火燒掉。

因為無論她怎麼折磨我，都不能逼我坦白。我得一直堅持到見過他——在那之後，我們會決定該怎麼做，一起決定。我得想辦法傳話給他。也許我可以請茉德幫我寄信。畢竟我這裡是有紙筆的。而且我可以信任她——至少……至少，我希望可以。

他會來的，等他接到信，對吧？他會來的。他非來不可。然後——我們可以到別的地方去，逃走——兩個人一塊。我們會想出辦法來的。

我只是需要牢牢抓住這個想法。

我只是需要撐下去。

27

海兒下樓時樓梯叫得很讓人心驚，每一個聲音都讓她屏住呼吸，就連貓頭鷹在花園裡打獵，遠處水龍頭的漏水聲都是。

最後她總算來到了一樓的走道，她提著行李箱而不願冒險推輪子，盡可能躡手躡腳，走向門廳，門上的玻璃鑲板在對面的鑲板上投下了明亮的弧形。

門上了栓，頂端和底部，海兒拉扯著僵緊的門栓，好像是過了膽顫心驚的一輩子那麼久，才終於拉開了門栓，轉動了門把。

門鎖上了。而且沒有鑰匙。海兒在門廳東張西望——放郵件和帳單的銀盤底下。插著乾枯葉子的蒙塵的花瓶後面。門楣上。沒有鑰匙。沒有鑰匙。

她的心臟跳得很快了。離開變成了一種必要，而不是渴望。要是她在這裡被發現，像個小偷一樣半夜要溜走，很可能會有人報警。不過不重要了，唯一重要的事就是逃走。

海兒掃瞄了走廊，提起行李箱，退回會客室。裡頭的高窗關著，窗板也關上，但是是從裡面關上的，她和鐵栓奮戰了好一陣子之後，突然咚的一聲窗板打開了。窗板後的玻璃窗只靠一道簡單的窗栓鎖住，海兒把栓拉開，心臟狂跳，既鬆了口氣又滿懷期待。窗戶是往內開的，灌入了一陣霜冷強風，她探頭去看外面，確定底下的地面不會是在六呎之外。

地面確實是矮下去的——不過只有幾呎，落腳處是迴廊，她小心地先把行李箱放下去，再跪下來，準備爬出去。

她才爬了一半，一條腿跨過了窗台，房間另一端的黑暗中就有人說話。

「對了，半夜三更偷偷溜掉。孬種。」

海兒霍地抬頭，因為恐懼而血液狂流。

「是誰？」她質問道，驚懼害她的聲音比預期中更兇惡，但是房間另一頭的人只是哈哈笑，走進了月光之下。

說真的，海兒沒必要問的。她早知道是誰了——誰還會半夜三更在漆黑的房間悄然潛行？華倫太太。

「妳阻止不了我的，」海兒說。不服氣地昂起下巴。「我要走了。」

「誰說我要阻止妳來著？」華倫太太說，彎著嘴唇，聲音中帶著訕笑。「我叫妳離開過一次，我會再說一遍。走得好，走得好，還有在妳之前的妳的垃圾媽。」

「妳好大的膽子。」海兒發現她的聲音發抖——不是因為恐懼，而是憤怒。「妳知道我母親什麼？」

「比妳知道的多，」華倫太太說，朝海兒傾身，聲音滿是怨毒，聽得海兒往後縮。「愛哭的孬種，她就跟妳一樣是個陰險狡猾的小淘金客。」

海兒倒著爬出了窗外，搖搖晃晃跪直身。她太生氣了，覺得耳鳴，是一種憤怒的嘶嘶聲。混合了憤怒和……震驚。

「不准妳這樣子說我母親。妳根本不知道她是多辛苦把我養大——」

「少跟我說那些妳不知道的事，」華倫太太恨恨地說。「滾。妳根本就不應該回來這裡。」

說完，她把窗子關上，海兒得快速抽回手才沒被沉重的窗框壓到。

她瞥見了一眼充滿了惡毒痛恨的臉，然後窗板也關上了，她聽見砰的一聲，接著是窗栓的擦刮聲。

海兒站了一會兒，心跳如雷。她發現自己兩條胳臂抱著身體，彷彿是在屏擋什麼——至於是什麼，她毫無概念。心跳緩和後，她垂下手，強迫自己慢慢地、深深地呼吸。

感謝上帝。感謝上帝她逃出了這棟恐怖的屋子，躲開了那個可怕的女人。就讓他們寫信吧。讓他們來追他，她才不在乎。他們是不能逼她回來的。他們不能逼她出示任何東西。她可以搬走——改變地址——有必要的話，改名換姓。

有一件事華倫太太倒是說對了，她心裡想，一面拿起行李箱，邁開步子走上車道，到大馬路去，搭便車到彭贊斯。她根本不應該來的。

直到後來，很後來，她才搭上了一輛要去聖艾夫斯的重型貨車，又聽了司機的一番個人安全訓斥。她在彭贊斯火車站的門口抱著身體，緊緊拉著大衣，等著車站開門，搭頭一班火車到倫敦。這時她才有時間去思索華倫太太的話，拆解那句謾罵底下的領悟。

陰險狡猾的小淘金客。

走得好，還有在妳之前的妳的垃圾媽。

這些話只可能是一個意思：華倫太太知道。她知道真相。

她知道海兒的母親不是韋斯特威夫人的女兒，而是那個黑眸的傻親戚，被收容的孤兒。

所以她知道海兒是個騙子。

可是她卻什麼也不說。*為什麼？*

謎團從昨晚開始就一直塞在海兒的內心深處，在她的想像中翻轉滾動，塑形變化，幻化為十來個不同的可能。但一直等火車站打開了門，海兒僵直地站起來，伸展冰冷抽筋的四肢，勉強對站務員微笑，華倫太太的最後一句話才在她的腦海中響起，像苦澀的回音。

她根本就不應該來。沒錯。但是華倫太太的話有點出入。

她說的是：妳根本就不應該回來。

28

這句話纏住海兒不放，在漫長的倫敦回程上不斷啃齧她。

回來。這是什麼意思？只是口誤嗎？

難道她小時候去過崔帕森園，但是因為年齡太小所以不記得？真是如此的話，華倫太太對她母親的事必定是一清二楚，那，她為什麼一句話也不說？她是不是在隱藏自己的什麼秘密？

突然間，海兒好渴望回到布萊頓，不只是想回家——而是想翻閱床底下的文件。

裡頭還有好多她沒看過的——一盒盒的文書和舊郵件、日記、明信片——都是海兒在母親過世後傷痛得不敢去看，卻也不捨得丟掉的。她把那些東西都綁起來，收藏好，眼不見心不念，等待將來有一天她找到理由來翻看。

而那一天已經來了。因為海兒有一點很確定。她母親確實跟這棟屋子有關係。所以海兒也是。她不是韋斯特威夫人的外孫女，這一點是錯不了的。但是她是親戚。而如果她母親跟那個地方有關係，她也就有關係，而她下定決心要找出究竟是什麼關係。

海兒在下午三、四點時抵達了公寓，提著行李箱從布萊頓車站一路走回來，腳痛得要命。她沒錢坐計程車，而公車卡也過期了。

越是接近海景別墅，她發現心臟就跳得越兇——而且不僅是因為長途步行。說話聲和她的腳步聲合而為一……打斷骨頭……打斷牙齒……

「停。」她大聲說，穿過了馬路，一個十五歲的男孩不高興地看著她。

「我十八了，知道嗎。妳管不了我。」

海兒搖頭，想跟他說無論他在說什麼，都與她無關，但是他已經走了，而她轉進了公寓的那條街，心律到了紊亂的程度了。

她來到窄窄的大門，看不出被強行闖入過的跡象，但是她沒去開鎖，反而按了一樓公寓的門鈴。

應門的人一臉驚訝，也難怪，海兒見都沒見過他。

「嗯？妳找誰？」

「喔……不好意思。」海兒覺得不自在。她本來想請一樓的傑若米陪她上去公寓的。「我不知道——傑若米在嗎？」

「他是之前住這裡的人嗎？我不認識。我這一週才搬進來的。他是妳的朋友嗎？」

「對——不，也不算是，」海兒說，拎起了行李，覺得腳痠痛。「我住在這裡，樓上。」

「喔。對，那，下次別忘了帶鑰匙，好嗎？我在睡覺。」

「我有鑰匙，」海兒說。「不是這個原因。我只是想知道——喂，你有沒有看到有人在附近出沒？一個光頭，樣子像拳擊手？」

「沒看過，」那人簡短地說，已經沒興趣了，退回自己的前門裡，顯然是想回床上睡覺。「前男友啊？」

「不是。」海兒換了換提著行李的力道，衡量著能多誠實。「不是，我……其實是我欠了他一點錢。而他不是非常……能體諒。」

「喔……」那人舉高雙手，給海兒看掌心，這下子真的是在撤退了。「嘿，我不想攪進這種事情裡。妳的錢，妳的事。」

「我不是要請你幫忙，」海兒乖戾地說。「我只是想知道你有沒有看到什麼人。」

「沒有。」那人說，當著她的面關上了門。

海兒聳聳肩，嘆口氣。不是非常讓人放心，但是她也打聽不出什麼了。

她上樓去自己的閣樓公寓，把行李箱像盾牌似的抱在胸前，而心中浮現出一個畫面，既新鮮又生動，是康瓦爾的窄梯，以及一個女孩消失在上方，消失在黑暗中。她打個哆嗦，但不全然是因為想起了樓上可能埋伏著什麼。

她上了樓後停下來，仍努力讓呼吸平穩，豎耳聆聽門後是否有動靜。門是關著的，而且上了鎖，看不出被撞開過，但話說回來，上一次也是看起來沒事。他們顯然是進來過一次，第二次也難不倒他們。

她彎腰從門縫底下看，唯有一陣清風吹上她的臉。窄窄的縫隙看不出有什麼人走動，也沒有腳立在門後。

最後，抓著手機當武器，手指擺在數字9上，她把鑰匙插入了鎖孔，盡量悄然無聲，再倏然飛起一腳重重踢開了門，門撞到客廳的牆上，砰的一聲在安靜的走道上迴響。

房間空蕩蕩的，寂靜無人，唯一的聲響就是海兒的心跳聲。沒有奔跑的腳步聲。不過，她並沒放下手機，直到檢查過每一處，從浴室到衣櫃，到客廳門後放吸塵器的小壁凹，一個角落都不放過。

這時，只有在這時，她的心跳才緩和下來，她也關上了門，把門鍊和門栓都拴好，這才一屁股坐在沙發上，以顫抖的雙手揉臉。

她不能住在這裡，這一點顯而易見。

海兒極少哭，但是她坐在這裡，在磨損的舊沙發上，她小時候曾在上面跳來跳去，就在她母親在她放學後打開過無數次的冷冷的瓦斯火爐之前，她覺得喉嚨緊縮，幾滴自憐的眼淚流到了鼻尖上。但是她深吸一口氣，擦掉了眼淚。哭也沒用，幫不了忙。她得繼續向前。

但在向前之前，她需要找出真相，找出崔斯韋克先生的信寄達之後她就一直在自問的問題答案。她受夠了謊言和說謊。該是真相大白的時候了。

海兒的胃咕嚕叫，所以她烤了一片吐司，拿到臥室去。接著她從床底下拉出了箱子，把內容物倒在地毯上，開始篩揀。

內容物倒放了過來，最上面的變成了是最古老的——過期的護照、證照、舊郵件、照片——不過日期紊亂，東西都是從抽屜移到另一個抽屜的，次數太多，無法按照日期嚴謹排列。海兒隨手拆開了一個信封，但不是非常有趣的東西，只是她母親的舊銀行對帳單。

底下是一捆嬰兒照片——大概是她自己，約莫六個月大，笑望著鏡頭外的攝影師。另一個信封裝著公寓的第一份租約，墨跡褪色，角落的釘書針開始生鏽。日期是一九九五年一月，海兒出生之前的幾個月。六十鎊一週，她母親同意了。感覺低得離譜，即便是在那個年代，而海兒若不是快哭了，她覺得她可能會笑出來。

她不可以。她不可以任性地自憐。明天她會擬個計畫——找到地方去，但是目前她必須要專注在眼前的事情上。她不能全部帶走，收拾衣物和其他必需品就已經夠她忙的了。那就——一堆資源回放，至於她需要保存的東西，她會歸類一堆屬於她母親的個人文件，一堆公寓的，一堆必要的——護照、出生證明、任何她開展新生活會需要的東西。最後她會把跟康瓦爾和崔帕森園有關的東西，無論有多微不足道，都擺到床上。說不定能找出什麼來，跟韋斯特威家的關聯，那就能給她走出這團混亂的立足點了。

第一個放到床鋪上的是一張明信片。供書寫的那一面是空的，但是上頭的圖片，海兒翻過來一看就坐直了身體。是彭贊斯。她認出了港口。明信片一分為四，左下是彭贊斯，右上是聖邁克爾山，另外兩格是海兒認不出來的地岬。或許渺茫，但確是一份物證，無論有多薄弱。

但真正讓海兒的心臟漏了一拍的是信——用繩子捆成一束。收信人是瑪各麗妲．韋斯特威，地址是在布萊頓的某處，海兒不認得，而郵戳是彭贊斯。海兒看了第一封，沒有回信地址，墨水也褪色了，實在是難以辨認。

我託莉姬把這封信寄給妳……後面的海兒看不出來……請別擔心訂金——我父母留給我一點錢，另外我會——唉，我也不知道。我會在布萊頓碼頭算命，或是在海濱看手相。只要能離開，我什麼都肯做。還有幾封，但是她得花上幾個小時才能看完，拆解潦草又褪色的文字。她果斷地把信放到床上，繼續篩選。

盒子才翻了一半，她忽地看到一個以舊茶巾包裹的東西，感覺像是一本書。海兒皺起眉頭，拿了起來，但是毛巾散開來，裡頭的東西掉在了她的大腿上——對，是一本書。卻不是印刷的書。是日記。

海兒輕輕撿了起來，開始翻頁。撕掉了一大堆——只剩下撕破的邊緣，而留存下來的紙頁則拿繩子綁住，因為和前後頁失散而有飄零的危險。第一篇完整的紀錄是將近十一月底，但從它的位置來判斷，海兒覺得日記一定是從九月、十月開始的，甚至更早。不過只留下了片段。其他頁——海兒估計不到一半——寫得密密麻麻的，但即使如此，也是到處被劃掉，名字被塗掉，整段被刪掉。

日記到十二月十三日終止，之後的紙張都是完整的，也是空白的。只有一頁，就在日記本的後面，被撕掉了。好像寫日記的人就這麼擱筆了。

海兒緩緩翻到前面，掠過了片段的內文，手指拂過被塗抹掉的段落。是誰塗的？寫日記的人嗎？或是別人，太害怕日記中可能留下什麼證據？

還有更重要的是，這是誰的日記？筆跡有點像她母親的——卻比較不成熟，尚未定型——而且封面上也沒有姓名。

最後她翻到第一篇完整的紀錄，讀了起來。

一九九四年十一月二十九日，海兒讀道，皺眉辨認模糊的文字，潦草的筆跡。喜鵲回來了……

29

海兒終於放下日記抬起頭來，已經快天黑了，而她眨眨眼，這才發覺日光變弱了，所以她是一直瞇著眼睛在辨認飽受破壞的紙頁上的文字的。

但她終於知道了——她找到了一直在找的答案——至少是找到了部分。寫日記的人是海兒的母親。而且她懷孕了——懷了海兒。一定是。日期吻合——海兒是在寫完最後一篇的五個月後出生的。

可是她走向客廳，打開電燈，回想著讀到的東西。她打開電熱壺，水開煮沸時，她又翻閱那些脆弱的紙頁，找到了她要找的那篇，十二月六日的。她重讀一遍，一股冰冷的確定感在她胃裡漸漸凝固。

她母親知道海兒的父親是誰。不只如此，海兒還是在那兒受孕的，在崔帕森園。

她母親所說的一切——什麼西班牙學生，什麼一夜情——都是謊言。

日記在許多方面都說明了一切。弄錯名字。韋斯特威夫人從沒告訴過崔斯韋克先生她有個跟女兒同名的不肖子姪輩。她跟她的姪女斷絕了關係，因為她是家族之恥，而從此再沒有人提起過她。

但從另一方面來說，日記也什麼都沒解釋。

她母親為什麼要說謊？

誰又是她的父親？

要是，海兒發現自己翻動著被撕破解體的紙頁時心裡在想，*要是妳沒把他的姓名、他的一切塗掉就好了。為什麼？*

她常常在腦海中聽到母親的聲音——教訓，責備，鼓勵——可是現在，在她最需要她的時刻，她卻沉默無聲。

「為什麼？」海兒大聲說，聲音在寂靜的公寓中迴盪，她聽出了聲音中的絕望。「*為什麼？*妳為什麼要這麼做？」這是一聲求救，卻無人回應，唯有時鐘滴答，以及她握緊日記的紙張脆裂聲。

此情此景的象徵意思明顯得令人心痛——如果有答案，海兒，就握在妳的掌心裡。她幾乎能聽見母親的聲音，帶點揶揄。她頓覺憤怒如洪流氾濫，真相就懸浮在她的眼前，卻又被奪走，就如那份遺產閃著亮光，有如美麗的海市蜃樓，但是才一眨眼就又變成了一片虛無。

但是答案不在這裡。就算在，也是寫在被撕去的那部分。即使是在存留的段落中，也被她母親塗抹掉了。

而她沒有時間了。她明天就得離開，以免史密斯先生發覺他們在追捕的女人回來了。

*慢慢來。*是她母親的聲音，這次較溫柔。*想清楚。*

慢慢來？她好想大叫。*我不能慢慢來。*

欲速則不達。

那好。她必須解開這個謎團，慢慢地，按照邏輯。

有嫌疑的人不會太多。誰會在那個漫長的夏天待在崔帕森園？那三兄弟？

十二月六日的日記仍攤開在她的大腿上，描述著她母親假設她懷孕的那晚。海兒再讀一次，再讀一次，這次在一個句子上停了下來：我們的視線交會——藍色的和黑色的。

海兒的母親是黑色眼睛，她也一樣。也就是說跟她上床的男人是藍眼睛。

艾佐拉是黑眼珠——黑得不得了。

亞伯……嗯，比較難判斷。他是金髮，但是眼睛……海兒閉上了眼，努力回想。帶灰色？綠褐色？

光線對的話，藍眼睛也會像灰色的，但是儘管她很努力，她還是無法想像亞伯親切、留鬍子的臉上是兩隻藍眼珠，也無法想像他在她母親的懷抱裡。否則的話，他總會說點什麼的吧？

左右碰壁之下，她從口袋裡抽出了照片——亞伯給她的那張，就是她母親記錄的那天下午拍攝的。

照片中有艾佐拉，黑色頭顱向後仰，開朗地大笑，和他現在的憤世嫉俗有天壤之別，海兒覺得心碎裂了一點，他的深色眼珠笑得只剩下兩條縫。而在他旁邊的是他的雙胞胎姊姊茉德，金髮如瀑布披瀉在背上。

也有亞伯，深金色頭髮在陽光下閃閃發光。她看得更仔細，想分辨出他的臉孔，在褪去的顏色和磨損的歲月印記下，彷彿她能透過紙張看到過去，以及被留在那兒的人。

可能嗎？她可能是亞伯的孩子嗎？

這樣的話……她停下來，感覺到頸背什麼冰冷的東西，像被一隻冷冷的手按住。如果她是亞伯的女兒，遺產就不算是非分之財了。所以華倫太太才沒說什麼？因為遺產確實是屬於海兒的？

這個想法應該是會讓她開心的才對，但不知為何，海兒卻覺得一顆心像是墜到腳底了。

在她把照片折起來收好之前，她刻意仔細看照片中的第四人，看著她一直迴避不看的眼睛——看著她的母親，她黑色的眼珠不容懷疑，透過歲月瞪著她。

妳想說什麼？海兒絕望地想。她感覺兩隻手緊握著脆弱的舊照片，斑斑點點的顏料在她的指尖下分解。

妳是想跟我說什麼？

她母親彷彿是從過去看著她，筆直看著她。

不對。

不是看著她。

是……

海兒的手指發抖，放下了照片，動作極輕，開始翻閱日記……往回翻，往回翻……不……太遠了……往前翻……

終於，找到了。

茉德在搖搖欲墜的船屋裡解開了搖晃不穩的平底小船，我們划船到小島上，船殼下的湖水是斑駁褐色的。茉德把船繫在臨時小碼頭上，我們下了船。第一個跳進水裡的是茉德——一抹鮮紅襯著金褐色的湖水，她從腐朽的木平台上栽進水裡。

「下來喔，愛德，」她大喊，而他站了起來，對我嘻嘻笑，也跟著她到水邊，跑步跳水。

接著，就在幾行之後……

「拍張照……」茉德懶洋洋地說，在褪色的藍毛巾上伸展曬成蜂蜜色的四肢。「我要記住今天。」

他呻吟了一聲，還是乖乖站了起來，走去拿相機，架設好。我盯著他站在相機後，調整焦點，忙著轉鏡頭蓋。

「幹嘛這麼嚴肅？」他抬頭時說，我這才發覺我專心地皺著眉頭，想要把他的臉定格在我的記憶中。

一開始海兒的想像中只有四個人在那裡，她母親、茉德、艾佐拉和亞伯——照片中的四個人。但其實不是。一定得有人拍照。而她母親看的人就是他。也是這個人跟她在晚上到海邊去。她的愛人。海兒的父親。

海兒瞪著照片，迎視母親灼熱直接的凝視——第一次看出了那雙眼眸中的熾烈，不是懷疑，不是敵意，而是——渴念。

照片中的四個人裡唯有她母親直接瞪著攝影師，挑戰他——無論他是誰——以她的眼睛，鎖住他的視線。

海兒先前誤解了這種神情——她把她母親和看照片的人之間的關聯解釋成了她們的母女關係，當成是她母親從過去凝視著她。

而現在她懂了。她母親看的人不是她——因為怎麼可能呢？是拍照的人。是海兒的父親。愛德。

30

那晚，海兒的床鋪從沒感覺這麼柔軟、這麼舒服過。她溜進被窩裡，閉上眼睛，卻遲遲無法入睡。倒不是因為她不累了——她是累，幾乎累到覺得噁心的程度。甚至不是因為史密斯先生的打手。她拖了一個五斗櫃去抵住了門，而且她不覺得他們會在夜深人靜時闖進來，冒險吵醒所有的鄰居，驚動他們報警。讓她難以成眠的是每次她閉上眼睛，她就回到過去——在日記的書頁間，在那間幽閉的斗室裡。畫面太逼真——狹仄的閣樓，鐵窗，兩道金屬門栓，頂端和底部……她一閉上眼睛，這些畫面就浮上她的心湖，彷彿是她自己在那裡，而她感覺到一陣椎心的恐懼。不僅是為她的母親——她畢竟是逃走了，逃到布萊頓，而且在這裡安身立命，養活自己和孩子，甩開了崔帕森園。她也為其他的孩子恐懼——為亞伯和艾佐拉，小時候被關在那間房間裡，懲罰他們犯下的幼稚錯事。但最主要是為茉德害怕。

海兒頭兩次讀日記時一直在尋找她的母親——努力想像文字後的人，跟自己的記憶比較。後來再讀一遍，搜檢提到那個是她父親的男生的段落。愛德？愛德華？她發現自己想起了那張平靜、英俊的臉孔，那雙評估的藍色眼睛，極力想從中找出與她相似之處。

下來呀，愛德。這句話在她的腦海中迴響，好似她母親在那個小斗室裡大聲說出來。愛德。很普通的一個名字。康瓦爾一定有幾十個愛德華、愛德格和愛德溫。然而……

整個晚上她想了又想，爬梳其他可能提供線索的文字，來回爭辯。但是她母親把痕跡消除得很徹底，只除了這個小地方，其他提到她父親名字的段落都撕毀或是塗抹了。

不過現在，在寂靜的黑夜中，她一遍又一遍回想她烙印在回憶中的文字，她發現自己尋找的並不是愛德，而是茉德的部分。

她自己的母親倒是影影綽綽的——或許是因為她花了太多篇幅在描述別人，但是很難把寫日記的這個沒有信心、浪漫的女生跟那個獨自撫養孩子多年之後的堅強又實際的女人銜接起來。若不是海兒親眼見證，她絕無法想像她母親以如此的熾熱與渴望寫某個男人。說不定這是她的第一次也是最後一次。

可是茉德——茉德不一樣。雖然她只在幾頁中掠過，海兒卻覺得她在日記的每個地方，而在時鐘指著午夜後，雨點打落玻璃，海兒發現她在記憶中搜尋有關茉德的文字。

不只是因為是茉德應得的遺產裝在盤子上送到海兒的面前來，更因為她好像是直接在和海兒說話。可能是因為她激烈的決定，她死也不肯被鎮壓，她想掙脫的欲望。也可能是因為她的黑色幽默，或是她的慷慨大方。因為茉德對堂姊的愛與關切就像黑暗中的金絲般在日記中閃耀，甚至跨越了二十年的光陰，海兒發覺她想起茉德說的話笑了。她是怎麼說塔羅來著？「一堆裝神弄鬼的狗屁」，就是它。海兒有時遇見了更熱心的算命師也會有差不多的想法，所以她讀到這句話時險些就笑出來。

她後來怎麼了？茉德——真正的瑪各麗妲？她現在在哪裡？為什麼沒有人談她？她死了嗎？

還是她真的逃走了?也許她逃到國外去了,改名換姓,開展了新生活。海兒希望是如此。為茱德自己好,但也因為她知道那些撕毀的日記中寫了什麼。她知道海兒的母親,以及她父親的真相。

亞伯、艾佐拉、哈爾丁、崔斯韋克先生——因為海兒的緣故,他們都相信茱德死於車禍,在三年前的酷夏中。唯有海兒知道真相——死的不是茱德,而是她的堂姊瑪姬。

有可能,而且可能性很高,茱德仍活著,仍在某處,仍然守著堂姊的秘密,也守著海兒真正的身分的秘密。

但是要找到她,海兒就得回去。回去崔帕森園,她可以重新開始,從起始點拾起茱德的人生的線頭,而要做到這一點,海兒只能想到一個辦法。

31

隔天是星期日，八點了，海兒拖著鴨絨被到客廳去，蜷縮在沙發上，一手端著咖啡，膝上有一疊郵件。

而在郵件上面擺著哈爾丁的名片。

她等到九點半才打電話，但電話直接進了語音信箱，她聽見自動化的女性聲音，忍不住發出鬆了口氣的輕嘆。

「這是——」

接著是哈爾丁自己的聲音，微微自負，比平常的音調低了半階——「哈爾丁．韋斯特威。」

「的語音信箱，請在嗶聲後留言。」女聲接著說，然後是一聲嗶。

海兒咳嗽了一聲。

「呃……哈爾丁大舅，我——我是海兒。海莉葉。我很抱歉昨天跑掉，可是事實是——」

她又吞口水。起床之後她就一直在決定該怎麼說，到最後她決定她只能夠這麼說才能讓她的行為合乎情理。真相。

「事實是，我——我被這件事嚇到了。我去康瓦爾的時候無論如何都想不到崔斯韋克先生會宣讀那種遺囑，我覺得非常沒辦法接受外婆的遺囑。星期五晚上我睡不著，我怕我——我只是——」

嗶。時間到了，她花太長時間自我解釋了。

「傳送留言請按一。重錄請按二。」女聲說。

海兒悄悄咒罵，按了一，隨即掛斷重撥。這一次幾乎是立刻就接上語音信箱。

「對不起，我沒來得及說完。總之一句話，我非常抱歉一聲不吭就離開了，我花了一點時間思考——我想回去。不只是因為我明白你們可能需要我跟崔斯韋克先生會面時在場，也因為——嗯，我對我母親以及外婆為什麼決定要這麼做有很多的問題——嗯，就這樣。我希望你們會原諒我。拜託打這支電話給我，讓我知道。拜。還有，再說一聲對不起。」

她放下電話，覺得胃在翻觔斗，感覺是介於噁心和緊張之間。她是瘋了嗎——回去？

大概吧。可是她不能待在這裡——尤其是史密斯先生的打手等著她，而且她對自己的過去一無所知。萬一她現在就把橋梁燒了，那她可能就再也沒辦法查出崔帕森園裡發生的事。她的父親究竟是誰。

她母親為什麼要騙她？

昨晚她太忙著從日記中找答案——答案卻無處可查。可是現在，問題漸漸像罪惡的秘密壓迫著她，執意要求她注意。不知為何，她母親選擇了不讓海兒知道她父親的身分，甚至更進一步，還編出一套假話。西班牙學生——一夜情。沒有一件是真的。為什麼？何必費那麼大的力氣去掩蓋一件海兒有權知道的事情？

在她能再拆解這個難題之前，腿上的手機就動了，千分之一秒後，尖銳的鈴聲響起。她看著螢幕，胃裁了一個跟頭。是哈爾丁。

「哈—哈囉？」

「海莉葉！」哈爾丁的聲音充滿了一種威嚇又放心的語氣。「我剛聽了妳的留言。小姐，妳把每一個人都嚇了一大跳。」

「我知道，」海兒說。「對不起。」她是真心真意抱歉。「我只是——就跟我在留言裡說的一樣。這件事讓我招架不住。很難從一個無依無靠又沒有親人的人搖身一變——呃。」

「妳起碼可以留張字條，」哈爾丁說。「蜜琪上樓去叫醒妳，發現妳的床空了，東西也都不見了，她嚇得差點連魂都沒了。我們根本不知道發生了什麼事。」

「我離開的時候看見了華倫太太，她沒跟你們說嗎？」回想起那場怪異、脫節的邂逅，就像作夢一樣。真的發生過？華倫太太真的說了海兒記住的那些話？走的好，妳跟妳那個垃圾母親。感覺好像不可能。

一陣焦慮不安的沉默。

「妳說華倫太太？」哈爾丁終於說。「沒有，沒有，她什麼也沒說。真是怪了。」

「喔。」海兒措手不及。她還以為華倫太太會惡人先告狀——海兒偷跑了，跟個賊一樣半夜溜掉，搞不好還挾著家裡的銀器。「我只是以為……嗯，我應該早一點打電話的。對不起，哈爾丁大舅。」

哈爾丁大舅。真奇怪，這個稱呼這麼自動就跑出來，幾天之前還很難說出口——她差不多還得硬逼著自己說，而現在變成了習慣。她快要相信自己的謊言了。

「好了，這件事就別再提了，親愛的，」哈爾丁說，略顯自大。「不過，看在上帝的分上，不要再半夜三更偷跑了。我們這麼多年之後才找到妳，而且——呃——」他打住不說，發出用力的咳嗽聲，掩飾海兒覺察到潛伏在那種實事求是的表相底下的感情。「我覺得光是妳舅媽就受不了那種壓力。她昨天簡直就像熱鍋上的螞蟻，不知道妳在哪裡，又聯絡不上妳。好——妳說妳要回來是嗎？」

「對，」海兒說，嚥了嚥口水，用空著的那隻手拿起了最上面的一封信，折起來又塞回放了許多年的信封裡。「對，我要回去。」

32

海兒一直到抵達布萊頓火車站的售票處，信用卡被拒收，才發現她沒考慮到要用什麼錢買車票。她拖著行李箱離開櫃檯，窘迫得滿臉通紅，在腦海中篩選各種選項，只看見一個辦法——再試一次，同時希望網站會處理車票而不向她的銀行查核。似乎希望渺茫，但她也沒別的法子了。

她到咖啡攤旁的安靜角落裡掏出了手機，正要打開應用程式就看見了哈爾丁的一封未讀訊息。

親愛的海莉葉，訊息寫道，略有些僵硬，在和崔斯韋克先生商討之後，我們想寄給妳到崔帕森園的車資，因為這趟旅程是為了處理遺產的必要之行。我附上了一張預付車票的密碼，布萊頓的任一機器應該都適用。有任何問題請打給我。哈爾丁大舅。附註：亞伯會去彭贊斯接妳。

海兒關掉訊息，有一種最奇怪的感覺——雜糅了溫暖與窒息。感覺像是一條舒服暖和的圍巾包住了她僵硬、不情願的身體，但是有一點點包得太緊了。

記住妳是誰，她心想，知道她應該要回一則熱情奔放的感謝簡訊。記住那個溫馴、感激的小老鼠外甥女。

可是她自己的過去和她捏造的故事撞擊，越來越難維持那個角色了。越來越難不露出馬腳。她是瘋了嗎，居然還要回去？

火車加速向西，天空也越來越灰暗，海兒知道她應該要閱讀、研究、搜尋姓名，準備好再投入自己的角色。有太多她需要知道的事情。茉德去念了牛津嗎？之後她怎麼樣了？

但她就是鼓不起勁來。她讓自己把頭靠著刮花的車窗玻璃，瞪著掠過的鄉村風景。天氣寒冷，而且離開倫敦越久，越是深入鄉間就越冷，光禿禿的樹枝被霜覆蓋，草地是白色的，水窪則結了冰，是黑色的。換作別的日子，海兒會覺得很美，但今天她只能想到她拋下的事物，而且有可能再也見不著了——她長大的公寓，她的全部過去。她正在向前進，火車每前進一哩，她就更深入未知的將來，而她僅有的東西就是一箱衣服和身邊的文件。

不過她就是在歸途上，回到她自己的過去——而且在她的心中推擠吵嚷的各種沒有答案的問題中，有一個是海兒特別想要回去探究的，而且緊張不安之情也越來越多，像是舌頭一直去舔一顆在痛的牙齒。

她母親為什麼要說謊？

日記，裡面的一切，都已經夠清楚了。瑪姬不能把孩子的父親是誰告訴伯母，冒著再也見不著他的風險。

可是她為什麼連海兒都要騙？

海兒在心裡一而再再而三思索這個問題，越來越迫切，但是她只能想到一個理由——為了保護她。

以免她怎麼樣呢？

火車駛入彭贊斯時已經天黑了，海兒幾乎睡著了，但是她打起精神，拎起行李箱，感覺到額外衣物以及她塞進的文件的重量。她下了火車站到月台上，有一種最奇異的似曾相識感，混合了令人緊張的領悟：一切變了有多少。火車月台，大掛鐘和廣播，還有她自己，破牛仔褲和破舊的二手行李箱，頭髮落在眼睛裡。

但不同的是，亞伯站在月台上，仰頭看著列車到站顯示板，一看見海兒在剪票口的另一邊，就綻開笑容，拿著車鑰匙在空中揮手。

海兒穿過了閘門，發現自己被擁抱住，完全出乎她的意外，然後亞伯放開她，一臉笑嘻嘻，日曬的臉上因為放心而出現皺紋。

「海莉葉！看到妳太好了。妳把大家都嚇了好大一跳。我們才剛習慣有妳在身邊，然後就——唷。」他沒把話說完，臉上露出懊悔的笑。「就這樣說吧，知道妳沒事真好。」

「對不起。」海兒發現自己從側面研究他的臉，兩人緩緩沿著月台走。*你認識我父親嗎？她好想問。他是愛德華嗎？*但是這些話太匪夷所思了。「我不是故意要害大家擔心的。還有對不起火車誤點了。」她瞄了瞄時鐘。幾乎九點半了。火車是應該要八點半抵達的。「你等很久了嗎？」

亞伯搖頭。

「等了一會兒，不過別擔心。說實話，我很高興有藉口可以離開——我在火車站的咖啡店喝到了極好的咖啡。我覺得我再也沒辦法喝華倫太太的灰色洗碗水了。」

在車站燈光下，亞伯的眸色很清楚是灰色的，但是海兒仍忍不住在到達停車場時再次查看，在亞伯停下來打開一輛流線型的黑色奧迪車門時確認在停車場的泛光燈下是否也是灰色的。

他發現她盯著他看，海兒臉一紅，低下了頭。

「我的臉上有東西嗎？」他問，笑了一聲。海兒搖頭。

「對不起，沒有——只是，我——」她吞嚥一下，覺得兩腮紅了。「我還在習慣有一大家子親人。很難消化。」

「我能想像，」亞伯輕鬆地說。「我們發現我們也在調適，而且還只需要適應妳一個人。在妳一定怪異十倍，冒出妳不認識的這麼一大家子人。」他幫海兒開門，接下她的行李箱，再幫她關上車門。繞過來坐進駕駛座，關上門，車內小燈也隨之熄滅，車裡立刻充滿了陰影，只有儀表板上亮著綠光。

「亞伯，」她在汽車駛出停車格時慢吞吞地說，「我——我想再一次謝謝你，給我那張我母親的照片。我沒有很多她在我這個年紀的相片，它——嗯，它對我意義重大，就這樣。」

「小意思，」亞伯輕鬆地說，瞧著後照鏡，再換檔。「不客氣。可惜，我也沒有很多那時候的照片。本來是有更多的，不過並不都是快樂的回憶，所以我沒留下來。不過等回家後我會再去找找看，看還有沒有。如果有妳母親的，妳都可以留下。」

「謝謝。」海兒小聲說。汽車拐過車站後的窄街，這時她鼓起了勇氣。

「亞伯，我可以問一件事嗎？」

「當然。」

「是誰——是誰拍那張照片的？你給我的那張？」

「誰拍的？」亞伯皺眉。「我不確定。幹嘛問？」

「喔……」海兒的胃翻了個觔斗，因為他們過彎的速度有點太快。「不知道，只是好奇。」

「我真的不記得了……」亞伯說，仍皺著眉，按摩著鼻梁，彷彿是在給自己時間回答。「我想……對，我有九成確定是艾佐拉。」

「不是……不是……愛德華嗎？」

「愛德華？」亞伯在漆黑的車子裡斜睨了她一眼，儀表板上的LED綠燈把他的表情照得怪怪的，很難判讀。「妳為什麼會這麼覺得？」

他的聲音突然一點也不像那個她在這幾天認識的溫暖體貼的人，反而多了一種冷酷苦澀，海兒覺得自己完全不敢動，像隻老鼠看見了草地裡有一條蛇昂起了頭。她瞬間了解，同時也肯定提起日記來絕對是非常、非常愚蠢的事。

「我——」她不需要刻意讓聲音變小，她的喉嚨已經收緊了。「我——我也不知道。我只是好奇。」

「是艾佐拉。」亞伯淡淡地說，回頭注意馬路，結束了對話。

但是不可能啊，海兒心想。汽車繞過轉角。艾佐拉在照片裡。

「就——」她再試一次，但是亞伯直接打斷她，這一次聲音冰冷，像是含著憤怒。

「海莉葉，夠了。不是愛德華。我那時還不認識他。就是這樣。」

你騙人，她心想。他的名字在日記裡。你一定是說謊。可是為什麼？

33

抵達崔帕森園之後，亞伯把車停好，海兒跟著他繞過屋子到大門去。屋子裡沒有燈光，幾乎像是荒廢了，空空的窗子像黝黑的、毫無表情的眼睛。海兒忽然有一種預感，看見了二、三十年後房屋的模樣——屋頂塌陷，窗戶破裂，鑲木地板上枯葉飄過。

「我們回來了。」亞伯一進大門就高聲喊，聲音在走廊上迴響，海兒覺得胃在翻觔斗，卻不明所以。但是會客室的門一打開，哈爾丁的頭探出來，她就知道了。她害怕的是華倫太太。但在她有時間分析這份領悟之前，她就發現自己被抱進了哈爾丁僵硬的懷裡，臉頰貼著他有墊肩的軟呢外套肩膀，而他笨拙、不自在卻堅定地輕拍她後腦勺，既像是拍拉布拉多，又像是在拍小孩子。

「唉、唉、唉，」他說，然後又一遍。「唉、唉、唉。」等他放開她，海兒驚愕地看見他鬆弛的臉因為壓抑的感情而發紅，而且他的眼睛水汪汪的。他擦眼睛，咳嗽。「蜜琪會——咳！她會非常難過跟妳錯過，可是她已經開車載孩子回家了。他們明天得上學。」

「對不起，」海兒謙遜地說。「我也很難過跟她錯過。」

「愛德華也得走了，」亞伯說。海兒覺得心裡一痛，跟她聽到蜜琪的名字時感覺到的隱約內疚不大一樣。她這才明白她一直掛念著一件事——能看著愛德華，直視他的眼睛，在他的臉上找出一點自己。

「對不起，」她又說。「他——他還會回來嗎？」

「不太可能，」亞伯說。表情相當陰沉，而且他似乎也在瞬間有所悟，努力甩掉這種表情。他接下海兒的大衣時勉強微笑，笑得挺假的。「除非我們又困在這裡一個星期，我真心希望不會。」

「吃過了嗎？」哈爾丁插嘴。「恐怕晚餐時間已經過了，客廳裡還有茶，我可以請華倫太太弄三明治……」

他的話說到最後略微懷疑，而海兒用力搖頭。

「不用了，謝謝。我不餓。我在火車上吃過了。」

「那就進來喝點茶吧。先暖暖身子再上床睡覺。」

海兒點頭，哈爾丁就催著她進會客室，咖啡桌上擺著茶壺。

壁爐裡的火不旺了，邊桌上的檯燈亮著，房間沐浴在金色光圈中，多少遮掩了蛛網和鑲板上的裂縫，灰塵和脫了線的窗帘，濕氣以及該維修的地方。房間還是有史以來第一次幾乎有家的感覺，而海兒突然被一種渴念淹沒了。不盡然是留下來的渴望，因為崔帕森園太陰鬱詭譎，不可能讓人覺得是個溫馨的地方。這棟屋子給人的感覺是住在裡頭的人在默默受苦，三餐都是在緊張與恐懼中進食，有一大堆的秘密，而不快樂往往比心滿意足更常統治這個地方。

但也許是一種能繼續當這家人的渴望。儘管哈爾丁傲慢自負，但是他眼角的水光卻把海兒感動到言語無法形容的程度。但是不僅是哈爾丁。艾佐拉——亞伯——蜜琪——孩子們，每一個都以他們的方式歡迎海兒，向她敞開懷抱，信任她——而她回報他們的則是……什麼？謊言。

只有華倫太太，海兒心想，煩躁不安。只有她始終不相信海兒。

這個念頭在她的心裡不斷翻騰，她一面接下哈爾丁倒的茶，謹慎地拿了一片濃醇的餅乾浸到茶水裡。打從聽到那番午夜的憤恨指控之後，海兒就不斷在心裡咀嚼華倫太太的話，而每一次都得到同樣令人不安的結論。華倫太太……知道。

但她為什麼保持沉默？唯一的解釋，而且不是很令人放心的一個，是華倫太太自己也有所隱瞞……

壁爐上方的時鐘敲響了，海兒吞下了最後一口茶，她、哈爾丁、亞伯全都往上看。

「唉呀，」哈爾丁說。「十點半了。我都不知道這麼晚了。」

「對不起，」海兒說。「大概是我害你們晚睡。火車誤點了。」

「沒有，沒有，妳沒害我晚睡，」哈爾丁說，伸個懶腰，格子襯衫從腰帶下拉了起來，露出一小片麵團似的肚子。「放心好了。不過今天是……唉，就說我覺得這個週末有點太累人吧，現在蜜琪和孩子們都回去了，我就有機會睡個美容覺了。那，妳不介意的話，海莉葉，我就要上樓去睡覺了。」

「我也要睡了，」亞伯說，打個哈欠。「艾佐拉呢？」

「鬼才知道。他晚餐後就消失了。八成是去散步。你也知道他的德性。」

「他帶鑰匙了嗎？」

「謹於此答覆，」哈爾丁說，這次略微氣惱。「鬼才知道。我們說的人可是艾佐拉。」

「那我不鎖前門吧，」亞伯說，又打了個哈欠。站起身，拂掉褲腿上想像的絨線。「反正這裡也沒有什麼可偷的。好，晚安，海兒。要我幫妳提行李嗎？」

「晚安，」海兒說。「沒關係，我自己提得動。」

通往閣樓的窄梯沒點燈，海兒摸索了好一陣子才找到電燈開關。可是她撳下去卻毫無反應。她再按一次，還是不亮。她的手機埋在袋子的底層，兩手又提著行李箱，到頭來她只得摸黑上樓。

閣樓的平台上沒有窗子，而她越往上爬就越是伸手不見五指，黑暗濃如墨、味如煤，她幾乎都能嚐到。來到頂端後，她放下了箱子，用手指去摸索走廊的轉角以及閣樓房間的門——她漸漸感覺是她的房間了，儘管這種想法給她一種古怪的、反胃的感覺，好像歷史重演，而且繞了一大圈又回到原點。

這一次，雖然門板僵直，卻猛地開了，她跌跌撞撞衝進房裡，摸索著電燈開關。

她撳了下去，還是一樣不亮，這一次海兒覺得一陣惱怒。難道整個電路都沒了？搞什麼鬼？在這裡其實也無所謂，因為窗帘打開了，有足夠的月光射進來，讓她能夠走到床前，寬衣，爬進冰冷的被窩裡。

她幾乎睡著了，盯著月光下的影子移向牆壁，忽然發現了什麼。不是保險絲。有人把房間中央的燈泡摘掉了，刻意讓她沒有燈光。現在垂在那兒的只是一個空空的燈座。

34

「我可以問一件事嗎？」海兒在早餐時說。從桌子中央的那堆吐司裡拿了一片，正要抹上橘子果醬，可是旋開罐子卻看見上面有厚厚的一層黴菌，立刻就覺得胃口變小了。

「嗄？」哈爾丁抬起了頭，他正俐落地給吐司抹奶油。「問問題？好啊。什麼問題？」

「聖丕蘭村。有多遠？」

「喔……四哩路。幹嘛？」

「我在想……」海兒吞嚥一下，手指扭絞著毛衣脫了線的邊緣。「我在想今天早上要散步去那邊。我們有時間嗎？我們幾點要和崔斯韋克先生見面？」

「很不幸，明天才見，」哈爾丁說，把吐司切成兩半，刀子在盤子上吱吱響，害得海兒縮了縮。「他好像是個大忙人，所以妳今天想做什麼都可以。不過路可不好走喔，我先告訴妳。這個時節田地都翻過土，所以要穿過田地滿辛苦的，還會弄得滿腳是泥。沿著大馬路走比較好，不過要小心躲車子。」

「我不介意，」海兒說。「我只是——我覺得我需要新鮮空氣。會……會很難找嗎？」

「不算是，」亞伯說。「不過我不確定妳的衣服穿得對不對。」他略懷疑地看著她。昨晚的冷酷消失了，他又恢復了平常那種體貼的態度，但海兒就是忍不住猜測在關切的表相之下是否冰冷的惱怒未消。哪一張臉才是真正的亞伯．韋斯特威？「外頭非常冷。康瓦爾的這個地區不常下雪，但是昨晚降霜了。」

「我不會有事的，」海兒說。兩手插進帽T的口袋裡，脖子縮進衣領裡。「我非常強壯。」

「嗯，妳看起來可不像。」亞伯說，朝她慈祥地眨眨眼。「那，如果妳真的要去，就穿我的散步外套，就是前門釘子上掛的那件紅色的。妳穿太大，不過起碼可以擋風，萬一下雨了，也不會淋成落湯雞。天氣預報今天下午會下雨。等妳到了聖丕蘭如果下大雨，或是妳累得走不動了，打電話給我，我到郵局外接妳。」

「好，」海兒說，站了起來。「我乾脆現在就走——趁著天氣還晴朗。這樣可以嗎？」

「我沒意見，」亞伯說，舉起兩隻手，露出苦笑，眼角出現魚尾紋。在晨光下，他的眼眸突然很藍。「我又不是妳爸爸。」

出了前門，海兒拿出手機，打開地圖，輸入了地址：康瓦爾聖丕蘭村峭壁屋四號。圓圈轉動，手機計算著距離以及步行時間，接著出現了路線——沿車道而下，接上大馬路。她迎向了霜冷寒風，把手機塞進亞伯的散步外套的口袋裡，隨即出發，風吹著她的臉，手機在她的掌心裡暖烘烘的。

我不是妳爸爸。

他為什麼要這麼說？跟她的臆測太接近，讓人不舒服，害她不知該如何回答——結果她只能張口結舌，倉促離開房間，隱藏她的震驚。他知道什麼嗎？他和艾佐拉談過？海兒對艾佐拉在從彭贊斯回來的車程中的隨口詢問並沒有多想，但這時他說的話回到了她的腦海，而她發現自己在猜測這三兄弟知道多少。

亞伯的話乍想之下完全合乎常理，就像艾佐拉的問題也都是合情合理的問題。別人想知道你從何處來，你是誰，海兒一輩子都在面對這些問題。「妳爸呢？」「他是做什麼的？」遊戲區的每一個兒童都會這麼問，想要估量你這個人。甚至，更惱人的，「妳為什麼沒爸爸？」成人在問這些問題時比較委婉——「妳有親戚嗎？」或是「妳父母健在嗎？」但是骨子裡問的是同一件事。

你是誰？你為什麼不知道？

海兒的母親仍在時，這些問題似乎不怎麼重要。當時她知道她是誰——至少她以為她知道。可現在這些問題跟她自己的想法齊聲吟唱，她好想尖叫。

因為最糟的地方就在這兒。不是沒有父親，甚至不是不知道。

而是謊言。

*妳怎麼能騙我？*她心想，重重踩著蜿蜒的車道前進，經過了虬曲的紫杉樹，樹上的喜鵲盯著她走過，穿過氣派森嚴的大鐵門。

妳知道，妳卻騙我，而且妳還不讓我問那些問題，我明明有權知道答案的。

她從來沒有恨過母親——從來沒有。無論是家裡沒錢，而其他孩子有滑輪鞋和寶可夢卡，她卻只有實穿的鞋子和她自己在小紙片上畫的圖的時候。無論是電費沒繳她們得點一個星期的蠟燭，從朋友那兒借小瓦斯罐煮飯的時候。無論是她的鞋子穿底了，而她母親回家晚了，錯過了家長會和班上的戲劇表演，因為她沒辦法少賺一個客人的錢的時候。

她都諒解——她的母親也不是有意要這樣的。無論她們擁有的東西有多少，她們都會分享——美好時光和倒楣的時候。有錢時，就會有額外的東西。遇上了困難，兩人一起忍受。她竭盡全力。她都是為了海兒。

但是這個——這件意外的事實……不是她為海兒做的。是她一直埋藏在心裡的——她分明可以告訴她，卻寧可自己藏著掖著，仔細守護。

為什麼？那個在那天掌鏡的男人究竟有什麼見不得人的地方，那個她母親穩穩凝視著眼睛的男人，那個她深愛的男人？

她的牛仔褲口袋裡裝著那疊信——從彭贊斯寄出的信——她在床底下找到的。她花了很長的時間解讀，但總算是讀完了全部。這些是茉德和瑪姬的來往信件，而她們在計畫逃走。信上沒有日期，但從事情的先後順序來看，海兒覺得最上面的一封是最後的一封——就是她在拆開包裹時讀了一點的那封。這時，她從後口袋裡拿出來，一面沿著海岸路前進，讓風吹著她的臉，凍裂她的嘴唇；她咬著下唇，嚐到了鹹味。

親愛的茉德，

我託莉姬把這封信寄給妳，因為我不敢跟別的信件放在一起。我好高興妳幫我們找到了公寓。請別擔心訂金的事——我父母留給了我一點錢，其他的我會——天啊，我不知道。我會在布萊頓碼頭算命，或是在海濱看手相。只要能離開，我什麼都肯做。我從沒想過我會這麼寫，但是我很怕——真的很怕。

回信讓莉姬代轉，她的地址在下面。她來打掃時會帶給我——如果寄到大屋來，**妳也知道誰**會拆開來看，那就慘了。

我愛妳。還有拜託趕快。我實在應付不下去了。

瑪
X

底下有個地址：康瓦爾聖丕蘭村峭壁屋四號。海兒手機上的地址。

紙張在風中簌簌響，海兒把信折好，但是信上的文字卻揮之不去。我很怕——真的很怕。她在漫長的火車旅途中一直想著這句話，每個字都隨著車輪的滾動聲而搖晃。

她第一次讀這封信時，是縮在沙發上，手機擺在腿上，她想像的是她的伯母站在斗室的門口，拉上門栓。也可能是華倫太太，壓低聲音氣憤地謾罵，還有她的痛恨。但現在，海兒卻不免懷疑。因為她的母親一直都……可能不能說是無畏無懼，但總是充滿了勇氣。海兒記不起有哪次她因為害怕而閃躲什麼。因為那很愚蠢——對。因為那很冒險，而她有個孩子得保護得撫養。可只是因為她害怕——不，不可能。如果有什麼事很困難卻是必須面對的，海兒的母親就會去面對。

是什麼讓她害怕到從康瓦爾大老遠逃到這個國家的另一頭，而且從此絕口不提這段時光？海兒很好奇。天空漸暗，烏雲像是要下雪了，氣溫下降，她忽而有所悟。她也害怕。不僅是害怕她即將要做的事情，也害怕到頭來她可能發現的事情。

35

聖丕蘭與其說是個村莊還不如說只是沿著街道和巷弄兩側集中的屋舍，漂流木似的，迂迴轉向海邊。有一處農場，強壯的小綿羊蹲伏在灌木樹籬邊，躲避寒風。還有加油站，窗板關著，窗上掛了一張厚紙板寫著：加油就打電話給比爾．南凱羅或是敲木屋拿鑰匙。

舉行葬禮的那所教堂卻不見蹤影，但是海兒沿著主街而下，聽到了遠處有教堂的鐘聲在報時——緩慢地敲了十下，鐘聲滿淒切的。

最後，海兒看到了一個紅色郵筒，旁邊是一個電話亭突出在馬路上，她繞過街角，看見了亞伯說到的郵局。她的手機在亞伯的外套口袋裡震動，指示她轉彎，她掏出手機，再次查看路線，看到她應該要左轉接上一條未鋪柏油路的馬路，經過一排磚砌社會住宅，花園大小適中，屋頂低矮，防風門斗都關著，抵禦海風。街角有招牌寫著峭壁屋，海兒覺得心跳加速。

四號的屋前有一片方形的結霜草皮，一條鋪得亂七八糟的小徑直通前門，海兒發現兩手在發抖，不只是因為冷，她舔舔唇，把頭髮塞到耳後，走上了花園小徑去按門鈴。

屋子內部響起了新穎的鈴聲。海兒等待著，心臟跳得很用力，聽見了拖曳的腳步聲，看見門上的玻璃後有人影接近。

「誰啊？」走上防風門斗的女人大約四、五十歲，非常圓潤，鬈髮染成了不怎麼自然的黃色，幾乎跟她仍戴在手上的黃色膠皮手套的顏色一樣。但是她的臉卻透著慈祥，而海兒發現自己儘管緊張，仍是鬆了口氣。她吞嚥一下，後悔沒花更多時間練習該說什麼。

「哈囉……我……呃……很抱歉打擾妳，不知道妳認不認識一個叫莉姬的人？」

「我就是莉姬，」女人說。雙手抱胸。「有什麼事嗎，親愛的？」

海兒覺得心跳加快，充滿了希望。

「我——」她又舔唇，嚐到鹹味，這裡似乎到處都瀰漫了鹹味。「我——我想妳認識我母親。」

在回康瓦爾的火車上，海兒反反覆覆思索著該說什麼，該如何措詞。她想像了一堆的表親……假名……甚至還重新啟用莉兒·史密斯來當別名。

但是門一打開，莉姬一現身，那張圓潤親切的臉龐，那一口有如濃縮奶油般又軟又醇的康瓦爾口音，竟讓她那一切作假的想法都不翼而飛，而她脫口而出的話是她最不想說的。實話。

眼下，她坐在莉姬的客廳裡，故事滔滔不絕，快得海兒幾乎都沒時間考慮。

她母親的死，窘迫的生活。崔斯韋克先生的信，以及對這個誤會抱著一絲絲搖曳不定的希望——緊接而來的是越來越深信不可能是真的。發現照片以及閣樓房間門上的門栓所帶來的不安，夜半逃回布萊頓。還有最後，她母親文件中的日記，以及信件，以及引她到此的轉交地址。

「喔，親愛的。」莉姬紅潤的圓臉寫滿了關切，往後靠著抱枕，用手搧臉。「喔，老天，妳怎麼會攪進這樣的麻煩裡啊。妳都沒跟他們說？」

海兒搖頭。

「可是我會說的。我知道。我不說不行。我只是——我不……」她頓了頓。「我想在自斷退路之前能了解多少就了解多少。」

「唉，我會把知道的都告訴妳，可是我知道的也不多。過去太多年了，從她們離開之後我再也沒見過她們，所以我只能告訴妳這裡發生的事。妳媽，她來這兒……那是哪一年呢？……一九九四年。應該是吧。春末夏初吧，我記得她是從彭贊斯車站搭計程車來的，那天很冷，那些討厭的喜鵲飛來繞去的，跟平常一樣呱呱叫。她是個可愛的女孩子，妳媽媽。漂亮，而且客氣，總是很願意聊天。而她的親戚呢……不曉得。他們不怎麼愛交際，總是他們和我們，就是村子裡的人，分得清清楚楚的。我想是因為他們自己住在那棟大屋子裡，而我們都在這邊，那麼久的時間他們也習慣了。可是妳媽是在別的地方長大的，她就不一樣。我應該要打掃的時候我們老是在聊天，而華倫太太——要命，她的舌頭可不饒人，她就會過來拿她的茶巾打我，痛死人了！然後她會說：回去幹活，莉姬，他們可不是付錢讓妳來杵在這兒瞎扯淡的。

「可我老覺得……唉，我想老實說，妳媽很寂寞。她失去了爸媽，來這裡是想找到家人，結果卻找到了什麼？閣樓上的女傭房間，還有她伯母和堂兄妹的冷眼。」

「可……可是茉德不會吧？」海兒說。「日記裡茉德好像是她的朋友。」

「那是後來。可是茉德……喔，她是個怪咖，從小就是。我十五歲就開始到她家去打掃了，知道嗎，她那時一定只有五、六歲吧。我記得她站在那兒看我打掃，兩手扠腰，我跟她說話，想跟她做朋友，像是我喜歡妳的衣服，茉德，好漂亮。她就一甩頭，說：『我寧可別人讚美我的頭腦而不是我的衣服。』我實在是忍不住——噗哧一聲就笑了起來。喝，她可氣壞了，幾個禮拜不跟我說話。不過跟她熟了之後就會知道在像刺蝟的外表下，她是一個親切的小東西，而且如果她覺得什麼是錯的，就會兇得不得了。我在那兒幾年以後發生了一件丟錢的事情，華倫太太訊問每一個佣人，我是最後一個打掃放錢的那個房間的。我都已經做好被炒魷魚的打算了，可是茉德大步走進廚房裡，像個復仇天使，華倫太太叫她出去她也不理，只是說：『可惡，華倫太太，拿錢的是亞伯，妳明明知道。我們都知道他會從母親的錢包裡偷錢。所以，少煩莉姬。』說完她就氣沖沖出去了。那時她最多才十歲。唉唷，妳看我囉哩八嗦些什麼，妳又不想聽這些。」

「不……」海兒慢吞吞地說。「不，沒關係……說實話……我母親從來不談她在這裡的生活。能知道這些事滿……滿有趣的。我都不知道她有個跟她一樣名字的堂妹，更別說亞伯、艾佐拉、哈爾丁這些人了。我真希望她跟我說。我不知道她為什麼不說。」

「我想住在這裡對她來說並不是非常快樂的一段時間，」莉姬說，親切的眼眸失去了光彩，表情突然變得憂傷。「她在她父母過世後才來這兒的，然後不到幾個月她就惹了麻煩——有了妳，我猜一定就是這樣。當然一開始我們什麼也不知道，起碼我是不知道。可是到了十二月就開始有人說閒話了。她整個秋天都不舒服，就有人開始嚼舌根，降臨節之前，她的肚子就藏不住了。她只是個瘦巴巴的小東西，雖然她開始穿寬鬆的衣服，大家還是看得出來不對勁。而且她有那種表情——我也說不上來，可是你就是會知道。臉有點腫，她以為沒人看的時候會撐著腰。我見過，所以我知道。我覺得唯一沒有起疑的人是韋斯特威夫人，而等她發現以後——喝，簡直就像是埃及的瘟疫臨降到那棟屋子裡了。門甩來甩去的，可憐的小瑪姬被關在房間裡一連好幾個禮拜。她受不了看見她，韋斯特威夫人說，餐盤送上去拿下來，她好像一直在哭。我們接連幾個禮拜在屋子裡都提心吊膽，一直到聖誕節，猜不透是出了什麼事，誰又是孩子的爹。我們猜是她的同學，不過就算她知道，她也始終沒說。」

「不是的，」海兒情急之下插嘴。「她知道的，所以我才會來這裡。我是希望妳能幫我查出來。是那年夏天某個來崔帕森園住的人，一定是在八月。一個藍眼睛的男人，也可能是男孩子。妳知道可能是誰嗎？」

「來住？」莉姬皺眉。「我倒不知道。那些孩子請朋友來住最多不過兩三次。艾佐拉有一次請了一個同學來吧，不過我記不清是那年夏天或是前一個夏天。我也不記得他的眼睛是什麼顏色的。還有亞伯，他請過幾個住在康瓦爾和北得文的大學同學，有時候有一個會來玩一天，尤其是在韋斯特威夫人不在家的時候。她不在家裡屋子就像變了一個模樣。對不起，」她又說，看見了海兒的表情。「真希望我能幫得上忙，可是要是我說我記得，那才是騙人的。而且那家的孩子慢慢長大之後我一個星期也只去兩次。那時候韋斯特威夫人沒有錢再每天雇人打掃了，而且我也有了自己的孩子。」

「沒關係，」海兒說，卻覺得心臟像消了氣的氣球，她並未知覺到的一片希望的埤塘排光了。「跟我說……說之後發生的事。關於這些信。」

「唉，那才是真正的醜聞。茉德在十二月得到了牛津某個學院的面試機會，她不在家的時候韋斯特威夫人跟妳母親之間的情況就變得非常壞。我實在不應該這麼說，可是每次我離開那棟屋子，我都會覺得慶幸。我聽到韋斯特威夫人對她尖叫，雖然她們是在閣樓上，她逼妳母親把孩子的爹供出來，什麼威脅的話都說過了，妳母親只是又哭又哀求。有一次我看見她到洗手間，眼睛青了一隻，嘴唇也破了。我現在真後悔當時沒做點什麼，可是……」她沒說完，海兒看見她眨眼，揉著眼角。「唉，茉德回來了，她好像是看見了光之類的，她跟我說她得到了一個無條件的提議，大概是某間女子學院吧，她不必再念書了，差不多是這樣。可是她叫我不准告訴她母親，一月時她又得到了一個面試機會——至少她是這麼說的。後來，我會想是不是真有面試，還是說只是離開家的藉口。然後她們就開始通信了。瑪姬在這裡，寫信給茉德——有時在牛津，有時在布萊頓。而茉德在那邊，寫信回來，我真覺得像個連喘氣的機會都沒有的郵差，來來回回地跑。可是那時我真的為妳媽害怕，怕韋斯特威夫人會狠下心，把她打得流產什麼的。所以我很高興能幫忙。」

「妳知道信裡寫什麼嗎？」海兒問。她幾乎屏住呼吸，等著聽答案，但是莉姬搖頭。

「沒有，我沒拆開。我只看了一次——那是因為妳媽沒信封，叫我幫她裝進信封裡。那是最後一封。」

「上、上面寫什麼？」

莉姬低頭看著大腿，粉紅色的手指煩躁地擺弄著膝上的橡皮手套。

「我沒看，」她終於說。「我不是那種人。可是信折的方式露出了一行字，我實在是忍不住，從此之後那行字就黏在了我的腦子裡，甩都甩不掉。上面說：我告訴他了，茉德。比我預期的還糟。拜託，拜託快點。我很怕現在可能會發生的事。」

一陣漫長的沉默。莉姬重溫那段過去的回憶，海兒則在心裡反覆沉吟，感覺到心底逐漸升起冰冷的恐懼。

「誰——」她最後說，卻沒說完。

「誰是信裡說的那個他？」莉姬問，海兒麻木地點頭。莉姬聳肩，圓潤愉快的臉龐變得嚴肅，而且相當哀傷。「我不知道，可我總認為……」她咬住嘴唇，而海兒在她說出來之前就知道了。「我總以為她是終於把懷孕的事告訴了妳父親，而她怕的就是他。對不起，親愛的。」

「那……」海兒發現嘴唇很乾，舔了舔，喝了一口莉姬在兩人坐下來時準備的茶，已經變冷了。「那……後來呢？我知道我母親搬到布萊頓了，也生下了我。那茉德呢？」

「唉，那才是天下大亂呢，」莉姬說。露出了微笑，喝了一大口茶才放下。「大概是一月底吧，不然就是二月初。茉德從牛津或是她應該在的地方回來了，不過我知道事情還沒完。還是有信件來來回回的，茉德在門廳悄悄講電話，看我從轉角走出來，嚇得都跳了起來，跟賊一樣。換作是別人，我會以為是男孩子，但是我知道不是那回事。

「她們離開的那晚我不在，可是我隔天去打掃，屋子裡像炸了鍋一樣。兩個女孩子是晚上溜走的，好像只帶了衣服，而且連張字條也沒留。韋斯特威夫人把閣樓房間和茉德的房間拆了，說的話我希望這輩子都不會再聽過——髒得不像話，連對自己的女兒嘴上也不留情。可是他們一直不報警，我知道的，因為我小叔就是警察，他說並沒有兩個女孩逃家的正式紀錄。可能韋斯特威夫人是怕家醜外揚吧，誰知道。所以到頭來，她就這麼放過她們了。茉德，也可能是瑪姬，我一直不確定，寄了封信到屋子去——我會知道是因為我看見了信封擺在走廊桌上，我當信差當了那麼久，認出了筆跡——她們倆的筆跡都差不多，可是絕對是其中一個。我不知道信上寫了什麼，可是我從客廳門裡看到韋斯特威夫人讀了信。她讀完就把信撕了，把碎片丟進壁爐裡，還吐口水。」

「就這樣？」海兒遲疑地說。「妳就再也沒有她們的消息了？」

「就這樣，」莉姬說。「後來還有一件事。三月的某一天我收到了一張從布萊頓寄的明信片，上面只寫了『謝謝妳，瑪X』，也沒有回信地址，但是我知道是誰寄的。」

「而她們再也沒回來過。」海兒說，一面驚訝地搖頭，但是莉姬卻點頭回應。

「不，我可沒有這麼說，我是再也沒有她們的消息了，可是瑪姬，她回來過。」

「什麼？什麼時候？」

「生了妳之後。我不在那兒，所以不知道是怎麼回事，可是我知道她回來了，因為比爾・湯瑪斯那個時候在彭贊斯開計程車——他現在早就死了——是他把她載到大屋來的，後來才跟我說。他說他把她載過來，還問要不要等她，可是她說不用，她需要車的話會打電話。他說她臉上有一種表情，像是要上戰場的少女。『聖女貞德』的表情，他是這麼說的。」

「可是為什麼？」海兒發現自己皺眉搖頭。「她為什麼要回來，她不是一心想要逃走嗎？」

「我不知道，達令。我只知道那是最後一次我有她的消息，兩個都是，從那次以後她們就再也沒回來過了。我常常想到她們——想到那個孩子，妳，我猜就是妳！我常常想她們現在怎麼樣了。妳說妳媽在算命？」

「塔羅，」海兒說，覺得有點麻木，莉姬所說的消息給她的打擊不小。「她在布萊頓的西碼頭有一個算命亭。」

「我一點也不意外，」莉姬說。圓臉綻開笑容。「喔，她可真愛她的塔羅牌啊，當上好的瓷器一樣寶貝。而且她幫我算過好幾次。她說我會有三個孩子，而我真的生了三個。那茉德呢？我一直覺得她會在哪所女子學院當大學教授。她想學歷史，我記得。她跟我說：『從歷史中就能學到處理現在的方法，莉姬。所以我才喜歡歷史。無論現在的人有多邪惡，從前總是有更邪惡的。』所以我才會這麼猜。」她又喝了一口茶，藍眸在杯緣上閃著光。「倫敦大學的歷史教授，我打賭。我猜對了嗎？」

「我不知道，」海兒說。喉嚨緊縮，設法開口說話時，聲音僵硬沙啞。「我沒見過茉德，至少我不記得見過。我母親從來沒提過她。」

「那她就……就失蹤了？」莉姬問，挑高了眉毛，淡淡的金色眉毛幾乎消失在她的金黃劉海中。

「大概是吧，」海兒說。「不過無論她是去了哪裡，一定都是在我能記得她的臉之前就走的。」

36

走回崔帕森園的時間比來時久。海兒拒絕了莉姬要送她回來的好意，步行的時間久部分原因是上坡路，而且也下起了雨來，馬路邊緣變得泥濘，使得她每次經過一處隔離墩的深水坑時都得停下來等車輛過去，否則就會被車輪濺起的泥水弄濕。

不過，部分原因是她故意走得很慢，想要在以真相面對哈爾丁和他的弟弟之前釐清混亂的思緒。

她必須全盤招供——這一點她知道，即使是在莉姬說出這句話之前。她早就知道，海兒心想，即使是在她離開布萊頓之前。她一直在躲避整體情況——躲避她知道她必須做的坦白。

她努力想像那些話。

我說了謊。

我從來到這裡開始就一直在說謊。

我母親不是你們的妹妹。

她一想到這裡就覺得想吐——哈爾丁和亞伯昨天歡迎她回來時那種寬慰之情，幾乎就像是把她當成他們的親妹妹終於回家了。而她又要剝奪這一切了——又讓他們回到在海兒走入他們的生命中之前，他們忍受了幾十年的不確定。他們會如何反應？

哈爾丁會勃然大怒，七竅生煙。亞伯會大搖其頭——海兒幾乎能看見他眼中的失望。艾佐拉呢？艾佐拉她不知道。他可能是三兄弟之中最能夠平靜接受這個消息的人，說不定還會一笑置之。但是她想到在他談起姊姊失蹤時幾乎壓抑不住的憤怒和傷心……一時間，她也不敢這麼肯定了。

不過無論發生了什麼，無論他們對海兒有多生氣，一旦哈爾丁接受了實情，他至少會覺得鬆了口氣，因為海兒就失去了繼承權……然後呢？很可能又繞回原點，很可能被當成他們的母親沒留下遺囑。

幸好蜜琪不在這裡——一想到在蜜琪面前坦白，那麼親切的一個人……海兒幾乎懷疑她有沒有辦法能做到。

可是莉姬知道——而這件事帶來一種令她放心的感覺，因為沒有回頭路了，這下子海兒是不能打退堂鼓了。她必須要硬起頭皮衝過去，道歉，再……再怎樣？應該是去找崔斯韋克先生吧，解釋所有的事情。

但是在這些想法下還埋著另一層想法，更令人心亂。在這一切之外還有一樁不可改變的事實：茉德依舊下落不明——而且似乎沒有人知道她的遭遇。

海兒一邊走一邊想她，想那個極其聰明的孩子，給莉姬和崔斯韋克先生留下既好玩又敬佩的印象。想著瑪姬日記中的那個女生，跟韋斯特威夫人吵架，維護瑪姬的秘密。也想著她想要變成的女人——自由，受教育，獨立。她成功了嗎？她果真幫助了堂姊逃出崔帕森園，自己也消失無蹤，在別處拓展了人生？有可能。機會卻不高——而且太奇怪了，這麼多年之後，海兒的母親始終不提她的名字。無論瑪姬有多想把崔帕森園的不愉快都拋在腦後，把一個對她幫助那麼多的女人徹底抹煞掉，似乎是沒良心到令人難以相信的地步。

但是，另一種可能就更讓人不安了——就是瑪各麗妲・韋斯特威死了。

37

等海兒走到大鍛鐵門時，她已經全身濕透，冷得發抖了。她極其感激亞伯要她借用他的散步外套，可是兜帽太大了，無論她把拉繩拉得有多緊，總是被風吹掉，雨水也從她的頸後往下流，浸濕了她的T恤。

她用一隻手按著兜帽走了大約一哩路，雖然盡可能把手指頭縮進袖口，她的手還是又青又冷，到最後她不得不放棄兜帽，把兩隻手塞進外套口袋裡。

海兒推開了大鐵門，樞紐吱嘎響，低沉哀怨的聲音穿透了雨幕，害她發抖，卻不是只因為冷。那個低沉幽長的聲音害海兒的頸背寒毛倒豎，就好像房屋本身在痛苦呻吟，奄奄一息。

等她走到大屋，雨中又夾了一點雪，細小的冰片刺痛她的臉頰，害她想流淚，而儘管驚懼，她很慶幸能躲到門廊上，這裡沒有風，她也能甩掉身上的水。她進門脫掉了亞伯的外套，看著地磚上積水，感覺皸裂的手指漸漸恢復了知覺，血液回流，帶來了刺痛感。她能聽見男性說話聲從會客室傳來，她深吸一口氣，把外套掛在鉤上，穿過走廊到半開的門前。

「海兒？」亞伯轉頭看著海兒怯生生地進來。「我的天啊，妳簡直像是一隻溺水的老鼠。妳為什麼不打電話給我？」

「我走一走覺得很舒服。」海兒說，移向壁爐前，想要掩飾格格響的牙關。她並不算說謊。

她並不享受這一趟，不盡然，但是她也不想坐車。她需要時間來讓頭腦清楚，構思該說的話。

房間對面的沙發上趴著艾佐拉，正用手機在答覆什麼，海兒經過時他抬頭，訕笑了一聲。

「我還沒見過這麼又濕又髒的一個人。妳恐怕錯過午餐了，不過如果妳需要什麼暖身，我們大概可以闖進華倫太太的虎穴讓妳泡杯茶。不然泡個澡，鍋爐的水應該是熱的。」

「好，就泡澡，」海兒說，很感激有這個藉口。部分的她想要趕緊了結，但另一部分，比較怯懦的那個，卻想抓住任何一根稻草，只求能夠拖延絕對會來的大劫。「哈、哈爾丁呢？」

「在他的房間吧。我猜是在睡覺。幹嘛？」

「喔……只是問問。」

浴室在二樓——只有一間全家人使用，有一個很大的四腳浴缸，佈滿了綠色的銅鏽，角落是馬桶，鍊子一拉就會鏘鎯響吱吱叫，讓海兒想起了大鐵門的呻吟聲。

但是她轉開銅水龍頭，水卻是熱的，水壓也夠強，等她終於坐進滾燙的熱水中，她覺得心裡有根緊繃的弦鬆開了，她一直不知道自己這麼緊繃著。

哈爾丁大舅——我並不是你以為的那個人。

不，又不是在演連續劇。可是她能怎麼說呢？她該如何提起呢？

我回家以後，找到了一些東西……

然後是日記上的記載，彷彿她是剛剛才恍然大悟的。

可問題是，不是實話。

那怎麼辦？

哈爾丁，艾佐拉，亞伯——我一開始就是想要詐騙你們。

說不定在她面對他們三個人時這句話會冒出來。海兒閉上眼睛，沉入水面下，耳朵充滿了自己的脈搏聲，以及滴答的流水聲，驅逐了其他的說話聲。

「海莉葉？」

海兒嚇了一跳，抓緊了毛巾轉過身，哈爾丁的頭正好從某個房間探出來，一看見她，濕淋淋紅通通的，赤裸的肩膀露在毛巾外，他驚恐的表情幾乎就和海兒的感覺一樣。

「喔，我的天，真對不起。」

「我洗了個澡，」海兒沒必要地說。她覺得毛巾一角滑落，趕緊抓上來，把濕衣服抱在胸前，像盾牌一樣。「我正要上樓去穿衣服。」

「好，好，」哈爾丁說，揮著一隻手，表示她想走就走，不過海兒剛轉身他又說話了，逼得她不得不再轉回來，一陣突如其來的穿堂風冷得她全身發抖。「喔，海莉葉，真對不起——在我們跟其他人見面之前，我想說一件事。我不會耽擱妳太久，可是我想——嗳，妳說要簽署遺產繼承拋棄書的提議非常大方，但是很遺憾，我、亞伯、艾佐拉討論過了，艾佐拉在這件事上的態度很強硬。他也是執行人，知道嗎，所以這種建議也得要他同意，而他相當強烈地認為母親的願望應該要尊重，無論她的願望有多反常多引起混亂。我得說他的立場實在是很特別，母親在世時可沒見他在乎過她的願望，不過——唉——就是這樣。反正明天我們會跟崔斯韋克先生討論。」

海兒又發抖，實在忍不住，而哈爾丁似乎這才明白很冷。

「天啊，對不起，我害妳滴水在走廊上了。別管我了，等一下到樓下喝杯琴湯尼吧？」

海兒點頭，因為知道她隱瞞的那些話而僵硬，然後，想不出該說什麼而不會再往她說的那麼多謊言上再添上一條，她轉身就上樓到閣樓了。

大約半小時後她推開了客廳門，發現三兄弟都坐在裡面，圍著咖啡桌，面對著熊熊的爐火。桌上有瓶威士忌和四只酒杯——一只是空的。

「海莉葉！」哈爾丁開心地說。臉孔紅通通的，海兒猜是爐火加威士忌的緣故。「進來喝一杯。恐怕我的琴湯尼提議說得太早了——家裡沒有通寧水。不過我早先去彭贊斯的時候有先見之明，買了一瓶威士忌，所以起碼還有這個可以喝。」

「謝謝，」海兒說，「可是我不太——」

她打住不說。她不喝酒，已經戒掉了。她母親死後她有太多個不醒人事的夜晚，太多次一杯酒變成了好幾杯。可是現在她突然有股強烈的渴望，什麼都好，只要能讓她不緊張，做完該做的事情就行。

「嗯，謝謝。」她說。哈爾丁就幫她倒了很大一杯，推過去給她。

他同時也幫兩個弟弟都斟滿，再舉起自己的酒杯。

「乾杯，」他說，迎上海莉葉的視線。「敬……」他頓住，接著短促地笑了一聲。「敬家人。」

海兒的胃收縮，幸好艾佐拉的冷笑救了她。他大搖其頭。

「我才不要為了那個乾杯呢。敬自由。」

亞伯咯咯笑，也拿起了酒杯。

「說自由有點太苛刻了。我要敬……」他舉起酒杯，沉吟。「敬了結。敬明天會和崔斯韋克先生見面，然後盡快回家去找愛德華。海兒呢？」

威士忌的辛辣刺激她的鼻孔，她旋轉酒液，俯視著棕橘色的閃爍酒液。

「我要敬……」話語湧入——說不出口的話。真相。謊言。秘密。她的喉嚨緊縮。她只能在心中找到一樣可以乾杯的事情，就是擁擠痛苦的真相，等著想噴薄而出。「敬我母親。」她聲音沙啞地說。

一陣漫長的停頓。海兒環視周遭的面孔，手上的威士忌在抖動。哈爾丁舉起酒杯，八字鬍顫動。

「敬茱德。」他說，壓抑情緒而聲音沙啞。威士忌吸引住光線，閃著肅穆的光。

亞伯的喉結上下聳動，也舉高了酒杯。

「敬茱德。」他非常溫柔地說，聲音好低，幸好海兒早知道他說的是什麼話，不然的話就根本無法確定。

艾佐拉一言不發，只舉高酒杯，深色的眼睛因為哀傷而明亮，海兒不太敢看，因為太痛苦了。四個人，靜坐片刻，舉著酒杯，沉默地懷想，突然間，海兒再也受不了了。她一仰頭，三大口就把威士忌喝光了。

一陣短暫的沉默，緊接著哈爾丁爆出顫巍巍的放心大笑，而艾佐拉則緩緩鼓掌。

「好樣的，海莉葉！」亞伯挖苦說。「我沒想到妳會有這樣的酒膽，妳這隻小老鼠。」

又來了。小老鼠海莉葉。但不是真的，從來就不是真的。在她母親過世後，她把自己弄得卑微渺小，但是她展示給世人看的表相卻不是真正的她。

在她內心是有鋼鐵般的力量的——海兒悟出就是這份力量讓她的母親能夠逃出崔帕森園，在陌生的城市重新開始，懷著孩子，又舉目無親，為她的新生兒打造一個人生。在她的心裡，在低調謙遜的表層和單調的衣服下，有一個極具彈性的核心，會讓她不停奮鬥，奮鬥，奮鬥。老鼠會躲起來，偷偷摸摸快跑，面對危險會呆住，讓自己變成獵物。

不管海兒是什麼人，她都不是一隻老鼠。

而且她也不會是任何人的獵物。

哈爾丁大舅——我並不是你以為的那個人。

她把酒杯放下，震得托盤嘎嘎響，她清清喉嚨，臉頰發燙，因為知覺到她即將做什麼。她想起了第一晚華倫太太的表情……像某人看著一群鴿子猛地發現有隻貓從附近樹下悄悄潛近。像某人往後站……然後等待。

「那，」哈爾丁開口說話，卻被海兒打斷，知道她要是現在不做，可能就不會做了。

「等等——我有話要說。」

哈爾丁眨眨眼，微微有些著惱，而艾佐拉的嘴角抽動，好像是看見哥哥不自在覺得好玩。

「喔，好吧。」哈爾丁一隻手揮了揮。「請便。」

「我——」海兒咬著嘴唇。她離開峭壁屋後就一直在心裡反覆琢磨這一刻，但是得體的話就是說不出口，而突然間，她知道了，是因為根本就沒有得體的話，無論她怎麼說都不會讓這件事變成沒什麼大不了的。「我有事情要告訴你們，」她又說一次，隨即站起身，不太知道是為什麼，卻覺得沒辦法放鬆地坐在沙發上。她覺得自己是要開打了，要防禦自己。她的頸部和肩膀肌肉都因為緊繃而痠痛。

「我回布萊頓後發現了一件事。我之前還不確定，可是我看了我母親的文件，發現了——」

她吞嚥一下，口腔突然好乾，真後悔剛才威士忌喝得太急，沒留下一口來。哈爾丁在皺眉，亞伯突然身體僵硬，在椅子上前傾，表情佈滿了驚懼。只有艾佐拉一副與己無關的模樣。他雙臂抱胸，帶著興趣凝視她，像是某人在看人做實驗。

「什麼啊？」哈爾丁說，語氣略帶不耐。「妳發現了什麼？有話就說，海莉葉。」

「瑪各麗妲．韋斯特威——你們的妹妹——不是我的母親。」海兒說。

她覺得有塊大石頭滾落了，但是她卻不覺得鬆快，反而只覺得痛，還有一種恐懼，等著大石頭滾落的衝擊。

漫長的沉默。

「我——什麼？」哈爾丁終於說。瞪著海兒，胖臉漲得通紅，是被爐火烤的，抑或是被海兒的話嚇的，她不確定。「妳說什麼？」

「我不是你的外甥女，」海兒說，又吞嚥了一口。眼淚不知打哪兒冒了出來，要讓眼淚流下輕而易舉——博取他們的同情——但是想到這點卻讓她硬生生把眼淚吞回去了。她不要扮演被害人，她受夠了欺瞞。

「我應該早就該知道的——有些……事情兜不攏。可是一直到我回家，看了我母親的文件，想追根究柢，我才發現……發現了日記……信件……才弄清楚這件事是天大的誤會。我母親不是你們的妹妹，她是瑪姬。」

「我的天啊。」說話的是亞伯，聲音木然，充滿了驚愕。他雙手捧著頭，似乎是想堵住腦袋裡的紛雜思緒，不讓它噴發。「我的天啊，海兒——可是這個——這個——」他住口不語，搖著頭，像是喝醉了，想對衝擊表示滿不在乎。「我們怎麼會沒看出來？」

「可是——可是等等，那就表示遺囑是無效的。」哈爾丁脫口而出。

「幫幫忙！」艾佐拉說，冷笑了一聲。「錢？你就只想到錢？遺囑可不是最重要的事情。」

「是遺囑把海莉葉帶到這裡的，所以我覺得滿重要的，對！」哈爾丁回嗆他。「而且錢壓根就不是重點。我對你的暗示非常不滿，艾佐拉。是——是——喔，拜託，我們才剛要把這整個混沌蒙昧的情況理出一個頭緒來——母親到底是怎麼想的？」

「問得好。」亞伯聲音低沉地說。垂頭喪氣坐在椅子上，兩手仍捧著頭。

「可是——可是妳的名字在遺囑裡，」哈爾丁慢吞吞地說。他有那種第一波的震驚逐漸消退的樣子，正要回溯腳步……想要把事情都拼湊起來。「還是——等等，妳是說——妳根本不是海莉葉．韋斯特威？那妳究竟是誰？」

「不！」海兒立刻就說。「不，不，我是海莉葉。我保證。我母親也真的是瑪各麗妲．韋斯特威。不過我想你們的母親一定是請崔斯韋克先生去追查她的女兒。」海兒的臉覺得僵硬，手指冰冷，儘管爐火很旺。「結果兩條線索卻交錯了，而他找到的是我的母親，他不明白他是把兩個人搞混了。我覺得他一定是向你們的母親回報說找到了你們的妹妹，可是她死了，留下了一個女兒。所以她才會把我寫進了遺囑裡——她並不知道我不是她的外孫女。」

「那妳怎麼會不知道？」亞伯說，但聲音中不含怒氣，只有迷惑。他抬頭看海兒，眼睛充滿了困惑的痛苦，她並不能全然理解。「一定有事情兜不攏——讓妳懷疑——」

他停住不說。海兒覺得自己變得僵硬謹慎。來了，最危險的一步來了。因為他說得對。

她強迫自己不要再踱步，然後坐下來，她母親的聲音在她的腦海中響起。*如果妳忍不住想要倉促回答——就慢下來。讓他們等妳。給自己時間思考。我們總是會在慌張的時間摔跤。*

「嗯……」她慢吞吞地說，不自在地欠動，沙發彈簧吱呀叫，煙囪裡風聲呼嘯。「嗯……有些事情。不是一開始——可是後來……你們得了解……我的名字，寫在遺囑上。媽又從來不提她的童年。她沒提過在康瓦爾有兄弟或是房子，她沒說的事情太多了。她也沒提過她的父母或是我的父親，我也只當這是我不了解的一部分。而我是那麼想要——」她的聲音游移，因為這是真話。「我是那麼想要這件事是真的。我想要這個——這一切——」她揮揮手，比著房間，比著爐火和屋子，比著坐在她四周的人，都帶著程度不同的疑惑和氣惱和不解看著她。「家人。安全。一個家。我全都太想要了。崔斯韋克先生的信——感覺像是在回應我的祈禱——所以我大概是對疑問視而不見了。」

「我能理解，」亞伯沉重地說，站了起來，雙手揉臉，突然看來非常老，比四十幾歲還要老。「天啊，真是一團糟。但至少妳現在跟我們說了。」

「哼，我明天就會跟崔斯韋克先生說幾句難聽的話，」哈爾丁說。他的臉孔擔心得成了紫色。「這已經非常接近某種的——專業上的疏忽了！老天才知道我們要如何解決這團法律上的亂麻。感謝上帝我們在取得暫緩執行令之前先發覺了！」

「要命喔，」艾佐拉壓低聲音說。「我們能不能先別唸叨這個天殺的遺囑？你現在大概能拿到錢了，這樣還不夠嗎？」

「我很討厭——」哈爾丁開口，語氣更激烈，但是他被很響的一聲鐺打斷了。人人都嚇得哆嗦，哈爾丁在噪音消失時，把酒杯重重放下。

「拜託，華倫太太！」他大吼，打開了客廳的門。「我們全都在這兒。有必要亂敲嗎？」

她來到門口，雙手扠腰。

「晚餐好了。」

「謝謝。」哈爾丁說，滿粗魯的。他交抱雙臂，看著亞伯，似乎在詢問他什麼問題。海兒不太看得懂哈爾丁的表情，但是亞伯顯然了解，因為他聳肩點頭，相當不情願。

「華倫太太，」哈爾丁沉重地說，「在我們進餐廳之前，有件事我們應該說一下，因為也與妳有關。原來——」他瞧了海兒一眼——「崔斯韋克先生在擬定母親的遺囑時很不幸犯了一個錯。海莉葉不是茱德的女兒，她其實是瑪姬的孩子，海莉葉在翻閱她母親的文件時才發現的。天知道崔斯韋克先生怎麼會犯下這麼遺憾的錯誤，但是很顯然，由於這一點，遺囑就失效了。我不確定接下來會怎麼樣——我猜必須要按照未立遺囑的法條來辦理。不過事情就是這樣。」

「我從來就不覺得她是。」華倫太太說，雙臂抱胸，枴杖以手肘壓著。哈爾丁眨眼睛。

「妳說什麼？」

「她當然是瑪姬的孩子。有腦袋的人看一眼就知道。」

「什麼？那妳為什麼都不說？」

華倫太太微笑，兩隻眼睛在爐火的昏暗火光下，海兒覺得似乎在閃爍，像寶石。

「啊？」哈爾丁又質問。「妳是說妳百分之百肯定，卻什麼也沒說？」

「不是百分之百肯定，不過這是常識。再說了，又不關我的事。」

「哼！」這一次爆發的情緒是難以置信，但是華倫太太已經轉身，重重踩上了漫長的走廊，枴杖也一路響著。

「你們聽見了沒有？」哈爾丁問沉默的一群人，卻無人回答。

最後艾佐拉轉身走了出去，肩膀下垂，叛逆地沉默著。亞伯搖頭跟了上去。哈爾丁也轉過身去，只有海兒留在原地。

她的手仍然在發抖，她愣了愣，在壁爐前烤火，想讓麻木的手指恢復知覺。

正要離開，壁爐中的一塊煤突然著火，噴出火星，落在了地毯上。海兒正要去踩熄，卻發現自己沒穿鞋——她把濕透了的鞋子脫在門口。所以她就拿了撥火棒，把火星弄滅了。

地毯上燒出了一個洞，還在冒煙，底下的地板也燒到了，但是沒有辦法能補救了。海兒往下看，看到不是只有這個洞，還有三、四個更大的洞，有一處連地板都燒掉了一些。她嘆口氣，把撥火棒插回去，轉身要走，卻發現華倫太太站在門口，擋住了去路。

「借過。」海兒說，但是華倫太太不讓開，而片刻間海兒有個最怪異的想法，想要呼救，或是再從窗戶逃出去。但是她朝門口挪了一步，華倫太太卻身體貼著門框，允許海兒通過，不過她得側身過去，以免絆到華倫太太的枴杖。

一直等她走出門口，邁步要往走廊去，濕透的襪子踩著冰冷的地磚，老婦人才開口，聲音太低，海兒不得不轉過去。

「妳說什麼？」海兒問，但是華倫太太已經消失到客廳裡了，而沉重的門砰地關上，擋住了海兒的話。

但是海兒很確定——至少是有九成的把握——她聽見的話，壓得極低說出來的，被煙囪的風聲蓋住的。

走——如果妳知道什麼對妳最好。趁妳還走得了……

38

這晚海兒早早就上床了，不知是否是白天走長路到峭壁屋去，反正她幾乎是一沾枕就睡了。

她醒來全身僵硬，感覺像是睡了很久，但天色尚未破曉，她下床走到窗邊，在寒夜中發抖，月亮仍高掛天空。她的呼吸吐在窗上是一團白煙，天空變清澈了，月光下她能看出草地上的霜在反光。

她的嘴巴好乾，伸手去拿床邊的杯子，可是拿起來卻是空的。她睡前太累，忘了先裝水。想到要摸黑下樓去浴室，她一點意願也沒有，所以海兒就決定不管什麼渴不渴了。她回到床上，閉上眼睛，但是口乾卻糾纏著她不放，害她睡不著，最後她只好放棄，兩腳著地，拿起了杯子。裹著毛圈袍子，謹慎地走到走廊上。

走廊伸手不見五指，腳下的油氈地板冰冷，她伸手去打開牆上的開關，為時已晚地想起她沒跟別人說燈泡不見了。

果不其然，按下開關也是徒然，海兒嘆口氣，走進房間去拿手機。薄弱的一道光線反而讓走廊感覺更黑，但起碼她能看到樓梯間的開口。

她才剛下了一級，就踩到了東西。

海兒直覺地去抓欄杆——結果卻抓了個空。她感覺到手指刮過光禿禿的牆壁，一個踉蹌，接著手機就飛了出去，她這才發覺她在墜落，而且毫無辦法阻止跌勢。

她吱呀一聲落在底下的走道上，頭撞上了地板，滾了滾才被牆擋下。她躺在那兒，大聲喘息，呼吸急促，等著奔跑聲響起，然後是詢問，關切的詢問。結果卻什麼也沒有。

「我——我沒事！」她顫巍巍地喊，卻無人回應，只有風聲，在風聲底下是遠處的打呼聲，從底下的某處傳來。

海兒小心翼翼坐起來，摸索著眼鏡，這才發覺她壓根就忘了戴。眼鏡仍放在她的床頭几上，至少這是件好事。離家這麼遠，她差不多是寧可要摔斷一條胳臂也不要摔碎了眼鏡。她的手機掉在最低一級樓梯底下，面朝下，手電筒仍照著天花板，海兒拿起來一看，螢幕裂了，但是手機似乎還能作用。

另一隻手的玻璃杯摔碎了——地板上散落著玻璃碴，而且她的手在流血，但是她的頭撞到的地方沒有流血，而她伸展四肢，似乎也沒摔斷骨頭。她發著抖站起來，立時一陣暈眩，但是她沒跌倒，只是扶著牆穩住自己，等暈眩感過去。

她沒跌斷胳臂或是脖子還真是幸運得不可思議。走廊的牆壁距離樓梯腳只有幾呎，要是她的頭骨撞上去，她可能就死了。

她一陣發抖，覺得想吐。遲來的震驚，她呆呆地想，沉坐在最矮的一級樓梯上，感覺剛才撞到地板的地方在刺痛，而且她的手腳都不由自主地抖動。她不再口渴了，再者，光著腳走過滿地的碎玻璃也讓她覺得不可能。她只想爬回安全溫暖的床上，讓四肢的顫抖消退。

她緩緩用雙手和膝蓋把自己撐起來，不太能信任自己站直，就用爬的上樓，手裡握著手機。如果是換作別種姿態她可能就會錯過了——但是，手機的光直接落在上頭。就在矮頂層一級的樓梯上，一根生鏽的鐵釘，敲進了壁腳板，在腳踝高的位置，上頭仍然殘留著斷掉的繩子。

海兒覺得呼吸卡在喉嚨裡，停住不動，手機的光照著那個無害的小東西。

然後她鎮定下來，強迫自己用手機掃瞄樓梯的另一側。

釘子的雙胞胎就在那兒，釘進了同一個位置，只是這一根釘子幾乎被她這一跌給整支扯了出來。

她並不是自己絆到自己。這不是意外。

有人釘了這些釘子，綁上了繩子，利用樓梯頂端的燈不亮，確定她不會看見這個陷阱，即使是在大白天。

她上樓睡覺時還沒有，她很確定。不然的話她上樓時就會絆到繩子。

也就是說某人上來過，趁她在睡覺時，動了手腳。

可是不對……她的頭腦不清楚——他們不可能釘釘子，不然她會聽見。也就是說……也就是說這件事是早就預謀好的。釘子早就在了，等著燈泡被拆掉，等著綁上繩子。有人故意這麼做。他們佈置好了等她回來，從布萊頓回來，而且他們設計得不露破綻。

海兒的心臟似乎在胸腔中慢下來，被一片很大的寂靜壓住。

她是應該要驚慌的。但就彷彿她心裡被什麼捏住，而且用力擠……用力擠……

到閣樓房間的最後幾級樓梯她是爬完的，而不是走完的，她關上房門，背靠著木鑲板，雙手捧著頭，不是第一次想到了門上的栓，以及某個安靜惡毒的人，爬上這些樓梯，就在幾小時之前，設下了致命的陷阱。

海兒閉上眼睛，把額頭抵著膝蓋，腦海中自動自發浮現了一個畫面。是八把劍。一個女人，蒙著眼，被綑綁，被刀海包圍，而她腳下的土地是一片血紅，彷彿她已經因刀傷而流血，卻永遠得不到釋放。

塔羅牌不會告訴妳妳不知道的事情。是她母親的聲音，穩穩地在她的耳朵裡響。它們沒有力量，記住這一點。它們無法揭露什麼秘密或是指引未來。它們只能讓妳看妳早就知道的事情。

是啊，這下子她是知道了。

陷阱的四壁在收縮了，銳利得足以傷殘肢體。

這下子她知道了，有人很恨她，不惜殺了她。可是為什麼？

因為說不通啊。如果是幾小時前，她可能會覺得是其中一個兄弟想要取回他們自認為是他們的繼承權。因為海兒是——曾是——剩餘遺產繼承人。如果她死了，她的那一份錢就得按照無遺囑死亡者遺產法處理，也就是說，她未婚，所以錢就會由韋斯特威大人的孩子均分。

可現在她實話實說了，哈爾丁、艾佐拉、亞伯就沒什麼好怕她的了。不管她會怎麼樣，反正錢都會回歸到他們的口袋裡。

所以，為什麼？為什麼挑現在？

走——如果妳知道什麼對妳最好。

我死之後，將洪水滔天……

這是什麼意思？

海兒的頭，撞到的地方，感覺要爆開了，刺痛個不停，最後她覺得她可能會痛得大叫。

無論她做了什麼，無論她有何用意，韋斯特威夫人都以這筆遺產開啟了什麼，而海兒則盲目跟從她所設定的事件順序。只是，就像八柄劍裡的那個女子，她被重重條件嚴謹地制約住卻看不見危險。

最後，她的整個頭顱都被痛楚包裹，她幾乎看不見，只能爬回床上，把疼痛的頭緩緩靠在清涼的枕頭上，閉上眼睛，把毯子拉到下巴上，好似這樣就能保護她不受那些她感覺到在四周推擠的威脅所害。

她幾乎要睡著了，忽然間有個名字，像是一個建議，呢喃著鑽進了她的一隻耳朵裡。

瑪各麗妲……

四個字如涓涓細流，緩緩流淌，像清涼的黑水，流過了海兒頭骨的凹室，而她雖然疲憊，心智卻跟在後面開始運作，開始連接。

海兒宣稱她的母親是瑪各麗妲．韋斯特威——那個在她母親的日記中的女孩叫茉德。而且，因為這個宣稱，某些事實就被視為理所當然。一件是茉德從康瓦爾逃走了。一件是她母親搬到了布萊頓並且生了個女兒。還有一件是她母親死於車禍，在三年之前。

但真相卻是非常不同的。

問題在，如何不同。

而某人又為了不讓真相公諸於世不惜訴諸什麼手段？

有件事是確定的。現在不是錢的問題了，因為海兒的坦白已經跟錢道別了。現在的危機更深沉更奇怪——某人為了要隱瞞而不惜殺人。

她是應該要害怕的，而且部分的她真的害怕。可是內心深處，在她的核心，她一直隱藏幽禁的那個秘密的掠奪性的自我卻知道，她不會再逃走了。有人嚇過她一次，幾乎成功了。但是到此為止了。

現在，她需要的是答案。是什麼在多年以前讓她母親逃跑？她為什麼在海兒的父親是誰的這件事上還得要說謊？而茉德又出了什麼事？

還有最主要的——這個秘密是什麼，隱藏在這個謎團的核心的秘密，有人為了要保護這個謎團居然可以殺人？

海兒想要這一切問題的答案，而且不只如此。她還準備要戰鬥。

39

回頭去睡覺是不可能的，最後海兒終於受夠了。床頭几上的手機亮著五點零五分，起床還太早了，但是她也沒辦法再在黑暗中躺兩個多小時。她坐起來伸手去拿眼鏡，單是這樣的動作就害她的後腦勺痛得要命，但她總算把眼鏡戴上了。她打開了手機，皺眉看著小螢幕，努力想釐清要搜尋什麼。

茉德．韋斯特威發生了什麼事——而這個屋子裡的某個人知道，並且不想讓別人發現。會是華倫太太嗎？

海兒又去想她昨晚的表情，那種志得意滿的愉快，以及坦白承認她從開頭就知道海兒的欺騙。無論如何，海兒心想，她都不認為華倫太太不知道真相，只是她為了自己詭異的理由而隱匿不說。

但是想要弄清是屋子裡的哪一個有所隱藏卻等於是走進死胡同，因為說真的，每個人都有不為人知的秘密——海兒從她的算命生涯中知道的。人人都有秘密，有不想對外人言的事情，而且會費極大的——有時是額外的力氣去掩飾。

她需要做的是設法查出是什麼秘密——以及她自己在其中是何角色。有人為了要阻止她說出她知道的事而準備殺人，那，她是知道了什麼？

海兒用指關節揉眼睛，想要讓思路清晰。

因為她的證詞，人人都假設茱德已死，這一點是清楚的。而且他們就假設她是死於車禍。所以有兩種可能：第一是茱德真的死了——但不是死於車禍——而某人想要遮掩她真正的命運。這就夠嚇人的了——想到她居然誤打誤撞沾上了一樁命案。

但是第二個可能卻更另人憂心。因為這個可能是茱德仍活著——但是這棟屋子裡的某個人卻鐵了心要隱瞞這件事。可是為了什麼？難道又是為了錢？遺囑？如果海兒不能繼承，那錢是不是又回鍋了？還是說往回追溯到繼承順位，又回到茱德那裡？還是說某人是想要隱藏別的事情——某件茱德知道，或是可以揭發的事？

她是沒辦法知道的，但無論如何，第一步都是查出她面對的是哪一種可能。

想要查出某人是生是死居然困難重重——海兒是從某個客人那兒知道的，她不時會回來找海兒，懇求她開示她失蹤的丈夫是否仍活著，儘管海兒不斷強調她不知道。

總是這樣的。信者恆信，不信者恆不信。海兒習慣了——習慣了在她告訴客人她無法回答他們的問題，或是改變他們人生中的事實時，他們那種認命似的不信，好像她有能力卻秘而不宣，為了自己某種變態的目的而選擇死不承認。她知道他們的不信源自何處：他們是不情願接受事實，不情願接受他們就是得不到他們想要的答案和他們渴求的結果。但是絕大多數的人，無論是多麼的不情願，都接受了海兒不願為他們改運這件事，即使他們並不接受海兒是無力做到。他們離開時私下相信如果海兒不肯照他們的話做，還有別人會願意，只要他們更努力去找。

不過，這個女人卻不一樣。

她三不五時就來，以不同的假名預約，因為海兒不再接受她的電話預約了。她會貿然跑來，敲打玻璃門，弄得海兒漸漸懼怕起被她細瘦有力的手指抓住以及她凹陷的眼睛中的絕望。

最後，主要是想擺脫她，而不是起了什麼善念，海兒記下了這名失蹤丈夫的姓名與最後的地址，上網去搜尋，想要給這個女人她需要的答案——查了半天卻是一點線索也沒有。這個男人不用臉書，而且不知道死亡日期似乎也不可能找到死亡證明。海兒本以為資料都電腦化了，用這人的姓名和出生日期或許就能夠查到資料——結果卻好像不是這樣的。歷史紀錄倒是有機構可查——但是想查五十年來的事情，可光是想知道是否有死亡證明，你就需要知道確切的死亡細節，更遑論想取得死亡證明了。

看來不知道某人是何時死亡的就不可能查出這人是否死亡了。

但是海兒沒有死亡日期。如果茉德真的死了，她的兄弟也不知道究竟是發生了什麼事，而崔斯韋克先生的搜尋也並未揭露真相。所以另一個做法就是去找反證——她仍活著的證據。可是該怎麼找？

海兒唯一的線索就是莉姬提到的牛津學院。她說是牛津提供的無條件件獎學金。而且她覺得是個女子學院。海兒點開了手機上的谷歌。一九九五年牛津只剩下一所女子學院——聖希爾妲，不過薩默維爾學院在前一年才剛開放男女兼收。茉德在向莉姬提起時可能仍然稱它為女子學院。

幾分鐘的搜尋找到了兩所學院的校友資料庫，卻只有校友本人才能夠使用。牛津本身可以為雇主證實某人的學位與班級，卻需要二十一天才能回覆。

海兒嘆氣，仍記下了兩所學院的電話。說不定如果她跟某個人談話，她可以憑三寸不爛之舌取得她需要的資料。或者她也可以假扮成茉德，而無論校方會不會跟她談話，至少會願意告訴她她是否是校友。

就算是吧，又有什麼用？頂多知道茉德從崔帕森園離開之後的兩三年行蹤，跟往後還漏了一大截，而海兒對後面的這些年是一點資料也沒有。而在她唯一能夠詢問的人之中，有一個還想殺了她。

在寒冷的晨光中，很難理解，也很難回想。真的發生過嗎？她頭上的腫包很清楚了，但是釘子、繩子，她真的是看見了嗎？

快七點了，海兒站了起來，被子滑落，她冷得發抖。她換上了衣服，冷冰冰的，因為一直丟在地板上。她走到走廊上，深吸一口氣，打開了手機的手電筒。

釘子仍在原處，生鏽彎曲，在樓梯的兩側。

但是繩子不見了。

海兒蹙眉。她很確定她記得——一條不起眼的花園麻繩，深色的，襯著單調的樓板，一端繫在左側的釘子上。但是現在不見了，樓梯平台上只有從油氈地毯上脫掉的一條淡色的線。是有人上來清理了嗎？還是說她在黑暗中眼花了，誤把這條線當成繩子了？

關掉了手電筒，緩緩下樓，步步留神，盯著看是否有玻璃碎片，一面思索。昨晚，她一心一意只想讓哈爾丁、亞伯和艾佐拉看到某人想殺人的證據，而此刻，她卻有了不同的想法。釘子彎曲生鏽，即使是海兒本身都覺得像是在這裡頗有一段時間了。至於繩子……她都能聽見哈爾丁的懷疑了。真的，海莉葉？有沒有可能是妳的腳絆到了那根掉出來的油氈線吧？太不小心了，很可能會出事，不過總不能就說是有什麼殺人的陰謀……

而回答是……對，有可能。不過海兒很確定並不是粗心的意外。

在樓下，海兒從鋪著地毯的樓梯輕盈地踩上冰冷的門廳地磚，就在這時，屋子深處的一座時鐘敲了起來。海兒數了數，一……二……三……四……五……六……七。

隨後的寂靜有點令人不安，但是她推開會客室的門，這種感覺就漸漸消失。會客室裡沒有人——跟他們昨晚離開時的樣子一樣，威士忌酒杯仍散置在桌上。

四個杯子。在塔羅裡，四個杯子指的是心性，意思是不注意鼻子底下的東西，無法抓住呈現給你的機會。在海兒的那副塔羅牌裡，圖案是一個年輕女子躺在樹下，顯然是在睡覺，或是冥想，而她面前的地上放著三只空杯，第四只是由一隻手舉到她的唇邊。但是女人不喝，她甚至沒注意到別人端給她什麼。

那她是沒注意到什麼？

早餐要到八點才開始，海兒一點也不想撞見華倫太太，跟頭一天早晨一樣，所以她套上昨天濕透了還沒乾的鞋子，拉起毛呢衣的兜帽，輕輕打開了會客室的窗戶，步入冷冽的黎明空氣中。

夜色澄淨，非常寒冷，夜間氣溫降到了零下。海兒腳下的草結了厚厚的霜，被她的每一步踩得嘎嘎響，她呼出的氣都變成一團白煙，邊緣被朝陽照出了極淡的粉紅色。

到了戶外，在寒冷清新的空氣中，她對昨晚之事的驚慌肯定漸漸變淡，讓她覺得自己有點傻。一只破掉的燈泡，某個人換到一半又忘掉了。兩根釘子，可能是鋪地毯的工人忘了拔掉的，還有一根繩子，都是手機的晃動燈光照到的——並不足以組構什麼陰謀論。再說了，完全說不通。就算茉德死了，就算某人想要阻止真相曝光，有必要殺死她嗎？她已經說出真相了——說她母親並不是茉德。沒有什麼秘密了。害她從樓梯上摔下來是毫無必要的風險，也得不到什麼好處。馬都衝出去了，再來關馬廄門也沒用了。

在遲緩明亮的黎明中，她對昨晚的恐懼突然間不只是可笑，甚且是不可能，而她覺得兩腮紅了，想起了她惶惑地爬回房間，背抵著門而坐，膝蓋收到胸前，心臟跳個不停。

*喔，海兒……*她母親的聲音在她的耳中響起。*總是那麼誇大……*

她搖頭。

她漫無目標亂走，任雙腳帶著她前進，而現在，她扭頭望著屋子，這才發覺她走了多遠。她站住一會兒，回望著她和屋子之間的綠地，以及後面的馬廄和戶外建築，玻璃屋和廚房土地。單單這一片花園就能蓋出多少住宅？能容納多少人？能創造多少工作機會？

可它就只是這樣，這一大片的土地，這些美景，都被籬笆圍住，先是供給一個垂死的老婦人，現在是供給她的繼承人。

噯，不關她的事了。艾佐拉、哈爾丁和亞伯現在可以為這裡開打了。他們會怎麼做——賣掉？說不定可以變成旅館，土地建成游泳池和露營區。也可能有人會把屋子敲掉，蓋個高爾夫球場，一眼望去綠地綿延，一片綠草海洋與藍色的地平線相接。

海兒一路往下坡走。今天，遠處的大海是灰色的，白色浪濤翻湧，吹在她臉上的風很清新。她計畫要一直走到邊界去，然後再折回屋子，可她從岬角看過去，發現兩隻腳自動帶她走上了大家似乎總習慣走的路——那片樹林，枝椏間黑水粼粼。

不過這一次，海兒以不同的眼光看著水。那不是隨便一個湖隱藏在那片茂密的雜樹林裡，而是那座湖。她母親在日記中提到的那座湖。

而在光禿結霜的樹幹之間，她能看見船屋的形狀。

她改變方向，朝那兒而去，這會兒滿心好奇。

圍繞著湖的樹木有樺樹、橡樹和紫杉，只有紫杉是綠色的，其他的樹葉凋盡，只剩下幾片褐葉掛在枝頭，在山谷吹來的風中抖索。海兒順著雜草蔓生的小徑前進，推開荊棘，跨過蕁麻，發現日記中的文字在她的腦海流過——描述他們划船出去的那天。「下來呀，愛德，」她大喊，而他站了起來，對我嘻嘻笑，也跟著她到水邊，跑步跳水。

愛德。愛德華。真是這樣嗎？她想起了愛德華那晚到湖邊來找她，他簡潔的聲音：喔……以前是船屋……當年的時候。而她也想到了亞伯在第一天早晨刻意把她帶開，甚至在她知道那是什麼建築之前。是不是有什麼東西他們不想讓她看見？

門是關著的，而且像是上了鎖，但是海兒能從門縫中看見焦黑的、有裂口的木板。船屋朝湖面開口，兩側各有一個平台，中間則是一帶黑水。

她倚著門，透過兩片木板的縫隙看，不料腐朽的木頭卻碎裂，門向裡衝開，害得海兒跌跌撞撞摔進去，潮濕黏滑的平台害她腳步不穩，所以她交錯腳步，努力不讓自己摔進水裡，用力跪了下來，距水面只差幾吋。

她跪在那兒，大口喘息，穩住身體。這一摔害她昨晚撞傷的骨頭又傷上加傷，痛得她咬緊牙關，但是她往後坐在腳跟上，感覺似乎並沒有摔斷骨頭。

她安全了嗎？海兒俯視腳下的碼頭木板，俯視拍擊的湖水，水中滿是枯葉，碎薄冰漂浮在水面上。她不確定。這個地方好像一點小動作就會塌陷到湖裡，如果她的腳穿透木板直接浸到水裡，她也不會意外。不過至少水很淺。她小心翼翼撿起從屋頂的洞掉下來的木棍，推開脆弱的一層碎冰，測試水深。插入了約莫一呎就戳到什麼東西，海兒拿棍子把枯葉推開，發現是個平滑的形體，雪白雪白的。

她更仔細看，透過黑暗、微似泥炭的水，認出是一艘船，翻覆在水底。黑色的、腐敗的樹葉殘骸落在船身上，覆蓋住它，但是她的木棍攪動了湖水，棍尖劃過之處帶起了一條條淡淡的白色。她適應了昏暗的光線之後，就從因為水而歪斜的角度看出了別的東西——龍骨附近有個破洞。是有人刻意把船鑿沉了？

霎時間，這裡感覺不像是她母親在日記中描述的地方了，那個她歡笑游泳，跟堂親一起嬉戲，跟那個她會愛上的男生同遊的地方。這裡感覺……海兒豁然開朗，感覺像是被一隻冷冰冰的手摸肩膀。感覺像是一個死了什麼的地方。

海兒打哆嗦，盡可能放輕腳步，站起來，向後退，退出破門，退到冰冷的晨光中。在聞過船屋中的腐臭湖水和爛木頭之後，外頭的空氣新鮮乾淨，她深呼吸。就在這時，她的手機響了，她掏出來查看，但是胃的收縮讓她知道了她已經知道的事。

十一點半——見崔斯韋克先生。

天啊。唶，拖延也沒有意義。而且一想到幾小時後整件事就可以塵埃落定，也讓人鬆了一口氣。她只希望崔斯韋克先生能像哈爾丁一樣接受她是「一場誤會」中被牽連的人。亞伯和艾佐拉就……至少像是接受了。

海兒發抖，兩手插進口袋裡。突然間吐司和咖啡——即便是華倫太太的咖啡——也變得非常吸引人，她快步上坡到大屋去，冰冷的呼吸飄在肩後。

她後面，船屋門悄悄關閉，但是她沒有回頭看。

40

「唉呀呀。」崔斯韋克先生摘下眼鏡擦拭，不過在海兒看來鏡片已經很乾淨了。「唉呀呀，唉呀呀。這實在是太尷尬了。」

「拜託。」海兒伸出一隻手。「拜託，全是我的錯。我應該——我應該早點說的。」

「我怪我自己，都怪我，」崔斯韋克先生在說，彷彿沒聽見海兒的話。「我得說，我完完全全沒想到瑪姬的名字也是瑪各麗妲。我當然知道有個堂姊妹，但是人人都叫她瑪姬，恐怕我就直接假設她的全名是瑪格麗特了。唉呀，如此一來問題可大了。」

「可是遺囑就站不住腳了，對吧？」哈爾丁不耐煩地說。「重點應該就在這裡吧？」

「我得詢問建議，」崔斯韋克先生說。「我的直覺是說對，站不住腳，因為韋斯特威夫人顯然是要把遺產留給她女兒的孩子。可事實上，海莉葉的名字還附上了地址……唉呀。這就棘手了。」

「好了，」艾佐拉起身伸展，海莉葉都聽到他的脊椎和肩膀嘎嘎響。「目前我們已經盡全力把這件事弄清楚了，所以我建議接下來就交給律師吧。」

「我會隨時跟各位聯絡，」崔斯韋克先生慢吞吞地說。他的眉頭深鎖，海兒深深為他難過，看著他摘掉眼鏡，揉捏鼻托壓著的部位。「恐怕還有一些事得理順。」

「我真的很對不起。」海兒說，而且不需要裝出良心不安的語氣。她真希望，比任何事都希望，能找個方法告訴他她本人在這件事上的算計而不會淪落為被告，可是她不能冒險。最好是緊抓著這個不夠穩固的藉口，當作一切是無心之過，不過她已經在懷疑這樣的架構能支撐多久了。

「再見，崔斯韋克先生。」

「再見，海莉葉。」

她點頭起身，而他握住了她的手。起先她以為他是要跟她握手，結果並不是，他只是抓著她的手，相當輕柔。最後她微笑縮手，有那麼一會兒以為他不想讓她走。這個想法令人惴惴不安，而他乾燥的老手握著她的手，相當堅持，這個回憶在她隨哈爾丁步上走廊，回到接待區時纏著她不放，讓她忍不住猜臆……猜臆。

到了走廊盡頭，海兒回頭看，看見他仍站在那裡，站在辦公室門口，眼神肅穆，而海兒發現自己隨著哈爾丁走出門，回到明亮擁擠的小接待區時在深思他的表情。

門在她身後關上，但是她忍不住又回頭一瞥，看見他仍站在那裡，雙臂抱胸，眉頭深鎖。她甩不掉那種崔斯韋克先生還有話沒說的感覺。還有話。卻是什麼話？

41

「那，」哈爾丁說。他們走出了律師事務所，不知所措地站在外面馬路上。「我能請誰吃午餐嗎？或者，更合理的，喝一杯？」

「我不要，」艾佐拉說，抬頭望天，天空陰沉沉又黃澄澄的，可能要下雪。「我訂好了今晚從福克斯通渡海的票，我得回去收拾行李。」

「今晚？」哈爾丁眨眼。扣好外套，抵擋寒風，有點不滿。「哼，你大可先跟我們說一聲。你就這樣子逃跑，華倫太太恐怕會不高興。」

「拜託！」艾佐拉說。他今天沒刮鬍子，鬍碴從喉嚨延伸到T恤領口下。海兒覺得他和亞伯修飾整齊的俊美以及哈爾丁的中年大叔模樣有鮮明的對比。「你就別再情緒勒索了行不行，哈爾丁？我還有生意要回去照料。」

「我們誰沒有責任——」

「我他媽的根本就不想來！」艾佐拉說。聲音中透著點危險，海兒覺得他是在控制自己。

「喔，拜託，」亞伯厲聲說。海兒突然覺得看到在那副笑咪咪、好脾氣的表相之下有沸騰的怒氣，彷彿亞伯的內心有什麼快到沸點了，讓那個親切和順的外在越來越難維持下去。「我不知道你為什麼要弄出一副來這裡讓你特別火大的樣子來。」

「你少管，亞伯。」艾佐拉咆哮，但是亞伯搖頭。

「不。我知道茱德跟你是雙胞胎，而這件事攪起了許多痛苦，可她也是我妹妹。你並沒有獨佔傷心和艱難的童年——事實上，你知道嗎？你的成長比起茱德或是我來可輕鬆愜意多了。」

「你是什麼意思？」

「你是她的最愛，你少明知故問。」亞伯說，略帶挖苦。

「如果母親最愛誰，她可沒讓我知道。」艾佐拉立馬就說。亞伯哈的一聲笑。

「少放屁了。你明知道你可以把她變成繞指柔。華倫太太也一樣。茱德跟我因為你做的事吃苦頭，你卻什麼事也沒有。你就算是殺了人也能沒事。」

「亞伯，閉嘴。」艾佐拉唐突地說。

「怎麼，我說了你不想聽的真話嗎？」

「你什麼也不知道。」他兩手插進口袋裡。「你根本不知道最後那幾年我是怎麼過的，在茱德逃家以後。你倒是在城市裡跟你看上的小男伴亂搞——」

「喔，又來辱罵同性戀那一套了是吧？」亞伯說。

「你想搞誰我一點興趣也沒有，」艾佐拉說，聲音危險平板。「我只是在說你不在這裡，所以少跟我說什麼艱難不艱難的。」

「孩子們，孩子們，」哈爾丁說，帶著相當勉強的笑聲。「行了，行了。你想什麼時候離開當然就可以離開，艾佐拉。沒有人有什麼意思。只是要是能先通知我們一聲比較好。」

「哼，那我來先通知你們兩個一聲，我大概今晚也要走，」亞伯說。窄巷吹來的刺骨寒風吹得他有點發抖。「顯然天氣預報會下雪，我想在馬路封閉之前先上路。我沒辦法再請一天假了，而且……唉……我需要見愛德華。處理一些事情。」短短一陣尷尬的沉默。「你要我載你回倫敦嗎，哈爾丁？我知道蜜琪把車開走了。」

「謝謝你，」哈爾丁說，有點僵硬。「那就太好了。」

他們現在走到停車場了，亞伯掏出了鑰匙，按下了遙控鎖。

「那我呢？」海兒說，聲音滿微弱的。

「嗄？」哈爾丁轉向她，眨眨眼。「喔，海莉葉。對、對。妳的火車是幾點？」

「我不知道，」海兒說。「我沒查時刻表。可是我需要——」

話語堵在她的喉嚨裡，但是她強迫自己說出來。

「我是說，我沒辦法到火車站。」

「我順便送妳過去，」艾佐拉簡短地說。「不過我警告妳唷，四點前我得走。這樣會太早嗎？」

他打開了車門。

「謝謝，」海兒說。「什麼時間都可以，真的。我想每小時大概都有一班火車，直到六點左右。」

艾佐拉點頭。然後二話不說就坐進了車裡，發動引擎，駕車而去。

亞伯站在海兒旁邊，吐出懊惱的一口氣，看著弟弟的汽車遠離。

「天啊，對不起，海兒，我……我們一直都不怎麼合得來，我們三個。我們太不同了，而且我覺得母親讓我們自相殘殺，這樣的童年讓我們沒辦法拋下芥蒂。我不知道艾佐拉是怎麼想的，說不定他真的不相信母親最愛他，可是對每個人來說那是明擺在眼前的事，她根本就覺得艾佐拉能在水面上行走，而且一點也不想掩飾。像那樣子長大一點也不好玩。」

「這個——說真的——這個不關我的事。」海兒難為情地說。

「沒錯，」哈爾丁乾脆地說。伸臂環住海兒的肩膀。「我想海莉葉最不需要帶回家的就是我們的家醜。唉，親愛的，這件事實在是夠奇怪的了，不過我希望既然我們找到了另一支的親戚，妳會和我們時時保持聯繫。」

「我會的，我保證。」海兒說，不過她卻有種恐怖的感覺，覺得她沒有多少選擇，因為崔斯韋克先生在她離開時的擔憂表情。

「好了，」哈爾丁輕快地說，「我們趕緊躲開這種凍死人的冷風，回到崔帕森園向華倫太太宣布消息吧。」

42

「華倫太太呢？」說話聲飄上了樓梯間，海兒提著行李箱東撞西碰下樓時聽見了，登時覺得心頭被什麼扎了一下——或許是疑懼吧。

收拾行李時，她一直得抗拒把東西一古腦塞進去的衝動，只因太害怕老婦人可能會上樓來跟她最後一次對峙。

詭異的幻想在海兒的心裡不停湧現——某人把門栓拉上了，把她關在房間裡，或是堵住了樓梯腳的門。艾佐拉不耐煩地道別，唉，我不能再等海莉葉了。其他人在下雪之前散去——丟下她一個人，在逐漸黑暗的屋子裡，跟那個報復心重的老婦人在一起……

這個感覺實在是太強烈了，所以她收拾行李時一直開著門，最好是能聽見枴杖聲點地的聲音——但即使開著門，她仍提醒自己那天早晨華倫太太悄悄等在門外的黑暗中，一點動靜也沒有。

華倫太太真如人人所以為的那麼衰弱，又或者那支枴杖只是另一個障眼法？無論真相為何，她願意的話，都可以悄然無聲地走動。

現在海兒整理好行李，預備要出發了，穿上了大衣，天空陰霾，預示著下雪，她一心只想離開。

她繞過平台，就看見亞伯和哈爾丁站在走廊上，而亞伯仰面看著海兒吃力地提著行李箱下樓。

「妳看到她了嗎，海兒？」

「沒有。」她也站到樓梯間的暗處。「昨晚之後就沒看見了。」就連早餐她都沒露面——他們進入用早餐的房間時，咖啡壺擺在墊子上冒著熱氣，吐司和麥片也擺了出來，卻不見華倫太太的身影。

「艾佐拉去找她了，」哈爾丁說。「大概只有他才能從她的巢穴裡全身而退。」就在此刻，走廊遠端有甩門聲，他們一轉頭就看見艾佐拉大步過來，一面搖頭。

「我去了她房間，門鎖上了，而且她也不應門。一定是在睡覺，不然就是到鎮上了。你幫我說再見好嗎？」他對哈爾丁說，而他點了頭。

「要是我看見她的話，可是你們兩個前腳走，我們也要走了。她會難過沒跟我們再見。」

「有可能，不過也是沒辦法的事。氣象預報說天氣會越來越壞，我不想再等了。再見，哈爾丁。」兩人擁抱，卻有點彆扭，說是拍背比較適合，然後艾佐拉轉向亞伯。

「拜，亞伯。」

「再見，」亞伯說，「喂，如果我說了不該說的話，對不起。」

「我——嗯，我也是。」艾佐拉說，滿硬邦邦的，而亞伯伸出了手。

「來個擁抱吧？」

艾佐拉極度不自在的模樣，被哥哥擁抱住，全身都不情願、不軟化，但還是伸手摟住哥哥，按了按，幾乎是情不自禁。

再來輪到海兒了。她輪流擁抱了三兄弟，感覺到哈爾丁的大衣底下讓她很不習慣的柔軟，亞伯柔軟的毛衣下的堅硬肋骨，以及他擁抱她時的驚人力道。

「再見，親愛的。」哈爾丁說。

「再見，小海莉葉，」亞伯說。「要常聯絡。」

然後海兒坐進了艾佐拉的汽車，引擎怒吼，兩人就出發了，順著車道前進，喜鵲在他們後方掠起，有如一團雲，而第一批雪花也開始飄落。

起初車速很快，海兒也默默靜坐，頭靠著車窗，盡力不去想等她回布萊頓後該怎麼辦。她的胸口有一種怪怪的感覺。部分是疑懼——不情願去面對跨出布萊頓車站之後就必須面對的過多選擇。她也許可以回家個兩晚，但再久就可能會碰上史密斯先生的打手。

但是在擔憂之下還有別的，在她想著亞伯和哈爾丁和艾佐拉，以及他們擁抱她的感覺時，一直拉扯著她的心。那種感覺幾乎就是思鄉病，一種純屬感情的渴望，太過強烈，連內臟都痛。但是她思念的不是她有過的家，應該說是一種對可能的情況的嚮往。嚮往有家人可以依靠，有張安全網。她一直不明白她有多孤單，直到她瞥見了另一種的可能。

可是她搖醒自己。她不能這麼想。她失去的本來就不是她的，而她必須要正向積極。她放棄了詐騙，她讓自己擺脫了一個惡夢似的情況。而且——想起了樓梯上那條垂懸的線，那個坐臥不寧、疑神疑鬼的夜晚——她是安全的。至少暫時如此。

會是真的嗎？她仍然不知道。可是她越想，就越無法相信是其中一個兄弟做的手腳。有個畫面不斷冒出來——華倫太太，默默站在她的門口，柺杖不見蹤影。她有能力行動敏捷無聲，海兒很肯定。她可以不用柺杖行走。這並不是不可能的事。說不定她逃過的不僅僅是一場官司。

天空似乎也隨著她的心情變得陰鬱，汽車停在彭贊斯車站時，雪不再直接融化在擋風玻璃上了，艾佐拉必須打開雨刷，雪花開始附著，弄得玻璃斑斑點點的，而且滑下來在底部堆成了一坨一坨的。

「那……」海兒說，滿彆扭的。「謝謝你，艾佐拉。載我一程。我猜……我是說，應該就是再見了……」

「我不會再回來，如果妳是這個意思的話，」艾佐拉說，看著窗外飄下的雪。「我看在哈爾丁的面子已經盡了本分了。我的人生現在不在這裡，而我需要繼續下去，而不是一直回頭看這裡。」

「我能理解。」海兒說。她的心被一股沉重感包圍，但也有一種希望，因為她想到了她母親躍出的那一大步，艾佐拉也一樣，在他的雙胞胎姊姊失蹤之後。如果他們能夠拋下一切，到別的地方重新開始，甚至是像艾佐拉一樣到另一個國家，那說不定她也行？

「那……再見。」她又說一次，摸索著車門把。她拖著行李走過泥濘的柏油路，並沒有回頭看。

車站內寂靜得很怪異。員工很少，旅客更少，只有兩個學生靠著背包睡覺，蓋著大衣。一處月台停著一列火車，但是沒開燈。

海兒皺眉，大惑不解，但等到她轉身去看出發時刻顯示板，她的胃立刻翻個觔斗。取消。取消。取消。

一班又一班。倫敦。埃克塞特。普利茅斯。沒有一列火車運行。

「請問一下。」她上氣不接下氣跑過滑溜的前庭，碰了碰一名車站員工的胳臂。「這是怎麼回事？為什麼所有的火車都取消了？」

「妳沒聽說嗎？」那人說，滿吃驚的。「海岸下大雪。普利茅斯附近的鐵道被雪埋住了，要等清理完之後才會通車，今天是不可能的了。」

「可——」海兒覺得臉色更白了。「可是——可是你不懂。我沒有地方可以去。我一定得回去。」

「今天沒有火車會開，」那人堅定地重複，一面搖頭。「明天可能也沒有。」

「靠。」

海兒還沒明白自己該怎麼辦，就已經抓起沉重的行李箱，邊走邊滑穿過了車站入口的濕地磚，到了艾佐拉放下她的地方。

「艾佐拉，等等！」

但是他的車已經不見了。

她愣在那兒一分鐘，瞪著飄落的雪花，壓制著堪堪要淹沒她的驚慌。她能怎麼辦？打電話給哈爾丁？可是很可能他和亞伯這會兒早就出發了，往相反的方向。

拿出皮包來也毫無意義——她知道裡頭有多少錢，只是幾個銅板和一張過期的公車卡。

她孤伶伶一個，沒有錢，在陌生的城市裡，而氣溫持續下降。她能怎麼辦？

海兒也不知道是為什麼，只是蹲下來，以腳尖平衡身體，抱住身體，把臉埋進膝蓋裡，讓自己縮得越小越好，好像是要把每一個溫暖的分子都保留在顫抖的身體中，好像是要把瞬間在心裡擴張的恐懼困在身體裡。

她就這麼蹲在那兒，在雪地中，抓著行李箱的提手，彷彿那是唯一能讓她安全的東西。忽然，汽車喇叭聲大作，嚇得她跳了起來，幾乎在雪地上滑倒。

天色變得很黑——太黑了，只除了白花花的大燈和引擎聲之外什麼也看不見。

接著她聽見了汽車的電動窗下降，艾佐拉簡潔的聲音說：「妳像個賣火柴的小女孩一樣蹲在雪地裡幹嘛？」一波寬心的感覺，真的有溫度有實體，幾乎淹沒了她。

「艾佐拉！」海兒蹣跚走過泥濘，腳下滑溜，走向汽車。「喔，艾佐拉，我好高興看到你——你怎麼會在這裡？」

「我得讓車子掉頭。不過更重要的問題是妳在做什麼？」

「鐵路封鎖了，火車都不跑了。我想我是被困在這兒了。」

「嗯……」她能看見他的臉了，儀表板上的光照亮了他眉頭深鎖，正在思考。「這倒是個問題……妳最好上車來。」

「可是你要把我帶到哪裡？」

「等一下再說吧。也許我可以送妳到普利茅斯，如果火車從那兒可以通。或是……妳住在布萊頓對吧？」

海兒點頭。

「如果遇上了最壞的情況，反正那也不會是最遠的一段繞路。」

「真的嗎？」海兒覺得一陣陣暖烘烘的熱流沖刷了全身。「可——可是我不能讓你這麼做，艾佐拉。而且我也沒錢付油錢。」

他只是搖頭。

「上車就對了。這裡冷死了，而且我們需要快點上路。」

43

一路上艾佐拉大多沉默不語，雪越下越大，他們緩緩北上。沒多久，下陷的鄉下單車道巷子都覆滿了雪，而艾佐拉把車速放慢到龜速，轉過幾處急彎，接上主幹道之後也好不到哪兒去，大卡車已經在雪地上留下深深的車轍了。

接近博德明高沼時，雪勢更綿密，儘管有暖氣，擋風玻璃的內部也起霧了。前方交通遲緩，駕駛放慢車速，因為能見度越來越差，而雪泥也開始在馬路的兩旁堆積。艾佐拉開始用手指敲方向盤。海兒斜睨了他一眼。他的眉頭深鎖，黑色眉毛糾結，眼珠子閃向黏滿白雪的擋風玻璃，又閃向速度計，總在三十上下，再閃向時鐘，然後又回去看擋風玻璃。

最後，毫無預警，他換入左邊的車道，打起方向燈。

「我們要停車嗎？」海兒驚訝地問。已經過六點了，他們行駛了幾乎三個小時。艾佐拉點頭。

「對，我的眼睛越來越累了。我們最好是停下來喝杯咖啡……也許吃點東西。希望等我們再上路的時候情況會比較好。至少路面可能會撒了鹽。」

濕滑的馬路覆著白雪，而且同向的機車在路面上留下了一道道的車轍，他開得很慢，把汽車停在服務站旁邊的空位上。海兒下了車，伸展雙腿，驚異地望著天空，雪花紛紛揚揚。住在布萊頓，雪花很少會飄下來，她都記不得上一次下這麼大的雪是在何時了。

「來吧。」艾佐拉把肩膀縮進外套裡。「別站在那兒，妳會凍僵的。我們進去吧。」

服務站靜悄悄的，桌子都沒人坐，桌面上覆著今天的殘骸，而且不用排隊了。海兒想出咖啡錢，但是艾佐拉搖頭，只把信用卡推過櫃檯。

「別傻了。妳不必——」他打住不說，突然為難。

「怎樣？」海兒問，覺得在防衛自己。

艾佐拉端著咖啡到一張空桌前，這才回答。

「妳年輕，」他最後說。「又破產了。年輕人不應該出飲料錢。我非常相信這一點。」

海兒哈哈笑，卻接下了他遞過來的杯子。

「妳沒生氣？」他問，啜飲著美式黑咖啡。海兒搖頭。

「沒。我是年輕，又破產了。這是真話，我還能生什麼氣。」

「感謝上帝，在被華倫太太的糞水凌虐過之後還能喝到像樣的咖啡，」艾佐拉說，露出歪斜的、相當譏誚的笑容。兩人默默喝咖啡，然後他又說：「我只是想說我……我不會怪妳。要是妳早知道的話。」

海兒的心跳似乎變慢了，她放下了咖啡。

「你……你是什麼意思？」她終於說。

「算了，」艾佐拉說。又吞了一大口咖啡。海兒看見他的喉嚨肌肉在他的鬍碴下聳動。「不關我的事。我只是想說……」他又停下來，又喝一口咖啡，接著說：「如果妳早知道……知道妳母親不是……我也不會怪妳……沒有立刻就說出來。」

「我不知道你在說什麼。」海兒說，卻感覺到一波熱血從胸口爬上了喉嚨，爬到了她的臉頰，那是極強的慚愧洪流，像一波羞恥的浪濤。

「那沒事了。」艾佐拉說，看著窗外的雪，刻意不看她的眼睛，給她時間鎮定下來。

「那……」他過了一兩分鐘後說，依然對著外頭的夜空說話。「妳是瑪姬的孩子。我仍然在習慣這件事。妳……妳知不知道……她在這裡住過一陣子？跟我們，我是說。」

海兒覺得呼吸卡住。

「在我來這裡之前，我並不知道。可是亞伯跟我提過一個瑪姬堂妹。所以我才把事情推敲了出來。我——我真希望她跟我說過崔帕森園。」

他轉過頭來看她，迎視她的目光。他的眼眸幽深，寫滿了諒解。

「那段時光對我們所有人來說都不是非常快樂的。我能了解她為什麼想要遺忘掉。」

「艾佐拉……」海兒覺得喉嚨像堵住了，她深吸一口氣。「艾佐拉，我能問你一件事嗎？」

他點頭，一臉迷惑。海兒從口袋裡掏出了她的塔羅牌錫盒。裡頭放著亞伯交給她的照片，對折了起來。她小心把相片攤開，盯著看艾佐拉的臉閃過一抹認識的笑容，不過他的眼中也帶著悲傷。他伸出手，摸了摸雙胞胎姊姊的臉頰，動作非常溫柔，彷彿她能夠透過紙張感覺得到。

「艾佐拉，你——你知不知道……這張照片是誰拍的？」

他抬頭看她，微微蹙眉，彷彿去了非常遙遠的地方，而且費力把思緒拖回今天。

「抱歉，妳說什麼？」

「照片是誰拍的？」

「我不確定是不是記得，」他慢吞吞地說。「為什麼問？」

「因為——」海兒深吸一口氣。「因為我覺得——我覺得他可能是我父親。」這句話感覺像是在坦白，而她感覺到一陣壓力釋放了，而她一直都不知道自己累積了這麼大的壓力，但是她的話卻沒有激起艾佐拉的一絲反應，他只是繼續看著她，一臉不解。

「妳為什麼會這麼說？」

「我找到了我母親的日記，」海兒說。「她提到了這一天——那個拍照的人。我只知道這麼多——還有他有藍色眼睛。」

「藍色眼睛？」艾佐拉說。又皺著眉，跟不上她的邏輯。「可是妳的眼珠是黑色的。妳是怎麼知道的？」

「那也記在日記裡，」海兒說。能跟某個人談這件事實在是讓她鬆了一口氣，她覺得自己急於解釋，話語源源不絕地向外湧。「她寫了這樣的一個句子，他的藍眸對上了她的黑眸。而且她還提到一個叫愛德的人，說他拍照那天也在。我問過亞伯，可是他說只有你們四個——可是——」

她的話沒說完。艾佐拉的神色變了，完全專注在當下，而且表情中還有一點海兒說不上來的東西。她覺得可能是畏懼。

「不是這樣的。」他說，說得非常慢。海兒點頭。她感覺到心裡靜了下來，等待著。

「天啊，」艾佐拉說。雙手掩面。「亞伯。你做了什麼？」

「那……他是騙我的？」

「對。可是我不知道他為什麼要保護他。」

「保護誰？」海兒問。她有九成把握她已經知道了，但是她需要聽見那個名字——從某個在場的人口中聽見，某個能肯定告訴她的人。

「愛德華。」

海兒覺得胃翻了個觔斗，好像是被捲進了碼頭的水龍捲裡，被掀起來劃了好大的一個弧形，害你噁心想吐，上氣不接下氣。

原來是真的。

她嚥了一下口水。實在是太奇怪了。一切的線索都指向他——日記中的名字，藍眼睛……然而……然而她卻不覺得跟他有關係，而現在艾佐拉證實了她的懷疑，她卻除了想吐之外什麼感覺也沒有。

他是我父親，她心想，努力讓它成真的。愛德華是我父親——那我母親為什麼要隱瞞這麼多年？

他為什麼一句話也不說？亞伯一定知道真相——至少也會懷疑——否則的話海兒問他時他為

什麼要說謊來保護他的情人？

可是為什麼要說謊？為什麼愛德華要隱藏身分，不讓他的親生女兒知道？

除非……除非他還隱瞞了什麼……

「愛德華，」她擠出聲音來，嘴唇乾澀。「他絕對也在？是他拍的照片？」

艾佐拉點頭。

「所以他是我的……」但是她說不出那兩個字。她閉上眼睛，手指按著太陽穴，想要看見他。她的長相跟他沒有一個地方相似——不過也許沒有什麼好詫異的。她睜開眼睛，瞪著桌上的照片，她看見的是她自己的臉，在她母親的臉上。她是她母親的女兒，從頭到腳。

就彷彿是她母親靠著純粹的意志力把她父親的DNA抹除得一乾二淨。

「海兒——別，」艾佐拉難堪地說。樣子不自在極了，而且對於這番談話完全應付不來。海兒看得出來他身上的每一個原子都寧可站起來就走，但是他卻硬是勉強自己撐下去。「別遽下結論，只是一張照片——」

但是海兒花了太多時間讀日記，太多時間拼湊線索，不可能相信他。只有這樣才說得通。愛德華——那個拍照的人——是她的父親。而不知為了什麼，亞伯不顧一切想要掩藏真相。絕望到說謊，但是他必定知道遲早他是會自食惡果的。

「我不懂，」海兒說，低下頭來，發現手指緊握著紙杯，就強迫自己放手。「他為什麼要說謊？」

「我不知道。」兩人默默坐了漫長的一分鐘，然後艾佐拉費力地伸手按著海兒的肩。「海兒，妳——妳還好吧？」

「我也不知道。」她低聲說，而他的手就停在那兒，她感覺到他手上的溫度滲透到她的外套底下，忽然有一股衝動想要轉身靠著他的肩膀哭。她拚命克制住自己，一時間出不了聲。

然後艾佐拉把手拿開了，這一刻就打破了。他拿起杯子，喝了好大一口咖啡，再扮個鬼臉。

「天啊，真希望能好好喝上一杯。現在要是能喝上一杯紅酒，要我殺人都行。」

「美食廣場另一邊有一家餐廳。」海兒說，但是他搖頭。

「最好別喝。我已經夠累了。不過妳想喝的話，倒是沒有理由不能喝。」

「我不想，」海兒怪彆扭地說。「我是說酒。」

艾佐拉拿起紙杯又喝了一口，透過杯緣看著她。他的眼睛黑得幾近煤炭，是一種深褐色，深到瞳孔和虹膜都分不清了。

「那，那個後面有什麼故事？」

「沒有故事，」海兒說，自動就起了戒心，隨即就覺得心情很差。已經沒有什麼需要隱瞞了，沒理由再守口如瓶。而且這個人對她很親切，別人說謊的事情是他說出真相的，而且還不怕麻煩想送她回家。她虧欠他，她應該要以誠實來回報他的誠實。「嗯，其實是有一點點故事。我是說，我並沒有加入什麼匿名戒酒會，只是我發現……那是在我母親過世後。喝酒不再好玩了。反而變得……變成了一種應付的方式。而且我不喜歡過度沉溺。」

「我能了解，」艾佐拉靜靜地說，俯視咖啡杯，像是在研究泥炭似的深處。「瑪姬一向非常獨立。我覺得因為這個原因她並不喜歡跟我們住。那是，嗯，一種施捨吧，而且母親也從來不讓她忘記這一點。老是有這種沒說出口的感覺，她需要藉著滿心感激或是什麼狗屁的才能贏得一席之地。」

「她——」海兒覺得呼吸卡在喉嚨裡。「她是什麼樣子，艾佐拉，你認識她的時候？」

艾佐拉微笑。並沒抬頭看海兒，但是他的表情略帶憂傷，凝視著咖啡杯，若有所思地轉動杯裡的殘餘。

「她……她很風趣。親切。我非常喜歡她。」

「艾佐拉，你——」她吞嚥一下，突然間好想喝那杯紅酒。可能跟艾佐拉一樣想。「你覺不覺得我應該……說什麼？跟愛德華？」

「我不知道。」艾佐拉說。神情瞬間變得非常嚴肅。

「他為什麼一句話也不說？」

「我猜他可能不知道。」

「可是她知道啊。我是說我母親，她為什麼一句話也不說？」

「海兒，我不知道，」艾佐拉說，忽然間表情糾結，是因為某種他控制不了的情緒。「海兒，聽著，我通常是不會插手的，可是我不能冷眼旁觀——我想說的是——」他停下來，兩手耙過頭髮。「海莉葉——」使用她的全名竟讓她愣住了——「拜託，拜託，不要管了。」

「不要管了？這是什麼意思？」

「不要管它了，都已經是過去的事情了。妳母親顯然是刻意不告訴妳的——我不知道她為什麼要把這件事當作秘密，但是她一定有她的理由，而說不定是很好的理由。」

「可——」海兒在椅子上傾身。「可是你難道不懂嗎？我必須知道。我們談的是我的父親。你不覺得我有權知道他的事嗎？」

艾佐拉不作聲。

「而且不只是我的母親——是——是一切。茉德怎麼了？她為什麼要跟我母親一塊逃走，茉德又為什麼會失蹤？」

「海兒，我不知道，」艾佐拉沉重地說。站了起來，踱到服務區前面的玻璃牆邊，身體輪廓襯著飄落的白雪和停車場的燈光。美食街的燈變暗了，海兒有種感覺他們快打烊了。

「茉德死了嗎？」她追問。「她是不是躲起來了？」

「我不知道！」艾佐拉大喊，這一次比較像是盛怒的吼叫。美食街的對面有個穿圍裙的男生正在掃麵包屑，聽見叫聲就抬頭看著這邊，表情迷惑警戒。

一時間海兒一陣恐懼，但緊接著艾佐拉把頭輕輕抵著玻璃，肩膀好像絕望地下垂了，她這才懂了。

是啊。她一直執迷地鎖定了自己對答案的需求，卻忘了——這也是他的過去。茉德是他的雙胞胎姊姊，是天底下跟他最親密的人，而她卻也割捨下了他，毫無解釋，從此無影無蹤。他一直活在這樣的未知之中，時間就跟海兒一樣久。

「天啊，艾佐拉。」她也站了起來，走向他，伸出一隻手，卻又放下，不太敢碰他的肩。「對不起，我沒想到——她是你姊姊——你一定——」

「我好想她，」他說。聲音中的痛是海兒從沒聽見過的，跟他日常的那種酸言酸語、冷嘲熱諷的態度，完全背道而馳，如果不是她親耳聽見，她是不會相信如此深刻的感情能出自於他的。「天啊，我想她，好像心裡破了一個洞。而且我他媽的氣死了。我一天到晚在生氣。」

霎時間，海兒了解了艾佐拉的輕率、他動不動的挖苦、似乎總掛在嘴邊的訕笑是來自何處了。他哈哈笑，因為如果不笑，心裡就會有什麼掙脫，他壓制了二十年的憤怒傷痛就會突破表面。

「我真的很對不起。」海兒覺得喉頭堵住了。她想到了自己的母親，想到她被奪走時她感覺到的憤怒，那麼的突如其來，那麼的沒有意義。但是至少她知道。至少她能夠輕撫母親的頭髮，埋葬她，道別。至少她知道出了什麼事。

「我聽說是車禍的時候，我以為——」他打住不說，而海兒看見他顫巍巍地吸口氣，又強迫自己說下去。「我以為就是這樣了，我知道出了什麼事，無論再也看不到她有多痛，我以為起碼如果我們——如果我們知道——」

他語不成聲，而海兒又重新體悟到她的小小欺騙對這一家人的打擊有多大，而且傷痛越來越大，和她當初的打算遠遠不成比例。她對艾佐拉造成的傷害，對這個此刻站在她面前，痛心疾首的人。

「對不起，」她又低聲說。坐回桌邊的塑膠椅上，兩手捧著頭，希望能告訴他她究竟有多抱歉。「艾佐拉。我——我真的好抱歉。」

「我氣死了——那種浪費。瑪姬。茉德。就在你自己家的屋子前被撞——真他媽的是浪費生命。」

「艾佐拉——」

「沒事了。」他終於說，但是海兒能從他的聲音以及他拿袖子揉眼睛的動作看得出來他說的不是真話。他深吸一口氣，轉過來面對她，甚至還露出了苦笑。

美食街對面的那個男生又打掃起來，熱食區的燈關了。

海兒發現她說不出話來，就只點點頭。艾佐拉閉上眼睛一會兒，她有強烈的衝動想要抱住他，告訴他沒事了，他們會查出他姊姊真正的遭遇，但是她知道她不能。這不是她能夠做的承諾。

「由於天氣惡劣——」廣播聲打破了兩人間的寂靜，在高高的屋椽上迴響——「道路封鎖，本服務站為維護各位旅客的健康與安全，將在半小時後關閉。請各位旅客在半小時內完成採買，返回車上。如造成不便，敬請原諒。」

「唷……」艾佐拉清喉嚨，拿起椅背上的外套。「我們大概也該走了。越來越晚了，我們還有一段長路要趕呢。妳還需要什麼嗎？」

海兒搖頭，艾佐拉就說：「我去買兩個三明治，再來就沒時間停車了。」

外面雪還沒停，反而越下越密了。艾佐拉搖頭，坐進了跑車裡，扣好安全帶。

兩人默默行駛了大約二十分鐘，車輛並不多，但是能見度變差，前方的車子也放慢了速度。再前進幾哩之後，海兒一手按住了艾佐拉的胳臂，他點點頭。

「我看見了。」

遠處是一條紅燈長龍，靜止不動，在大雪中隱隱約約的。他踩下煞車，減速慢行，然後整個停止不動，四周圍警示黃燈閃爍個不停，後面的汽車也追了上來，亮起了警示燈。

艾佐拉拉起了手煞車，瞪著遠處。海兒也沉浸在自己的思緒中，沉吟著在服務區的對話。好似過了很久，不過可能只有五到二十五分鐘，前方的一名駕駛按了喇叭，像悠長哀傷的嗶聲，像霧角在山的那邊吹響，接著又一聲銜接上來，然後是又一聲。

艾佐拉瞧了瞧時鐘，再回頭看那條靜止不動的車流，似乎做了決定。

「我要迴車，」他說。「他們一定是封閉了沼澤那邊的公路。我們換走聖尼厄。雪可能越下越大，可是這裡的交通打結了。我們應該可以省一點時間。」

「好。」海兒說。他來了一個笨拙的迴轉，引起了一小陣喇叭聲，然後他們就緩緩折返，離開了博德明，又轉上了來時路。

海兒打哈欠。車裡溫暖，暖氣舒服，她脫掉了外套，握成一團墊在頭下，抵著玻璃。然後她閉上了眼睛，讓自己飄然入夢。

她的夢蕪雜混亂，在崔帕森園的長廊上追逐，華倫太太的枴杖在後面點著地，陰森恐怖，無論她跑得有多快，她就是拉不開距離。然後她莫名其妙就又回到了樓梯頂，而雖然她知道那兒有繩子，她還是絆到跌倒，而她扭頭一看，竟看見愛德華，站在樓梯頂，*我要死了*，但是她往下跌時，她怕的卻不是摔斷骨頭的撞擊，而是撲通的落水聲，掉進好冰好冰的水裡，佈滿了枯葉和死蟲子。她浮上水面後，鼻子裡充斥的是船屋的味道，死水和爛木頭的味道，而她在冰冷的水裡死命撥水，軟爛的枯葉在她的身下，包圍住她。

救命！她想大叫，但是冰冷的水沖進來，嗆到了她。

她一驚而醒，心跳不已，四周是一片漆黑。一時間她記不起身在何處，但隨即就看到了。她在艾佐拉的車子裡。他們在一條路面下陷的小路的路邊停車區。雪仍下個不停，艾佐拉把引擎關掉了。

「我們又要停下來嗎？」海兒的口很乾，話說得很快。

「恐怕是的，」艾佐拉沉重地說，揉揉眼睛，彷彿他也非常累了。「這個可惡的雪。抱歉，我們哪兒也去不了。八點多了，我們連普利茅斯都還沒到。」

「天啊，真是對不起。你的渡輪怎麼辦？」

艾佐拉搖頭。

「我是趕不及了。我打過了電話，他們說我明天可以付費改票。」

「那——那我們怎麼辦？」

艾佐拉沒有直接回答，只是朝來時路點頭。海兒咬住嘴唇。雪一直下，打在擋風玻璃上，發出輕輕的啪啪聲。

「對不起，」艾佐拉說，看出了她的表情。「我是想過要盡量走，至少能到布萊頓，但是我實在是太累了——而且也太危險了，這些公路沒有一條鋪了沙子。」

「那……我們是回……？回——」她吞嚥一下。「回崔帕森？」

「我想不回去也不行了。回去不會那麼久，南下的公路沒什麼車。我們可以明天再試。」

「好吧。」海兒說，覺得心裡有什麼歪了歪。想到要回那棟冷冰冰的房子，以及華倫太太等候的身影，在她的爐火邊搖晃，一副女主人君臨天下的模樣，她就一點也不熱衷。但是不然呢？住民宿？她沒有錢，而且她也不能叫艾佐拉付錢。

「好吧，」她又說，想讓自己的語氣——以及自己的感覺——較正向。「那就回崔帕森園吧。」

「可能不會得到熱烈的歡迎，」艾佐拉說，轉動了鑰匙，引擎對著寂靜的天地怒吼。「但是起碼我們不會凍壞。」

44

回到崔帕森園感覺怪怪的，就像是把幾小時前撕下的繃帶又貼了回去，而剛才撕破的皮膚仍然又紅又痛呢。或者像又穿回濕掉的皮鞋，又黏又重，而且在短短的時間中變得極度不舒服。

路上的大鐵門是敞開的，但是一轉入車道，海兒就看見一長條的雪白路面上毫無痕跡，幾個小時來都沒有車輛經過。要不是亞伯和哈爾丁打消念頭不走了，就是他們在海兒和艾佐拉之後立刻上路，沒有回頭。

「沒開燈，」艾佐拉壓低聲說，繞過了車道上的最後一個彎。白色的標誌石頭很難看得見，只有樹下的因為有樹冠層保護，沒被雪覆住，他得龜速前進，才能確定沒有偏離車道。「華倫太太一定是睡了。」

很好，海兒只有這個想法，不過她沒說出來。

艾佐拉在廊前停車，關掉了引擎，兩人靜坐了一會兒。海兒腦海中浮現出一個畫面：兩名運動員在打鬥之前纏裹指關節，咬住口護套。只不過她要打鬥的對象並不是艾佐拉。

「好了嗎？」他說，短促的一聲笑。海兒並沒有回以笑容，只是點頭，然後兩人就步入了雪中。

門鎖上了，但是艾佐拉掀開了門廊上有遮蔽的座位區的一片石板，海兒看到底下有一支發黑的大鑰匙——是另一個時代的產物，至少有六吋長。他把鑰匙插入鎖眼，小心地轉動，兩人就走入了黑黢黢、在呼吸的屋子裡。

「華倫太太？」艾佐拉輕聲叫，因為無人回應，他又更大聲一點。「華倫太太？是我，艾佐拉。」

「你覺得哈爾丁和亞伯走了嗎？」

「妳睡著的時候哈爾丁傳簡訊來，他們趕在封路之前通過了博德明高沼，在埃塞克特附近的一家旅屋飯店過夜。」

「真是對不起，」海兒說。覺得非常慚愧。「都怪我——要不是你沒走彭贊斯……」

「現在後悔也來不及了，」艾佐拉簡短地說，但是海兒稍早看到的壓抑的怒氣似乎消失了，他的語氣裡只有認命。「欸，海兒，時間很晚了，我不知道妳怎麼樣，可是我累慘了。我這就上樓了，妳可以吧？」

「當然，」海兒說。「我也要上床了。」

短短一陣難堪的沉默，然後艾佐拉笨手笨腳把她拉進懷裡摟抱，力道幾乎太大，他的外套刮了她的臉，連骨頭都瘀青了。

「晚安，海兒。還有明天——」

他停步。

「明天？」她跟著說。

「能多早出門就多早出門，好嗎？」

「好。」她同意道。兩人一同登上第一層樓梯，然後到了平台上，就分道揚鑣。

✦

海兒打開了閣樓房間的門，斗室跟她離去時一樣——窗簾拉開了，帶著雪光的淡淡光線從鐵窗流瀉進來，被子掀開來，就連平台上爆掉的燈泡也沒變。

煤桶裡還有幾塊煤，因為知道早晨不會花太多的時間面對華倫太太的責難，海兒就扭絞了一頁報紙，把煤炭放進爐子裡，點了一根火柴。

火焰竄起，她坐在火前，想著她母親多年之前蹲在這兒，撕下了日記中的紙張，也想著她在找到日記之後的發現。

愛德華。真的會是他？

一定是——可是她想到他，想到他平滑的金髮，謹慎修剪的八字鬍——她什麼感覺也沒有。沒有連結感。只有一股隱約的厭憎，厭憎他弄大了她母親的肚子，然後丟下她不管，不理睬她的信，任由她受韋斯特威夫人這樣的女人欺凌。

部分的她想要把這個念頭推開，繼續過日子，邁向未來，像艾佐拉的建議一樣。但是問題仍在啃咬著她。為什麼亞伯要說這種一戳即破的謊言？難道他就算準了她不會問艾佐拉同樣的問題嗎？

要是她母親沒把日記裡提到海兒父親的部分都毀掉就好了。

海兒坐著，瞪著火焰，太累了不想起身到床上。這時她幾乎已無力思考——而且她有一種最奇特的感覺，覺得歷史又重演了，換成她在這裡，變成她的母親。瑪姬本人也在許久許久以前曾蹲在這兒，盯著火焰將她愛人的名字燒成灰燼，好讓她，海兒，能夠發掘埋藏多年的真相。可是真相究竟是什麼？

不僅僅是她父親的名字。

還有別的……艾佐拉說的什麼話困擾著她，而此時她想不起是什麼。是在服務區裡的談話嗎？她回頭思索，篩濾過他說的每一句話，但無論是什麼，都一直從她的指縫間溜走，太虛無飄緲，掌握不住。

最後她站了起來，伸展僵硬的四肢，被爐火烘烤過後的臉頰一接觸房間的空氣就覺得涼涼的。她的行李箱擺在床腳，口袋裡是舊菸草盒，她打開了錫盒，拿出塔羅牌。微微顫抖，切了牌。

瞪著她的牌是月亮，上下顛倒。

海兒皺眉。月亮代表直覺，以及相信你的直覺。它是一道指引的光，卻也會變得不可靠——因為它並不總是在，而有時在你最需要月光的時候，夜晚卻黑得伸手不見五指。

而上下顛倒代表欺騙，尤其是自欺。代表直覺會帶你走上歧途。

別落入了相信自己的謊言的陷阱裡……她母親的聲音在她耳裡響起，警告她，總是在警告她。妳就跟他們一樣想相信。

確實，她確實想相信。在她母親猝逝後，她發現自己夜復一夜在排塔羅牌，想要找出個道理來，想要在沒有答案之處找出答案來。她花幾小時研究她母親的牌，不斷撫弄，尋找意義。

但耳中總響起那個懷疑的聲音，她母親的聲音。沒有什麼意義，只有妳想看的，還有妳害怕會出現的。

她摀住了耳朵，彷彿就能阻擋住低喃的理性與邏輯。

她母親幾時變得如此譏誚了？

日記中的那個女生，迷信又執迷於讀牌，跟那個每天帶她到碼頭去為傻瓜和陌生人算命的女人天差地別。塔羅牌是海兒母親的工作——如此而已。是她擅長的事情，但是她從不相信，無論她對陌生人的天花亂墜有多可信，而且在海兒面前她也從不隱瞞她的懷疑。她是如何從這個追尋探索、真誠坦率的女孩子變成這個海兒記憶中幻想破滅、心神俱疲的女人的？

這個不是魔法，親愛的，她有一次對海兒這麼說。海兒一定只有四、五歲大。妳可以隨意擺布這些牌，它們只是漂亮的圖案。但是大家喜歡假裝人生有……意義吧。讓他們覺得快樂，認為他們是什麼大格局裡面的一分子。

摸不著頭腦的海兒當時問：那，為什麼有人每天都來找她？那就像去看戲，她如此解釋。大家想相信是真的。我的工作就是假裝它是真的。

日記中的女生並沒有假裝。她戀愛了——因為塔羅牌的力量，因為命運的力量。她相信過。

那是什麼變了呢？發生了什麼事讓她不再相信那份魔力？

我漏掉了一個地方，海兒心想，拿起了月亮牌，瞪著看，看明亮的球體中那張陰影臉孔。我漏掉了什麼。

但無論是什麼，都是她摸不著想不通的，最後她把牌收拾好，和衣鑽進被窩裡，盡量睡點覺。她幾乎睡著了，飄浮在那個介於半睡半醒的混沌地帶中，火光在她的眼皮下形成圖案，忽然一個畫面浮上眼簾。

一本書。一本毛莨黃封面的書，封面和書背上都沒有文字。

不是她的，她也想不起這個畫面是打哪兒冒出來的，然而……然而卻很眼熟。她見過。在哪兒呢？

海兒坐了起來，頸背感覺到室內的冷空氣，她伸手按住閉著的眼瞼，想要再看見，看見她是在哪兒看過的，為什麼她的潛意識會在此刻戳刺她。

她幾乎要放棄了，也正打算再躺下，當作是太累了的胡思亂想，卻又猛地想起了什麼來。不是畫面——是一種氣味。灰塵的味道，蛛網的味道，磨損的皮革的味道。那種指間有又厚又黏的塑膠的感覺。她知道了。

是來到崔帕森園的第一晚。書房，時空靜止，高架上的那本書，她才剛翻閱就被打斷了。相簿。或許可以讓她找到她遺漏的東西。也許能找到愛德華，他年輕時的模樣。或甚至是她的母親。

而且不只是照片——還有灰塵中的足跡。

有人，在她來崔帕森園的頭一天早晨，甚至是一週之前，到過書房去看照片。可能是懷舊，但是海兒覺得在她見過的人裡，韋斯特威一家是連一根懷舊的骨頭也沒有的。過往對他們而言並不是一個快樂的地方，並沒有充滿美好的回憶，而是一個由痛苦主宰的雷區。不——如果亞伯、艾佐拉、哈爾丁、愛德華或是其中一人把相簿拿下來過，那就是為了別種非常實際的理由。而突然間海兒非常想知道那個理由。

相簿中有什麼讓某人想要看、或是檢查、或是移除的。但，為什麼？

而如果她和艾佐拉明天一大早就走，她可能就沒有第二次機會去查出來了。

海兒的兩腿下了床，穿上外套，抵擋冷冽的夜間空氣，再把光腳套進冰冷的鞋子裡。然後她推開了閣樓門，躡手躡腳下了樓。

她停在第一個平台上，側耳傾聽，卻沒聽到打呼聲。要是艾佐拉睡了——他一定是，因為他的樣子像是累得站著都能睡著——那他睡覺一點聲音也沒有。

接著她就來到了門廳，一片漆黑。

海兒不敢開燈，但是屋子已經不再是第一天早晨的陌生迷宮了，她不需要開燈，窗子射進來的微弱光線就足以讓她經過客廳，經過圖書室和撞球間和靴子間。她推開了分隔的門，左邊就是早餐室，用過的餐具仍擺在餐桌上。海兒不由得停下腳步——他們離開之後華倫太太居然什麼也沒做！不過她這會兒沒空思索這個。

下一步是最危險的，因為她必須直接走過華倫太太的客廳，而海兒一點也不知道她睡在哪裡。她是否睡了。不知如何她不覺得她會在夜闌人靜時仍醒著，面對著熊熊爐火搖晃著椅子。溫室的石地板很冰，而且踩上去太吵。不過，沒有第二條路可走——這是到書房唯一的路線——至少是海兒僅知的路線。最後，她彎著腰，脫掉皮鞋，踮著腳走過結霜的石板，光腳板被凍得她不斷眨眼。

然後她就通過了，到了另一頭的小門廳裡，而且一隻手按上了書房門。

海兒進入了書房，第二次有那種最奇怪的走回了時光中的感覺。多年的灰塵踩在腳下軟軟的，她走過磨損的地毯，唯一的阻力是被她的腳趾踩碎的小昆蟲或是被強風刮進來的樹葉的細小沙沙聲。

房間籠罩在黑暗中，海兒別無選擇，只能尋找綠罩檯燈的開關。檯燈非常古老了，電線磨損，覆著布料，起碼是戰前的玩意，她暗忖，但是找到了黃銅開關，一按就順利的亮了，柔和的翡翠光圈照亮了房間。

木梯仍在，從她上次來過後沒有人動過，上頭的腳印仍清晰可見。而就在架子上端就是那本她匆忙放回去的書，仍然微微露出一角。

海兒的心臟都快跳到嗓子眼了，一腳踩上了木梯，踩在另一個人的腳印上，再次拾級而上，最後單手握住了柔軟的黃色書背，把書拉向她等待的臂彎中。

海兒回到書桌前，坐在高背椅上，調整檯燈角度，接著，懷著幾乎是戒慎恐懼的心情，翻開了輕聲呻吟的相簿。

照片正如她記憶中一般清晰老舊。哈爾丁是個嬰兒，脖子胖嘟嘟的，穿著樣子粗糙的毛衣，哈爾丁騎在一輛閃閃發亮的三輪車上，幾頁之後亞伯第一次出現：A．L，三個月。

但是這一次說明文字卻讓她警覺。為什麼是A．L？海兒在腦海中爬梳，猛地想了起來——在她母親的日記中，茉德叫她的哥哥艾爾。海兒當時並沒有多想，但是此刻卻想通了。

她又翻了幾頁，現在動作更快，看見亞伯在沙灘上搖搖晃晃行走，在玩球，看見法國度假，也可能是義大利，哈爾丁和亞伯面容嚴肅地坐在某座歐洲教堂的台階上，手裡拿著冰淇淋，看著全家過聖誕節，然後……

兩個小嬰兒，並列在襁褓中。瑪各麗妲．米瑞恩和艾佐拉．丹尼爾，兩天大。

他們在睡覺，緊緊閉著眼睛，所以沒有文字說明，海兒分不出誰是誰。多奇怪，兩個雙胞胎在襁褓時這麼相像，長大了卻一點也不像。他們的臉很安詳，面對著彼此，在母親的子宮裡必定也是這個姿勢，絲毫不知將來的爭吵和痛苦。

茉德。

海兒的視線落在那張平靜的小臉上，嬰兒肥臉蛋睡得正香。

妳在哪裡，茉德？死了？跑了？躲起來了？可是她怎麼能這樣——她怎麼能任由兩個哥哥，她的雙胞胎手足，痛苦這麼多年。

海兒翻頁，看見小娃娃茉德邁著胖嘟嘟的小腿把一隻破舊的木狗推過爐前地毯，她旁邊是艾佐拉，玩著一隻大熊，幾乎比他的身量還大。後面幾頁只有艾佐拉——四歲，騎在嶄新的腳踏車上，被陽光照得閃閃發亮。五歲，咧嘴露出沒門牙的笑容。海兒搖頭，想起了亞伯苦澀地說艾佐拉是他母親的最愛。

她正要翻頁，尋找茉德的相片——但是驀然間實在太痛苦了，看著這個小女孩慢慢成長，最後竟走向湮沒。海兒嘆口氣，合上了相簿，手指按著眼睛，把腦袋裡的痛和心裡的痛往後推。無論她是要尋找什麼答案，她以為會在這裡找到都是太傻了。她應該要把相簿放回原處，上床睡覺，聽從艾佐拉的忠告，把過去忘了——放棄這種愚蠢的執迷，不要再想查出多年以前發生了什麼事。

不過是誰把相簿拿下來的，在那個頭一天早晨？三兄弟中的一個？愛德華？他幾乎還沒抵達，不過他可能剛夠時間。唯一的可能就是華倫太太，但就更奇怪了。

有件事倒是確定的——這本相簿裡找不出與她母親有關的線索。除非——

她愣住，這個想法糾纏她不放，她睜開眼睛，模糊的視線用力重新聚焦在面前的這本毛莨黃封面上。她再次把相簿拿起來，緩緩翻頁，胃糾成一團，不確定自己會看見什麼。

確認來得很慢——並非來自單一的照片，而是閃閃爍爍變得清晰的，像是拍立得相片在光線下逐漸顯影，五官從白花花的一團中出現。

先是一張兒童的圓臉，漸漸清晰起來，熟悉得令人心痛，嬰兒時的藍眸變深，變成了黑眼珠。四肢變長，皮膚曬黑，臉上的表情從坦率的信任變成提高警覺。

然後，終於，最後一張相片——雙胞胎的十一歲生日——她在這兒。透過黑色糾結的劉海往外瞪，黑色的眼睛被燭光照亮，跟她的兄弟是那麼酷似，海兒真奇怪她怎會沒看出來。

瑪各麗姐。茉德。海兒的母親。

45

要不是海兒已經是坐著的，她就會伸手摸索椅子好坐下來。

她的母親是茉德。茉德。沒有別的解釋了。這些照片中的女孩子，艾佐拉的雙胞胎手足，跟他一塊在崔帕森園長大的，就是海兒的母親。絕對錯不了。

然而——說不通啊。

絕對是真的。相簿裡的相片不會說謊。那是她母親的臉，在她自己的兩隻眼睛底下閃閃爍爍變得清晰，一頁又一頁，從襁褓到開學，到她幾乎是青少年的自己，一路成長為海兒再熟悉不過的女子。她的母親不是瑪姬。

所以說……所以說海絲特．韋斯特威是她的外婆。

所以說遺囑是有效的。

可是出生證明呢？日記呢？還有——

然後海兒明白過來了，就像是月亮從雲層後露出頭來。那些在黑暗中沒有形體的黑色混亂都被照亮了，各自歸位，突然組成了一片合乎情理的風景。她不能確定，但是如果她沒猜錯……如果她沒猜錯，那麼她就是一直把這件事顛倒過來看的。

如果她沒猜錯，那她之前的想法就全錯了。

如果她沒猜錯，她就犯了一個嚴重的、嚴重的錯誤。

外頭仍在下雪，而海兒把外套拉得更緊，翻著相簿。但這次害她發抖的不僅是因為寒冷。而是一種不祥之兆瞬間在她的周遭凝聚——過去的秘密重重壓下來，而她就要把水閘打破了。大洪水。

這一次，她翻著貼在泛黃的保護膜下的褪色照片，這一次不再有驚異或是懷舊之感了。這一次，她覺得她彷彿是要一頭栽入兔子洞裡，掉進往事裡。

因為照片裡的孩子，跟雙胞胎弟弟在崔帕森園裡又笑又玩的不是海兒的阿姨，而是她的母親——她的黑色眼睛就跟海兒的一樣，但並不是海兒的。

也就是說瑪姬，那個來到崔帕森園的女孩子，寫下日記的，懷了孕的，逃走後失蹤的，是個陌生人。然而海兒是瑪姬的女兒。沒有別的解釋。無論海兒在腦海裡如何推敲，結果都是一樣的——茉德不可能在海兒出生的時間懷孕。懷孕的人是瑪姬。

只有一個可能，而且打從她打開崔斯韋克先生的信之後，這個可能就一直擺在她的眼前，只是她太盲目，竟然沒看見。

海兒的母親——那個愛她，把她養大，照顧她的人——不是生下她的女人。

可是，究竟是怎麼回事？怎麼會這樣？

海兒兩手捧著頭，覺得像是揹負著重擔，沉重得不得了，同時也脆弱危險得不得了。她有種自己踮著腳尖走在很窄的鋼索上的感覺，而且她的懷裡抱著一顆炸彈，輕聲滴答，隨時會爆炸。

因為這件事如果同她想的一樣……

不過她太心急了。

別急，她母親的聲音在她腦海中響起。構思妳的說法。排出來——一張接一張。

那就一張接一張。

好。海兒有什麼是確定的？

她知道瑪姬逃走了——從日記以及茉德的信可以確定。茉德幫助她在一月或二月時逃走，兩人來到了布萊頓，共同生活。在那裡，在安詳的小公寓裡，瑪姬生下了她的女兒，而茉德……茉德不能回家。莉姬說得很清楚。她沒有再見她的家人，從她離家出走的那一刻起。所以她一定是跟堂姊住在一起，照顧她，等待機會，擁抱她的牛津入學信，等待秋天來臨她終於可以如願去求學。

可是後來，不知是什麼原因，瑪姬回去了崔帕森園。某件事把她拉了回去——而無論是什麼事，一定都得是個好理由，因為她是要回到一個她辛辛苦苦想逃離的地方。她收拾了行囊，把孩子交給堂妹照顧，搭上火車獨自來到崔帕森園，臉上有一種「聖女貞德」的表情，「像是要上戰場的少女，」莉姬是這麼說的。

她是被錢逼回來的嗎？兩個學業尚未完成的年輕女子再努力也僅能餬口，更別說還要撫養孩子。我父母留給我一點錢，她在信中跟茉德這麼說。但是那一點錢撐不了多久，即使是加上了在碼頭賺的錢，茉德很快就要去上大學了，海兒沒有人能照顧。說不定她是去為了孩子的撫養費用戰鬥。

無論是什麼事，都出了很大的差錯。瑪姬——不是茱德——失蹤了。她害海兒沒有了母親，逼得茱德接手她的種種生活——她的公寓，她在碼頭上的小算命亭……還有她的孩子。

從某方面來說，過程一定沒有什麼困難，出生證明和公寓租約上寫的是「瑪各麗妲・韋斯特威」，算命亭上的招牌也是。她的母親是瑪各麗妲・韋斯特威——她有護照和出生證明為證。這一點沒有爭議。茱德只是套入了她堂姊的生活。

但是海兒一想到那有多難就心痛。茱德放棄了一切——她那麼努力爭取到的自由，她的大學生涯，她辛苦贏來的將來——她全都放棄了，為了海兒。她抱起了堂姊的孩子，接手了碼頭的算命亭，只為了一個理由——養家活口，因為她別無選擇。

難怪日記中那個直率、愛探詢的女孩跟撫養海兒長大的那個譏誚懷疑的女人就像是兩個不同的人。她們本來就是不同的人。並不是瑪姬改頭換面了，而是茱德始終就沒變過。

瑪姬說過什麼來著，引述了茱德的話？一堆裝神弄鬼的狗屁，就是它。海兒看見時心生共鳴，還哈哈笑，她當時還不太懂得為什麼會覺得心有戚戚焉，但是這下子她懂了。

這下子她懂了為什麼茱德在這些照片中是那麼的亮眼，她感受到的那種共鳴從幾十年的歲月中震盪回來。

那是因為她們確實有關係。茱德不僅是她的阿姨——她也是海兒心目中唯一的母親。是她愛得超出自己的生命，超出理性，超出禮數的人，在她失去她後。

緊要的問題在海兒的心中跳動。怎麼會？為什麼？

但是她必須一步一步來……像是慢條斯理的、有板有眼的讀牌。她必須要一次翻開一張牌，仔細思索，找出它在說詞中的位置。

而下一張牌……下一張牌是那個讓海兒覺得格外不安的，但是她也說不上來是為什麼。

因為下一張牌壓根就不是牌，而是一張照片。那張照片。亞伯在她來崔帕森園的第一天就給她的照片。

海兒把「金黃維吉尼亞」錫盒從口袋裡掏出來，撬開蓋子。照片就在裡頭，最上面，對折起來。她把它攤開，以全新的目光盯著照片。

茉德在那兒——瞪著鏡頭，眼神叛逆。但瑪姬也在。寫日記的瑪姬。而她看的不是鏡頭，她看的是艾佐拉，以她藍色的、藍色的眼睛。

藍眸迎上黑眸……

她一直都想反了。

海兒並不是從她母親那兒繼承了黑眼珠的，因為她的母親是金髮女性。

她是從她父親那兒繼承來的。那個用三角架架起照相機的男人，開啟了定時器，再回去站好拍照。

艾佐拉。丹尼爾。

愛德（E.D.）。

艾佐拉是她的父親。

46

海兒的手機在樓上，閣樓裡，她也沒戴手錶，但是她從屋子的死寂可以確定必然已過了午夜，可能還過了很久了。

但是心頭壓著這麼重的真相，一堆問題翻攪個不停，她是絕沒辦法回床上睡覺的。

她只能去找一個人——一個可能會告訴她真相的人。

華倫太太。

而且她現在就得去，在艾佐拉醒來之前。要是等到天亮……

海兒拿起了相簿，推開椅子，站了起來，努力凝聚勇氣，想起了樓梯上的繩子，華倫太太聲音中的狠惡辱罵——走——如果妳知道什麼對妳最好……

像聖女貞德，她母親曾經這樣。像要開赴戰場的少女。

嗯，她繼承自瑪姬的地方並不多。面貌不像，眼睛或頭髮不像，甚至沒有她的幽默感和懷疑論。但是說不定她繼承了她母親的勇氣。

海兒深吸一口氣，穩住自己，竭力平息在心裡喧譁吵嚷的問題——然後打開了書房門，輕輕走過橘園，去敲華倫太太的客廳門。

無人回應，海兒就敲得更用力些，結果門卻向內旋開了，而她看見小客廳裡的瓦斯爐火開著，桌上的檯燈也亮著。

華倫太太是坐在椅子上睡著了嗎？

椅子推到了爐火前，非常靠近，一條毯子披掛在椅背上，形狀像是一個佝僂的老太太——但是海兒小心翼翼上前，空著的那隻手伸在前面，椅子卻只是在明滅不定的光線下搖來搖去，沒有主人，她看到椅子是空的，只有兩個靠墊。

「華倫太太？」海兒悄悄呼喊，盡量別讓聲音發抖，但是這種寂靜卻令人毛骨悚然，只有低沉的收音機聲起起落落，以及搖椅的吱嘎聲。

從書房過來，客廳就顯得過熱了，讓人有窒息感，海兒擦拭額頭，覺得頸背上冒出了汗珠。收音機的聲音從客廳內部的一扇門後傳來，海兒謹慎地邁了一步，卻碰到了一張小邊桌，桌上擺滿了相框，被震得倒下來，有六張左右。

「靠！」

她伸手去把桌子扶正，但是相框卻像骨牌一樣一個接一個倒落，海兒愣在那兒一會兒，心臟跳到了嗓子眼，感覺到心臟咚咚跳。

「華倫太太？」她勉強喊，聲音發抖。「對不起，是我啦，海兒。」

但是沒有人出現，她兩手發抖，把相框一一扶正。

而就在這麼做時，她看見了是什麼相片，心裡的不安越來越濃。

艾佐拉。每一張都是。

嬰兒時的艾佐拉，抱在華倫太太的懷裡，柔軟的手伸向她的臉頰。學步的艾佐拉，奔跑過草皮。年輕的艾佐拉，幾乎英俊得讓人不敢逼視，笑容燦爛，毫無戒心，充滿了惡作劇的淘氣。艾佐拉，艾佐拉，艾佐拉——差不多是給一個逝去的小男孩立的聖壇。

有一張是三兄弟立在壁爐前的。沒有瑪姬，不過，倒也不令人意外。沒有茉德。而除了懷抱艾佐拉的那張之外，也沒有一張有華倫太太。

就彷彿在那顆扭曲老邁的心裡，所有的愛，所有的關懷和溫柔，都落在一個人的身上，濃縮成一束崇拜的光線，熾熱到海兒覺得可以燙傷肌膚。

「華倫太太，」她又喊一次，這時喉頭像是噎住了，但是憐憫或憤怒，她也分辨不出來。「華倫太太，醒醒，拜託。我需要跟妳談一談。」

毫無回應。唯有寂靜。

海兒一吋一吋蹭過以爐火照明的房間，兩手發抖，走向裡間的門，把黃色相簿舉在面前，當成盾牌。她想像著把門推開，而那個佝僂的人形立在門後，立在寂靜與黑暗中，就如那晚她在閣樓外一樣，等待，監視。

「華倫太太！」她的聲音中多了一種懇求，幾乎是哽咽。「拜託，醒一醒。」

她來到門邊了。什麼也沒有。沒有動靜，沒有聲響。

她的一隻手按在門板上。

然後她用力推，門打開了，露出狹窄的臥室，只有一張鐵床，一襲碎花法蘭絨睡袍整齊地疊放在床腳。

床底下有兩隻室內拖鞋，並列擺放，一件大衣掛在門邊的釘子上。

至於華倫太太本人則是不見蹤影。

海兒覺得心臟穩定了下來，暫時放寬了心，但另一種緊張又襲捲而來。

如果華倫太太不是在睡覺，也不在她的客廳裡，那她在哪裡？

「華倫太太！」她大喊，被自己的音量嚇了一跳。「華倫太太，妳在哪裡？」

忽然，在臥室的後面，海兒看見了另一扇門，而且是打開的。

「華倫太太？」

她走入臥室，闖入的感覺隨著每一步冒險深入華倫太太的個人聖所而越加濃烈。部分的她一想到華倫太太看見她在這裡的震怒就忍不住發抖，但是部分的她卻被一種著迷驅使——簡樸床鋪上方牆上的十字架，床頭几上的艾佐拉相片，床腳折疊齊整的碎花睡袍，那麼小，小得可憐。

她想向後轉——但現在不可能了。已經不只是病態的好奇，想知道華倫太太凜然不可親的表相下是什麼。而是一種欲望——不，是需要，對答案的需要。只有華倫太太能夠提供的答案。

她伸長了一隻手。幾乎要到門口了……

「海兒？」

聲音來自後方，害她不由自主地抽動，猛地踅身，在黑暗中瞪大眼睛。

「誰——是誰？」

起初不見人影，接著什麼動了——門口一條闇黑的形狀，然後他踏步進入小房間。

雪停了，她以一種超然的驚奇恍悟到，而且月亮出來了，在兩人之間的地板上投下了斜斜的一道月光。

「海兒，妳怎麼會在這裡？」他低沉的聲音中不帶責備，只有一種關切的好奇。

「艾、艾佐拉，」她結結巴巴地說。「我在、在找、找華倫太太。」

她說的是實話。

「為什麼？出了什麼事嗎？」

「我沒事。」她勉強說。這句不是實話。她的心臟跳得飛快，害她的耳朵嘶嘶響，她幾乎沒辦法讓它靜止以便聽見自己的想法。

他跨步向前，走入月光下，伸長一隻手彷彿是要牽她的手，帶她回到安全地帶。

「海兒，妳確定妳沒事嗎？妳的樣子非常奇怪。妳手上拿著什麼——是……是書嗎？」

她低頭看著雙手，仍抱著黃色相簿，接著她抬頭看艾佐拉，她的父親。

她迎上他的眼睛，就如同跌落到幽黑、處處是枯葉的水裡，就如同跌落回她自己的往昔。

因為突然之間，在清明澄澈的一瞬間，她懂了。

以前在學校時，海兒的老師要他們做實驗，把一瓶水冷卻到冰點以下，然後拿來用力敲桌子。一敲下去，水瞬間結冰，冰以驚人的迅捷擴散開來，好像魔法。

她站在這兒，凝視艾佐拉幽黑如水的眼睛，海兒感覺到同樣的過程似乎在她的體內發生了——一種痛苦的寒冷由她的核心擴散開來，把血液變成冰，把她的四肢凍得僵硬。因為她懂了——終於——而且不需要知道——華倫太太出了什麼事。

她懂了華倫太太第一天的古怪神情，懂了韋斯特威夫人的遺囑，以及她給哈爾丁的奇怪的、謎樣的信息。

她懂了遺產的措詞用字以及發生的「錯誤」——到頭來並不是崔斯韋克先生的錯——她怎會以為那位乾癟、謹慎的矮小男人會犯下如此災難似的錯誤呢？

她懂了何以亞伯否認愛德華那天也在湖邊，何以艾佐拉拒絕挑戰遺囑或是讓她立據出讓遺產，她懂了一直困擾著她的潛意識的那種用過即扔的古怪感覺。

最要緊的是她懂了何以她母親要斬斷過去，帶著海兒一起。

走——如果妳知道什麼對妳最好。

不是威脅，而是示警。

而她卻了解得太晚。

47

兩人站在那兒，瞪著彼此，時間似乎也變慢了。海兒終於開口，喉嚨乾澀，聲音沙啞。

「是相簿。可是——可是你可能知道了。」

她想要把話說得輕鬆，卻在自己的口中都覺得怪怪的，而她這才發覺她自衛似地抱住自己，像是在保護自己以免被不知名的人攻擊。想想妳自己的姿態，海兒，不是只有我們解讀別人——別人也會解讀我們。

她的臉孔僵硬，擠出笑容，拉大嘴角，感覺像是死亡的鬼臉面具。

「呃……我很累了……」

艾佐拉從她手中接過了相簿，卻沒有離開，反而一手按著牆，漫不經心地倚著，擋住了海兒的出路。他翻閱時還歪著頭對她微笑。

「喔……這個老東西。天啊，我都不知道母親收藏了這麼多的相片呢。」

海兒一聲不吭，只是盯著他翻頁。

「妳是怎麼找到這個老東西的？」

「我——」海兒吞嚥了一口，強迫自己把手臂垂在身側，讓肢體語言開放，裝出一派輕鬆的樣子。「我睡不著，想找本書來看。就去了書房。」

「這樣啊。那……妳……看了照片嗎？」

他的聲音輕鬆，甚至像是隨口閒聊。但是他說這句話時，海兒知道——他也知道。她看出了他的某種變化，他的姿態，有些無法察覺的差異。她在算命亭見過太多次觸及別人痛處時的表情，絕對錯不了。

她現在就看到了。

「只、只看了前面幾張，」海兒說，讓自己的呼吸變慢，穩定，超脫地聽著自己聲音中的顫抖，努力想要抑制，讓聲音平靜舒緩。「怎麼了？」

「沒怎麼。」他說。但是現在沒有假裝了。他不再微笑了，而海兒覺得心跳加快了。

「那……如果你不介意，我就上床睡覺了……」她說得又慢又小心，保持鎮定，等著他讓開，但是他卻只是搖頭。

「我不認為。我認為妳看過了相簿。」

好漫長的一陣沉默。海兒覺得心臟撞擊著胸腔。然後就像是她的心裡有什麼打開了，話語連珠砲似地發射，充滿了苦澀。

「你為什麼不告訴我？你知道。你明明知道。你就是愛德。你為什麼要假裝是可憐的愛德華？」

「海兒——」

「你又為什麼讓我繼續以為我母親——我母親——」

但是她沒說完，她只能沉坐在床上，雙手抱頭，哭得全身發抖。

「我的整個人生都是謊言！」

艾佐拉一言不發，只是俯視著她，文風不動，而海兒感覺到她心中的冰冷凝固成鐵證。

「你把她怎麼了，艾佐拉？」她輕聲說，但是聽起來就是原來的意思：控訴。

他面無表情，卻掩飾不了眼神，而在明亮赤裸的月光下，海兒看見了他的瞳孔，漆黑的，瞬間擴大，因為震驚，隨即收縮。而她知道她說中了。

「你犯了一個錯，」她悄聲說。「今晚早一點的時候。你說的話困擾了我一整晚。我說不上來是什麼在困擾我，我一直以為是你在車子裡說的話，我回想我們的談話，卻不是。是你在服務區說的話。」

「海兒——」艾佐拉說，聲音沙啞，清清喉嚨，好似覺得說話很困難。他放下了按著牆壁的手，雙臂抱胸。「海兒——」

「撞死，在她的屋外，你說。你說的是茉德，艾佐拉。不是瑪姬。那你又是怎麼知道的，在屋外？」

「我不知道妳在——」

「喔，拜託。」她起身，面對他，頭頂還不到他的胸口，但是突然間她不再害怕了，她很生氣。我太生氣了，她記得他這麼說。我一直都在生氣。

哼，這個人是她的父親，她也可以生氣。

「不要再假了，」她說，聲音平靜，顫抖也停止了。這個就是了。這個就是她擅長的——解讀別人，解讀他們的肢體語言。解讀言下之意，挖掘出他們不想承認的真相，即使是對他們自己。「沒有一份報紙報導過是發生在我們的屋子外面——事實上，警方還特意隱瞞下來，因為我不想讓別人擠到公寓外面看熱鬧。你不在現場。你沒去過我的公寓。除非……你去過。」

「妳在胡說什麼。」他說，但是幾乎是機械式的，彷彿他知道她看穿了他一直隱瞞的真相。因為海兒看見了什麼。在艾佐拉的眼中，像意識的閃光，她見過一百次、一千次。而就是這個告訴她她說對了。

「你知道，」她說，百分之百篤定。「你在現場。你做了什麼？」

他沉默不語了好久好久，只是站在那兒，背對著門，雙手抱胸。他的臉藏在陰影中，月光只照出了他的眉毛，糾結成憤怒的蹙容，但是海兒不怕他。她能解讀這個男人。而且他在害怕。她困住他了，而不是她被困住。

「艾佐拉，你是我的——」話卡在她的喉嚨裡。「你是我的父親。你不覺得我有權利知道嗎？」

「喔，海兒，」他說，一面搖頭，剎那間不再憤怒了，但卻彷彿非常傷心，或是非常疲憊。海兒也說不上來。「海兒，妳他媽的為什麼就不能不要管。」

「因為我必須知道。我有權知道！」

「對不起，」他柔聲說。「我真的非常……非常對不起。」

然後她知道了。

48

「你殺了我母親。」真相有如冰水當頭潑下，冷得她喘不過氣來。

她覺得自己跌入了一種深沉漆黑的確定之中。

就像是她早就知道——然而聽見真相的震驚，以她自己小聲的、平板的聲音道來，仍然是極不尋常的。

她發現自己大口喘息，像是慢慢溺水，然後她再也說不出話來了，只是搖頭——卻不是難以置信。而是某種的絕望，因為這件事居然不可能不是真的。

但它卻是真的。而她早在自己醒悟之前許久就知道了。

或許她一來到這棟屋子後就知道了。

她只是受不了會是真的。

「茉德打算把真相告訴妳，」他傷心地說。「她寫信告訴了母親，她說妳有權知道，她要等妳滿十八歲之後告訴妳。我不能讓她說，我不能讓她告訴妳真相。」

「你殺了她。你也殺了瑪姬。」

「我不是故意的。天啊，我愛她，海兒，從前，可是她——」他搖頭，似乎連現在都在努力了解。「那是意外，可是她讓我太、太生氣了，海兒，妳一定得了解。」

讓他們說話，海兒。發問可以讓大家冷靜下來——做開場白，讓他們知道無論他們隱藏了什麼，妳早就知道了。

「我懂，」她說，雖然說出這句話讓她的喉嚨很痛，很難開口。她吞嚥一下。「你一定有理由。」

「逃走……」他把兩個字說得很慢，低著頭，幾乎像是在自言自語。「離開崔帕森，我能理解。母親讓她的生活水深火熱，而我離家去念書，我也愛莫能助。可是她回來了，天啊，她變得那麼不同，那麼冷酷，那麼鐵石心腸。她找到了家裡來——是那年年底，我剛畢業。母親不在家，瑪姬來找我談，她說——」他發出嗆到的一聲笑——「她說：我就不說廢話了，愛德，你有責任撫養這個孩子。

「我是說——妳能相信嗎？那種——」他像是被回憶噎到。「那種公然的厚顏無恥。她逃跑了，丟下我一個人在猜測她是跑到哪裡去了，她做了什麼，結果她又憑空冒出來，連聲道歉都沒有，開口就是要錢。我們曾經是那麼的親密，我曾經——」

他沉坐在床上，兩手抱住頭。

「天啊。」她沒能管住嘴巴，而話一出口，她就聽見了她母親的聲音在她的腦海中響起：絕不要讓他們看見妳驚訝，沒有什麼比責難更容易讓別人起戒心的了。妳是他們的神父，海兒。這是在懺悔，多多少少。敞開心胸——他們會把真話告訴妳的。

她雙手按住嘴巴，好像在阻止自己再說什麼，然後就只是站在那裡，俯視著他的頭頂，全身因震驚而冰冷。內心中小小的、遙遠的、實際的一面在低聲說：要是妳有手機就好了，妳可以錄下來。但是來不及了。她的手機在高高的閣樓上，去拿就會驚動他。再者，此時此刻真相更重要。她必須知道。

他又開口，聲音粗啞，仍低著頭，彷彿悔罪太過沉重，壓得他抬不起頭來。

「我叫她跟我去走一走，我想如果我們離開屋子，到某個有快樂回憶的地方……」他的聲音變弱，隨即搖頭。「我們到了湖邊。她一直很喜歡船屋，可是我們到了那兒，天氣好冷，湖面上結了冰，好像每個地方都變了。我想吻她，她卻甩了我一耳光。她打我。」他一副匪夷所思的語氣。「我很生氣，海兒，我太生氣了。我雙手掐住她的脖子，然後我吻了她——我吻了她，等我放手……」

他打住不說。海兒因為這件事的可怖而全身冰冷。

她能想像，輕易就能想像，冰冷的湖水拍打著碼頭，可憐的瑪姬拚死掙扎，兩腳亂踢滑溜的木板……

然後呢？一具屍體……從薄冰中下墜，沉入漆黑冰冷的水裡……一艘船，刻意鑿了個洞，固定住，覆住白骨。

然後是沉默。超過二十年的沉默。

「我的天啊，」她低聲說，雙手捧著頭。「我的天啊。」

他抬頭看她，眼中有淚。

「對不起。」他只這麼說。

說完他就站了起來，伸出手，一時間，海兒驚恐地以為他也要吻她。

但是他並沒有。這時她才明白了他是要做什麼。

49

「艾佐拉，不要。」海兒開始後退，但是他介於她和門之間，她唯一的去路是後退，退向另一扇門，房間另一頭的黑暗縫隙中。那是出口嗎？還是死路？她沒辦法知道。「拜託，你不需要這麼做。你是我父親啊，我不會告訴別人……」

但是他越來越近，越來越近。

「其他人會發覺的——他們會知道你回來了——他們會看見車轍。華倫太太，她會聽見你——」

但即便她說話之時她都知道只是徒然。就算華倫太太在這裡，在某處，她也曾為她的寶貝少爺掩飾過一次命案。

尖叫毫無用處，誰也聽不到。但是儘管她的頭腦這麼說，她的肌肉卻知道唯一能做的事就是尖叫，所以她吸了好大一口氣，填滿了肺葉，然後放聲大叫。

「救命！誰來救我，我在——」

他已經撲了上來，像貓抓住了老鼠，一手摀住了她的嘴巴，蓋住了她的話。

海兒用力咬，嚐到了鮮血，一手往床頭几亂抓，想抓到什麼東西，只要能當武器都好。一盞燈。一個杯子。甚至是相框。

她的手指用力握緊，她聽見玻璃碎裂，然後她的手裡抓著什麼，她猜是檯燈，她使出吃奶的力氣打他的後腦勺，聽見燈泡破裂，金屬燈罩吱嘎響。

艾佐拉放開了她的嘴巴，痛得大吼，抓她的手，逼她丟掉檯燈，而她再次吸一大口氣——但是這一次，在她能大叫之前，他的雙手扣住了她的喉嚨使勁擠壓。

她最後一次伸向床頭几——然後她放棄了。她不能不放棄。喉嚨太痛了，是一種壓碎骨頭的力道，每個直覺都在逼她舉起雙手，努力掰開他的手。

搏鬥不再是最重要的事。呼吸才是。

海兒舉高雙手，用指甲掐入他的指關節，想要讓他鬆手，至少能讓她吸一口氣，但是他的手勁大得不可思議，而她能感覺到她逐漸衰弱，放棄，視線裂解成紅與黑的片段，耳中的吼聲像一波波黑暗浪濤，喉嚨的痛像一把刀，而她瞥見了一眼那個寶劍八牌上眼睛蒙住的女人，被刀刃牢籠包圍，盲目，流血，受困，而當房間碎裂成黑暗時，她還來得及想：*我不是那個女人。她不是我的命運。*

她想到了她母親，想到了死亡有多快。只要幾秒，生命可以這麼快被撲滅，真是奇怪……

她的腿仍在踢，主要是本能的動作，而不是蓄意的掙扎，而從她斷續的視線中她能看見艾佐拉的臉，他的嘴巴醜陋扁平，透著傷心，眼淚從鼻子流下來。

「對不起，」她從耳朵裡的咆哮聲中聽見。「我真的很對不起，我根本就沒想要這麼做——」

她的腿現在幾乎不動了，她想大喊，懇求他，但是她連低喃都辦不到，更別提說話了。她氣管上的壓力好大，而她的肺裡也沒有空氣了。

撐住。

她不確定聲音是打哪來的。瑪姬的，茉德的，也可能其實是她自己的——只是她自己的。

撐住。

但是她撐不住了。他的手在擠壓她，每一樣東西都越來越遠。

沒理由奮鬥了。他太壯了。

她感覺到她的手指從他的手上落下，不再想要掰開他的手了。

而就在她的手落下時，指關節拂過地上的什麼東西，是在打鬥中從床頭几上掉落的。

她握住了，然後使出僅餘的力量，把東西拿起來，砸到他臉上。

海兒聽到玻璃碎裂聲，這才恍然——是相框破了——接著她看見鮮血噴發，一片碎玻璃插進了他眼窩上方的眉骨裡。他慘嗥一聲，抽開了一隻手，去摸深深插入額頭上的玻璃，泉湧的鮮血讓他看不見。一時間海兒只驚恐地瞪著眼睛，壓根不知道自己做了什麼——玻璃是否插得夠深，穿透了什麼重要器官。但是她不能留下來探查。

她丟掉了相框，手指狠掐他仍勒著她喉嚨的那隻手，接著一隻膝蓋向上頂，使出全身之力頂中了他的鼠蹊。

他就放開了手。

她跌跌撞撞，大口喘息，空氣扒開了腫痛的喉嚨，看準了房間另一頭的門就跑。

「喔，妳想得美！」她聽見他的聲音像是沙啞的咆哮，充滿了純然的憤怒，但是就算她想回頭，現在也來不及了。

她朝門衝過去，一撞就撞開了，她發現自己滾落冰冷的階梯，最後撞到了底下。

底下黑極了。海兒的頭因為先前的撞傷又痛了起來，喉嚨也因為艾佐拉的扼喉而痛死了。這一摔是有可能會要了她的命的，她心想，幸好她跌在一個軟軟的東西上。

她伸手去按地，想讓自己站起來。就在這時，她的掌心感覺到柔軟的頭髮，她才明白是什麼，而在恍然大悟之後，她不得不伸手摀住想從瘀血的喉嚨溜出來的哀鳴。

是華倫太太。海兒以手指去摸她的臉、她的眼鏡、她張開的嘴，她知道——她死了，而且完全冰涼了。

但是她沒有時間再追究。她能聽見上方艾佐拉像一頭受傷野獸般笨拙竄動，踉蹌追往敞開的門，撞上家具。他馬上就會下來，到時候她也會死掉——無論是否受傷，他都比她要強壯太多了，而他受傷的眼睛在這種漆黑如墨的地方也算不上是什麼劣勢。

她一定是掉到了屋子裡的什麼地窖了。唯一的問題是，有沒有另一個出口？

海兒雙手伸在身前，開始小心摸索，感覺到腳下有東西晃動滑行——瓶子互撞，小腿撞上什麼箱子一陣劇痛。

而在黑暗中，躺著華倫太太的屍體。一道灰色月光穿透了黑暗，海兒聽見粗嘎的喘氣聲，她知道艾佐拉也找到了門，正跌跌撞撞下階梯。

「海兒，」他大喊，聲音在地窖裡迴響。海兒從回音中判斷地窖一定很大，比她之前估計的大得多。「海兒，別跑了。我可以解釋。」

她的喉嚨太沙啞，也瘀傷得太嚴重，無力回答，即使她想回答——但是她是死也不會洩露她的所在地的。她停下來，背貼著牆，傾聽他粗糙的呼吸聲。聽起來他像是面對著錯誤的方向，她悄悄沿著牆邊蹭，屏住呼吸。

在辨認不清方向的黑暗中她完全失去了方向感，但是地窖似乎是向兩個方向延伸，就在海兒的面前，而在她的左手邊，是華倫太太的屍體，而向上的階梯則在她的右手邊。艾佐拉似乎是在她的前方，向屋子底下深入，所以海兒繼續慢慢挨著牆壁挪動，背部感覺到磚牆的濕氣。她的兩手上都有血，她以為她一定是在拿相框攻擊艾佐拉時把自己割傷了，不過她卻不記得有割到。

「海兒！」他的聲音隆隆響，在拱頂下來回迴盪。接著是刮擦聲，在遠處，她的右邊；海兒看見黑暗中燃起了一束火焰，艾佐拉把打火機高舉在頭頂，打量著黑暗。

在他把火滅掉之前，兩件事同時發生。

第一件是他看到了她——海兒從他的臉轉向她這邊就知道了，他的臉一半是白的，像戴上了一張陰險的白臉丑角面具，另一半覆著黑色的血，在陰森的黑暗中黑黝黝的。

但另一件事是海兒看見了地窖的格局——一排排蒙塵的酒瓶以及拱頂圓柱之間有條走道，毫無障礙，通往另一頭的花園門。

霎時間，她靜立不動，兩個人看著彼此，被打火機的光照住。然後艾佐拉的臉拉開一個恐怖的笑，丟下了打火機，跑了起來。

海兒也拔腳就跑。

她盲目地跑，幾乎不知道是往哪裡跑。

她拚命跑，絆到棄置的酒瓶和老鼠夾，聽見腳底踩碎了小骨骸，以及濺水聲。她跌倒了，趕緊爬起來，始終都聽見後頭艾佐拉勝利的喘息聲，因為他熟悉這個地窖，這裡是他的房子，他的地盤，而她記得他說過他和茉德小時候都在這底下玩捉迷藏。

這裡是他的家。

但是他瞎了一隻眼，海兒卻沒有，而且她領先一步，這時她能看見微弱的月亮從前方的花園門門縫中照進來，她使出全力衝刺，同時祈禱——向她不相信的眾神祈禱，向她一輩子都詆毀的力量祈禱，她祈禱能獲救。

緊接著，冰冷的金屬門把在她的掌握中了，她努力去轉開，手卻因血而滑溜，而她能聽見他咚咚的跑步聲，他的喘氣聲也越來越近，越來越近……

說時遲那時快，門開了，她衝進了月光下，奔跑、奔跑、奔跑，奔跑在眉形新月的聖潔光線下，幾乎就和白晝一樣亮。

海兒的腳帶著她往下坡跑，她跑到一半才赫然警覺是在往何處去。她瞧了瞧後面，但是太遲了，他出來了，也看見她了。要是她折回屋子，他就會抓到她。無路可走了，但也許……也許，心裡的一個小小聲音說，也許本來就是應該要回到這裡來的。回到事情開始的地方，然後做個了結。回到船屋。

艾佐拉幾乎過了草坪的一半，足跡在雪地上有如一條蜿蜒的長蛇。海兒闖進小雜樹林，緩慢地通過荊棘叢，手上被勾得出血，她的腦子一片空白，一心一意只想要盡量拉開她和艾佐拉的距離——但也許，如果她能夠環繞湖泊，到另一邊去，她就能跑到馬路上，攔下經過的車輛……

她衝出了荊棘叢，腿被刺傷流血，而她發現自己來到了湖岸邊一方月光下。她扭頭看見艾佐拉也走進了荊棘叢，而且速度比她快多了。她已經在前方開道，他只需要揀她走過的地方就好了。

「海兒，」他喘著氣喊，「海兒，拜託。」

他的聲音中有著一份極其絕望之情，部分的她幾乎想說：好吧，我會停下來。我投降。天啊，她好累……

她面前的湖水是一片油滑的黑，其間點綴著一塊塊的白。艾佐拉從荊棘叢中衝出來，海兒知道她無路可逃了。

「海兒，」他喘著氣說。樣子半人半鬼，血液漸漸乾在臉上，眼睛上方的傷口仍是濕的。他的衣服被荊棘勾破了，胳臂和腿也遍佈割痕；海兒俯視自己，若不是她既害怕又虛脫，也可能會險些笑出來。

「別跑，」他說，伸出了雙臂。「別跑了。拜託……拜託，別跑了。」

她想回答，她想對他尖叫，痛罵他對茉德、對瑪姬、對華倫太太做的事。她想哭，因為她曾對父親有許多美好的願想，結果卻發現是這種結果。

但是她的喉嚨好痛。他上前來，一步比一步謹慎緩慢，伸長胳臂，像是要擁抱她，海兒卻只能搖頭，眼淚默默掉下，流在臉頰上，她抱住自己，像是絕對不會讓他擁抱她。

「海兒，拜託。」他又說，而她再次退後，退向了冷冽的湖面。

湖面龜裂，卻沒有破口，她再踏一步，看見他的臉瞬間轉變，從謹慎的懇求變成一種無力的驚駭憤怒。

「拜託，別走了，」他勉強說。「不安全。」

你才危險，她想要這麼說。我在這裡還比較安全，在冰底下，跟我母親一塊，強過我跟你在一起。

但是她只能搖頭，又向後退，再後退，每次都準備要聽到冰層斷裂，感覺到刺骨的湖水淹沒她。

而她每退一步，湖面的冰就吱嘎呻吟，卻沒破裂。

「海兒，回來，」他大喊。接著，幾乎是帶著笑。「妳是想做什麼，拜託？一整晚待在冰上？妳終究是得回來的。」

她又後退一步，幾乎要走到湖中的小島了。而從那兒再走短短的一段路就能走到湖的對岸去，也是莊園的界線。

「海兒！」他大喝一聲，而她看見頭頂上有翅膀亂拍，喜鵲一驚而起，呱呱亂叫，盤旋示警，弄得雪花飄落在寂靜的樹林裡。「海兒，立刻過來這邊。」

她只是搖頭，是第三次，也是最後一次——接著他也踩到了冰面上。冰沒裂開。海兒覺得一股熱辣辣的恐懼淹沒了她，然後他俯視腳下，又抬頭看她，咧嘴而笑，明白了這樣代表什麼，海兒登時全身發冷。

「喔，妳，」他說，邁步朝她走來。「喔，妳這個小——」

但是他沒說完。

啪的一聲，湖面裂開了。艾佐拉掉了下去，頭撞在冰塊的邊緣，沉入了漆黑的水面。

「艾佐拉，」海兒尖叫，應該說是她想尖叫，但是受創的喉嚨只發出最細弱的聲音，是一聲哀鳴，幾乎聽不出是喊了一個名字。「艾佐拉。」

湖面咕嘟嘟冒出了好一陣子的氣泡……隨即什麼也沒有了。湖泊靜止沉默，沒有東西移動。

艾佐拉沒了。

50

「喔，我們是不是好幸運啊？」護士說，一把拉開了海兒的隔帘。

「幸運？」海兒沙啞地說。她頭痛，喉嚨也痛得說不出話來。

「訪客啊。還有一束好漂亮的花。妳要我幫忙妳穿上晨袍嗎？」

海兒搖頭，好奇會是什麼訪客。可能又是警察，不過她覺得她把崔帕森園發生的事情已經說了幾百遍了，當然遠遠超過了她可憐的喉嚨所能經受的折磨。不過，警察會送花嗎？

護士走了，沿著走道又去忙別的病人了，所以海兒在床上坐起來，把T恤拉直，用手指梳理頭髮，盡量讓自己體面一點，迎接可能會穿過帘子的訪客。

即使如此，她還是沒想到會是那兩個人緊張地走過來，亞伯和蜜琪。亞伯捧著一束幾乎比他還要大的花，而蜜琪拿著一個像是自家烘焙的蛋糕。

「哈囉，海莉葉，」亞伯說，滿戰戰兢兢的，而海兒看見他的喉結聳動，他尷尬地吞口水。

「我希望——我希望這樣子沒關係，我能了解……」

他沒把話說完，而蜜琪上前來，粉紅色臉龐甚至比平常還要粉紅。

「說真的，海莉葉，我們倆都很能體諒妳不想再看到崔帕森園的人，所以拜託，如果妳要我們走，只管說出來。我來這裡完全是出於自私——我聽說了消息急得不得了。哈爾丁在家看孩子，亞伯很親切，同意載我一程——喔，不，海莉葉，別下床。」

海兒費力下床來，把兩隻顫抖的腿踩在地上，接著她就在蜜琪的懷裡了，被摟抱得那麼重、那麼緊，她覺得快沒法呼吸了。

「喔，我的達令，」蜜琪一遍又一遍說。「喔，我的達令，多可怕的遭遇啊。我沒辦法跟妳說——那個邪惡的、恐怖的人——我甚至不能——」

她語不成聲，坐了下來，拿愛馬仕絲巾用力擦眼角，亞伯上前來。他並沒有擁抱她，不算有，他只是兩手按在海兒的肩膀下方，溫柔地抱著她，幾乎是怕她會碎掉，他的灰眸寫滿了傷心，看著她，海兒覺得自己的喉嚨像堵了塊硬物。

「喔，海莉葉，」他說。「妳能原諒我們嗎？」

「原諒你們？」海莉葉設法說，但是喉嚨像有砂礫，話衝不出來，她只得再嚥一次口水，再說一次，讓他們了解。「我應該原諒什麼？」

「所有的事，」亞伯沉重地說。他坐在海兒床頭對面的小硬椅上，而蜜琪則坐在床腳。「讓妳蒙著頭走進來。二十年視而不見。我打心裡知道有什麼不對，我們都知道，可是他願意的話是那麼迷人，那麼風趣。」

「可是你們沒有一個知道真相吧？」海兒勉強說。這是一句問題，而不是指陳。亞伯搖頭。

「母親知道。還有……我想華倫太太也知道，八九不離十。」

「華倫太太？」蜜琪一臉驚恐。「她知道，她卻什麼也不說？」

「她愛他，」亞伯簡單地說。「我想母親也是，以她的方式。我猜她們覺得……」他雙手一攤。「木已成舟，她們沒辦法讓瑪姬死而復生。而且她們覺得，也許——原諒我，海兒。」他吸口氣。「我覺得她們或許是認為他是被……激怒了。超出了忍受的範圍。可以算是激憤下的犯罪。」

「華倫太太知道，」海兒說。喉嚨很痛，她拿起床邊的水喝了一口。「所以他才殺了她。她想警告我。可是我沒聽懂。我還以為她是在威脅我。我以為是她想害我在樓梯上絆倒，把我嚇跑，結果卻是——」

她打住不說。該說什麼？是艾佐拉？是我父親做的，他設好了一個投機的陷阱想阻止我去追究我自己的過去？

「現在她走了。」她說完。對這樣的徒勞感到麻木。茉德、瑪姬，甚至是她本身，她能理解。她不能原諒艾佐拉犯下的罪行，但是她能理解。他是出於憤怒以及某種扭曲的愛而殺人，後來是為了保護自己，為了阻止真相曝光。可是華倫太太……她想到了她仍然無解的問題——唯有華倫太太能夠回答的問題，她好想哭。華倫太太的臉，第一天，浮現在她的腦海中——像個小孩子盯著一隻貓潛向一群毫不起疑的鴿子，帶著一種驚懼的興奮等著緊接而來的大屠殺。當時她以為貓是海兒自己，但現在她懂了——貓是艾佐拉。而華倫太太並沒有料到會出什麼事——否則的話，她當然也會說點什麼吧。但是她看見了危險，卻不設法阻止。而她唯一曾警告過的人就是海兒自己。

走——如果妳知道什麼對妳最好。趁妳還走得了……

「只剩下她一個人知道真相，」海兒緩緩說。「而且他知道……他知道她想警告我……」她回想這些年的事情，數了數屍體，從船屋中憤怒的第一刻開始如同骨牌般倒下。而最後一張骨牌就是海兒自己。只是……她沒有倒下。倒下的是他。

「亞伯……蜜琪……」她頓住，搜索著枯腸，最後唯一想到的就是那句老掉牙的慰問。「很遺憾你們痛失親人。」

「我也一樣，」蜜琪說，她圓潤粉紅、很像馬的臉有一種智慧，海兒在她們初遇時絕對想不到會在她的臉上看到。一種無限的同情，埋藏在自滿的表相下。「他是妳的父親。」

聽到這話而猛地一顫的人不是海兒，而是亞伯，他雙手掩面，彷彿受不了，海兒好想伸出手抱他，告訴他沒事了，沒事了。無論她的父親是誰、是什麼樣的人，她都有兩位了不起的母親，她們為她奮鬥，保護她，而她非常感激。

但是她想不出該怎麼說。

「等妳好一點了——」蜜琪拍拍她膝蓋上的被子——「我們得再去把崔斯韋克先生找來，海莉葉。」

「崔斯韋克先生？」

「看來……呃，看來韋斯特威夫人在起草遺囑的時候並沒有老糊塗。」

「崔斯韋克先生深入調查過了，」亞伯說。「根據我們現在知道的情況，遺囑上的文字相當清晰，完全沒有模稜兩可的地方。遺產是要給妳的，海兒，一直都是。房子是妳的。」

「什麼？」

震驚來得太出乎意料，所以她脫口而出，反倒像在指控，然後她再也想不出能說什麼了。

亞伯點頭。

「母親知道妳是她的孫女，我想這一點是非常清楚的。至於遺囑……唔，我想她是想要我們全體追問，開始挖掘過去。這才是她的用意，我覺得，在她寫給哈爾丁的信裡的那句話。」

「*Après moi, le déluge.*」海兒輕聲說。而她終於明白了韋斯特威夫人用她的遺囑啟動了什麼。其中是有惡念，但同樣也有怯懦。真相太過恐怖，她在生前招架不住，所以她一直等到自己不能再感受痛苦之後，再把地獄之犬放出來撕咬活著的人。

一時間海兒想像著她躺在那兒，纏綿病榻，由華倫太太服侍，策畫著在她死後降臨的激變。她在簽署遺囑時是否揉搓著手，心裡充滿了譏誚的歡樂？或者是疲憊地認了命，憐惜還活著的人？

現在也不可能知道了。

「最讓我想不通的是，」亞伯慢吞吞地說，「艾佐拉幹嘛不同意妳的立據出讓遺產的建議。那是他最理想的出路——就接受妳不是母親的外孫女。我想母親一定是認定妳也跟我們這些人一樣的貪婪、不合作，最後只能在法庭上讓真相水落石出。她沒料到妳會一點也不爭就放棄了遺產。妳比她想像中要高尚太多了，海兒。」

「我並不高尚，」海兒說。喉嚨很痛，彷彿是想阻止她說話，但是她用力吞嚥，硬是沙啞地說下去。「我——在我收到崔斯韋克先生的信之後，我知道一定是弄錯了。我讓你們以為我像你們大家一樣疑惑，可是坦白說，我並沒有。我來到這裡——」她停住。她真能這麼做嗎？「我來到這裡是來詐騙你們的。你們不知道——你們不了解，你們沒有一個了解，勉強餬口是什麼情況，連下個月的房租在哪裡都不知道。你們很富有，對我來說，那就像——」她又頓住，手指扭絞著被單。「我覺得是命運在平衡它的秤，幾千鎊在你們眼裡不算什麼——對我卻是救命的錢。我在逃避一隻高利貸鯊魚。」如今說起來似乎微小得不足一哂，史密斯先生和他小小的威脅，跟她逃過的生死劫相比之下。「我只需要幾百鎊就可以搞定了。我是希望——我是希望我能帶著一點錢離開，重新開始。一直到我遇見了你們之後我才了解我錯了，後來我發現了遺產根本就不是什麼小數目，而是整個莊園，我就知道我不能再騙下去了。可是我覺得我知道艾佐拉為什麼不同意我的建議。」

「為什麼？」亞伯問，聲調中帶著一絲警戒，好似他受不了再被什麼開示偷襲了。海兒覺得跟她在彭贊斯車站時鐘下揮手招呼的時候相比，他的模樣像老了幾歲，但是他臉上的痛苦和皺紋卻反倒讓他眼中的親切更明顯，而她很羞愧自己的瞎疑心，竟然會以為這一切的幕後黑手是愛德華。

「我覺得……我覺得他是擔心哈爾丁會把房子賣掉，他們可能就會發現他做的事。湖那邊。」

「妳在說什麼啊，海莉葉？」蜜琪問。她向前傾，一隻手按住了海兒的手。「艾佐拉在死前跟妳說了什麼嗎？」

「我覺得我——」說這句話很痛苦，像在她瘀傷的喉嚨上再割一刀——「我、我母、母親仍在那裡，我覺得她是被埋在船屋裡，在湖裡。你們能不——」她又吞嚥一下，咳嗽了一聲，喉嚨因為說太多話而很痛。「你們能不能叫警察去打撈船屋？」

「天啊，」亞伯低聲說。「我的天啊。而母親居然隱瞞了二十年！」

沉默籠罩住了小小的隔間，三個人都沉浸在自己的思緒、自己的回憶、自己的驚恐中。

就在這時，帘子沙沙響，一道幾乎是刺眼的陽光斜射在病床上。帘子的開口處站著剛才那個活潑的護士。

「探病時間到了，把拔馬麻，」她調皮地說。「麻煩明天再來。我們的小姐需要讓喉嚨休息了。」

「再、再一分鐘，」亞伯說。他起身，撫平長褲，聲音中帶著會意，海兒看見他朝她微笑時眨眨眼。「對不起，海兒，我們讓妳說了這麼久，真是太沒良心了。我知道妳一定很痛，不過在我們走之前有一樣東西我一定得給妳。」他的臉上閃過痛苦的表情，在口袋裡掏摸，掏出了一張影印紙。「要不要給妳看這個東西我也是舉棋不定，海莉葉，可是……唉……」他把紙遞給她。

「我把原本交給警察了，不過我們在華倫太太的東西裡找到了這個。是……是一封信。妳不必現在就看，不過……嗳……」

海兒接過來，完全摸不著頭腦。

「唉呀，是不是好溫馨？」護士說。「可是我們的病人該休息了。」

「我明天再來，達令，」蜜琪說，彎腰吻了海兒的臉頰。「我知道醫院的東西有多難以下嚥。」她拍了拍她放在海兒床頭櫃上的錫盒。「自家烤的咖啡核桃蛋糕，幫妳養點肉。」

「好了，馬麻，」護士說，「我們該走了。喔，妳明天來可以幫她帶平常穿的衣服。醫師說她可以出院了，所以你們可以直接帶她回家了。」

「喔，」海兒說，覺得心往下沉，想到了搭長途火車回布萊頓，冰冷的小公寓……「我——蜜琪不是我母親，我不能，我是說，我不——我一個人住。」

「那妳沒有朋友可以來接妳去住幾天嗎？」護士說，略帶驚訝。

「我是她伯母，」蜜琪說，挺直了不怎麼高的身量。「而且我們很樂意讓海莉葉住到我們家裡，等她休養好後再回她的公寓。不！」她轉向海兒，一個眼神就止住了她正要出口的抗議。「我不想聽妳說什麼，海莉葉。再見，達令，我們明天會帶衣服過來。在明天之前，我要妳把蛋糕吃得一點也不剩，否則的話，我可不會放過妳。」

海兒看著他們走到走廊上，手挽著手，她微笑看著亞伯在繞過轉角時友好地揮揮手，但是等她躺回枕頭上，說真的，她很高興又是一個人。她閉上眼睛，覺得好累好累。喉嚨的痛其實比她讓蜜琪和亞伯知道的還要嚴重，而且她還隱瞞了昨天醫生說過的各種恐怖的可能後果。

那些後果從輕微的——像是聲帶永久受損——到最嚴重的：由於缺氧而損害了她的大腦，或是血管破裂所脫落的血塊在幾週內可能會造成中風甚至是死亡。不過這種情況很罕見，醫師這麼跟她保證。需要注意，卻不必擔心，而且說真的，海兒不擔心——不再擔心了。

她正要把被單拉起來，閉上眼睛，手掌下突然有什麼簌簌響，她這才明白她一直握著亞伯給她的那張紙。她緩緩把紙張攤開來。

只有一頁，佈滿了修長彎曲的筆跡，非常熟悉，她一見呼吸就卡在喉間。是她母親的筆跡。不是日記上那渾圓的、稚嫩的筆跡——而是她在聖誕卡和生日卡上，在購物單和郵件上看見的。此時此刻看到，她忍不住猜想她怎麼會以為日記是同一個人寫的。兩者之間確實有相似之處，有同樣的特點，卻只是表面上的相似，但是寫這封信的這個筆跡卻有一種能量和果斷，她一見胸口就像被揪住，心痛地認了出來。

媽。

海兒努力要聚焦，忽而明白了她淚眼婆娑。這就像是聽見了她母親的聲音，如天外飛來——這份震驚是日記從來沒給過她的感覺。

她用力眨眼，文字逐漸清晰。

二〇一三年五月八日

親愛的母親，

謝謝妳的信。也謝謝妳附上的支票，我用它買了筆電給海莉葉當生日禮物——她希望明年能上大學，所以她急需一台自己的筆電。

不過，這封信不只是要感謝妳的。也是要告知妳一些事。我已經決定要把真相告訴海兒了。她下週就滿十八歲了，有權知道她自己的事，我也不能再躲藏在我自己的懦弱之下了。

說實話，我一直害怕他太久了——害怕我們在崔帕森園時他可能對瑪姬做了什麼，害怕他可能會阻止我們逃走，害怕他會追查出我們的行蹤，瑪姬最後一次沒能回來，害怕他把她怎麼了。因為我知道，母親，我一直都知道。瑪姬是絕對不會一句話都不說就丟下自己的親生孩子的。她回去面對他，去為海兒理當有的未來奮鬥——而她沒有回來。

我深深責怪妳的沉默——然而我自己也犯了同樣的罪。我大可把我的懷疑告訴警察。我大可請他們去莊園裡挖掘，或是去打撈湖裡，或是搜索地窖。但是如果我那麼做，而警察什麼也沒查到，海兒的監護權我就會輸給艾佐拉。所以我不能，母親。我不能冒這個險。我沒能及早告訴瑪姬真相，沒能救她的命——但是我可以用我的謊言救她的孩子。

但是海兒也就要成年了，我不能再找藉口了。現在我會失去她的唯一理由就是**她**選擇跟我切割。果真如此，我也不怪她——天知道，我騙她太久了，儘管我告訴自己我完全是出於一片善意。我欺騙了她，無可原諒——我只希望她能夠原諒。

有很多事情我永遠無法原諒妳，母親。但儘管如此，這些年來妳卻幫我守口如瓶，而我覺得妳有權知道我為何會做這個決定。我不知道海兒知道真相之後會怎麼做——那是她自己的決定。但是有可能她會去找妳。是的話，要親切待她。

妳的茉德

海兒讓信飄在被單上，覺得眼裡都是淚，覺得伸出手就能回到過去，抱住母親。

華倫太太是怎麼會拿到這封信的？信究竟有沒有送到韋斯特威夫人的手上？難道是被華倫太太攔截下來了？無論是什麼情況，都有人告訴了艾佐拉。而生平第二次，卻不是最後一次，她的父親為了自保而殺死了一個無辜的人。

如果，如果她母親沒寄這封信就好了。似乎天真得不可思議——辛辛苦苦才能夠隱姓埋名，居然就這麼放棄了，只為了告知她母親她即將要做的事。

難道是茉德低估了艾佐拉？或是她只是太信任韋斯特威夫人了？兩人通訊了一陣子了，這一點從信上就能知道。也許時間一長她越來越信任——認為既然她母親能保守秘密這麼久，她就能再多信任一點，最後她卻交付了一個韋斯特威夫人守不住的秘密給她。

可是海兒倒不這麼肯定。華倫太太試圖警告她讓她覺得……有一種埋藏多年的愧疚。她想到了那間客廳，華倫太太深愛那麼久的那個小天使般的小男孩，以及那個他後來長成的男人的相片。

說不定，因為對當年那個小男孩的愛，她曾寫過信——警告艾佐拉要小心，要躲開。

而唯有在事後她才明白自己做了什麼。

海兒永遠也不會知道真正的經過，她只知道這封信是一條背叛之路的起源，最後導致那一季酷暑中的那一天，以及汽車的煞車聲，以及她母親軟綿綿的身體倒在她屋外的馬路上。

海兒閉上眼睛，感覺到眼淚從緊閉的眼瞼下滲出，流在鼻子兩側，而她好希望，比以前無論幾次都還要更熱切盼望，她能回到從前，跟母親說沒關係，沒有什麼好原諒的。我相信妳。我愛妳。妳已經盡力了。無論我說過多少氣話或是做過多少氣憤的事，到最後，我都會回到妳身邊來。

「妳醒著嗎，親愛的？」康瓦爾口音打破了她的思緒，海兒睜開眼睛看見是醫院的護工推著餐車站在那兒，一手端著白瓷杯，一手端著金屬壺。「要茶嗎？」

「好，謝謝。」海兒說。趁著女護工倒茶，悄悄擦掉鼻子旁的眼淚，眨掉其他的。

「喔，自己烤的蛋糕。妳是不是很幸運啊？我再給妳一個碟子。」護工說，幫海兒切了一大塊，放在她的床頭櫃上。

她移向下一床，海兒掰了塊蛋糕放進嘴裡，奶油在她的舌頭上融化，撫慰了她的喉嚨，帶走了一點苦澀的思緒她不能一直和「如果」糾纏，她只能向前，邁向不一樣的未來。

信仍在她的大腿上，她小心折好，放進了床邊的櫃子裡，手敲到了裡頭的金黃維吉尼亞錫盒，一時衝動之下，她打開了盒子，閉上眼睛洗牌。

閉上眼睛她也幾乎像回到了家，在碼頭上的算命亭裡，指間感覺著塔羅牌磨損的邊緣，感覺到光滑的牌背滑過彼此，每個動作都在改變生命發派出的各種可能，詢問不同的問題，揭露不同的真相。

最後她停下來，牌捧在雙手中，然後切牌，睜開眼睛。

一張牌回瞪著她，圖案朝上——而她發現自己在微笑，儘管睫毛上仍沾著未落下的眼淚。是世界。

在海兒的這副牌裡，世界是個女人，中年年紀，黑色長髮，筆直看著問卜者。她站得挺直，雙腿分開，牢牢立在一圈花環核心；牌的四角有四個命運之輪的符號——表示世界就像輪子一樣，總是轉個不停，而無論你走得有多遠多久，到頭來總是會回到起點。

女人面帶笑容，卻透著一絲憂傷。而在她的懷中則抱著一個地球，幾乎像在抱著一個孩子。

海兒在切牌時心中並沒有疑問，然而這卻是她的答案。

她知道她會怎麼說，如果她是在算命亭中排出這張牌的。

她會說：這張牌表示你來到了旅程的終點，你完成了什麼重要的事，你完成了啟程時想要做的事情。世界轉動了——循環完整了——你的追尋結束了。你一路上遭遇了艱難困苦，但是你因此而更為茁壯——它們啟發了你，揭露了關於你自身的真相以及你在每件事中的位置。

因為在這張牌上我們是從上方看世界，世界被抱在女人的懷裡，表示最後你能看見全貌。到目前為止你一直在旅行，只看到了一部分你希望看見的事——現在你可以看見大局，就是世界，以及它在宇宙中的位置，你在大局中的角色。

現在你了解了。

而且是真的，全都是真的。但是海兒看著這張牌時看見的卻不是這個——不僅僅是這個。海兒小時候給這張牌別的稱呼，她叫它母親。

塔羅牌中沒有母親牌——最近似的是女皇，金黃豐厚的秀髮象徵著女性化以及生育力。可是海兒看著這張牌，看著無懼的黑髮女子，懷抱著地球，海兒看見的是她母親的臉孔。她看見了她的黑眸，充滿了智慧，也帶著一點點的譏誚；她看見了她能幹的雙手，還有她笑容中的憂傷，以及同情。

她在這張牌裡看見了她的母親，因為她的母親就曾是她的世界。

但事實上，世界卻比她小時候的想像更古怪、更複雜——她也一樣。

她突然覺得累，好累好累，累得不可思議，她把蛋糕推開，把塔羅牌放進盒子裡，只留著手上的那張，然後她側躺下來，臉頰貼著清涼的白枕頭，把瑪姬的塔羅牌靠在衣櫃上，凝視著茉德的臉。

她漸漸閉上了眼睛，睡眠在向她招手。

她躺在那兒，閉著的眼瞼好像浮現出圖案——火紅的形狀，從飄飛的火星變成了飛旋的樹葉，又變成一群鳥，襯著紅黑色的黑暗模樣鮮明，她覺得是崔帕森園的喜鵲，在天空中盤旋鳴叫，還有頭一天在搭車前往莊園時崔斯韋克先生引用的童謠。

一呀傷心

二喜樂

三呀女孩

四男生

五呀白銀

六黃金

七是秘密

死也不能說

而她想著這些年來的秘密——想著瑪姬，撕毀日記；想著茱德為了保護她而說謊，為了不讓她受她親生父親的傷害。她想著她父親保守的秘密，緊緊抱著他自己的罪惡，最後罪惡釀出了毒藥，形塑了他的一生。

她想著韋斯特威夫人，還有華倫太太，年復一年活在恐怖的真相之中，知道她們親愛的小男孩做了什麼孽，知道船屋遍佈落葉的黑暗中隱藏了什麼醜惡。

而她聽見了耳中的聲音，現在是她自己的聲音，堅定，完整，不因發生之事而改變。沒有了，沒有秘密了，海兒。

她知道了真相。這一點最重要。

Storytella **209**

韋斯特威夫人之死

The Death of Mrs. Westaway

韋斯特威夫人之死/露絲.韋爾作；趙丕慧譯. -- 初版. -- 臺北市 ： 春天出版國際文化有限公司, 2024.06
面 ； 公分. -- (Storytella ； 209)
譯自 ： The Death of Mrs. Westaway.
ISBN 978-957-741-828-9(平裝)

873.57 113003310

ISBN 978-957-741-828-9
Printed in Taiwan

作　者　露絲・韋爾
譯　者　趙丕慧
總編輯　莊宜勳
主　編　鍾靈

出版者　春天出版國際文化有限公司
地　址　台北市大安區忠孝東路四段303號4樓之1
電　話　02-7733-4070
傳　眞　02-7733-4069
E－mail　bookspring@bookspring.com.tw
網　址　http://www.bookspring.com.tw
部落格　http://blog.pixnet.net/bookspring
郵政帳號　19705538
戶　名　春天出版國際文化有限公司
法律顧問　蕭顯忠律師事務所
出版日期　二〇二四年六月初版

定　價　470元

總經銷　楨德圖書事業有限公司
地　址　新北市新店區中興路二段196號8樓
電　話　02-8919-3186
傳　眞　02-8914-5524
香港總代理　一代匯集
地　址　九龍旺角塘尾道64號 龍駒企業大廈10 B&D室
電　話　852-2783-8102
傳　眞　852-2396-0050